Laisse les vagues m'emporter

Alssyu

Laisse les vagues m'emporter

Édition : BoD – Books on Demand, info@bod.fr

Impression : BoD – Books on Demand, In de Tarpen 42,
Norderstedt (Allemagne)

Impression à la demande

Couverture : Lucie Castellan (@i.dont.like.cucumber)

ISBN : 978-2-3225-4227-7

Dépot légal : Juillet 2024

Avec une infinie tendresse et en mémoire des personnes qui sont parties,
ce livre est dédié à toutes les âmes courageuses qui ont connu la douleur d'une perte.
Puissent ces pages apporter un peu de réconfort et raviver les doux souvenirs
de celles et ceux qui continueront à vivre éternellement dans nos cœurs.

Chapitre 1

Après une journée riche en émotions, Paolo souhaitait que sa soirée soit tout aussi mémorable.

Torse nu, une serviette sur la tête pour sécher ses cheveux mouillés, il sortit de la salle de bain et alla rejoindre la chambre juste à côté. Il poussa la porte entrebâillée et sourit à Enzo, son cousin, qui était étendu sur le lit de gauche.

— T'as vachement bronzé depuis que t'es là.

Paolo haussa un sourcil charmeur avant de jeter la serviette sur son propre lit. Il s'y laissa tomber et, toujours avec son air taquin placardé sur le visage, il observa ses biceps qu'il s'amusa à contracter tour à tour.

— À mon avis avec ça, peu de chance que tu passes la nuit seul.

Il pouffa de rire et cette fois, il fit remuer ses pectoraux.

— Tu pars quand d'ailleurs ?

Paolo jeta un coup d'œil au radio-réveil posé sur la table de chevet qui séparait les lits. Il haussa les épaules et imita la position d'Enzo. Il n'avait pas d'horaire précis ; après tout il était en vacances, et il avait juste envie de profiter sans se prendre la tête. Ça ne durerait pas : il reviendrait bientôt dans son train-train quotidien, réglé comme du papier à musique. Il voulait oublier tout ça pendant ces deux semaines qu'il s'était enfin octroyées. Ça n'avait pas été facile de décider de partir loin de ses parents et de ses amis. Toutefois, il ne le regrettait pas. Il avait déjà passé de longues journées à se prélasser au soleil sur le sable chaud ou à se perfectionner au surf.

Lorsqu'il avait de nouveau foulé le sol californien, un agréable sentiment de liberté et de sérénité avait envahi Paolo. Il avait même l'impression d'être le roi du monde, ou tout du moins le roi de son monde. Ce n'était pas la première fois qu'il voyageait aux États-Unis : il y était allé deux fois en compagnie de ses parents, mais c'était il y avait longtemps, alors qu'il était encore un lycéen timide et peu sûr de lui.

Son oncle avait quitté l'Italie en 1961 avec sa femme et ses trois enfants. Ils étaient d'abord allés s'installer à Los Angeles, où une importante communauté italienne les attendait. On leur avait facilité la tâche en les assistant dans la recherche d'un logement et d'un emploi. Paolo était très proche de son cousin qui avait un an de moins que lui, et il en avait versé des larmes en apprenant son départ. Il ne l'avait revu que quatre ans plus tard, lorsque son père avait obtenu une promotion qui leur avait permis d'effectuer ce voyage très coûteux. Certes, Paolo et Enzo s'écrivaient régulièrement des lettres pour entretenir le lien, mais ils se manquaient. Ils avaient passé leur enfance ensemble, ils riaient constamment aux pitreries de l'un et de l'autre, comme deux frères inséparables.

Lorsqu'il l'avait revu après ces quelques années, Paolo avait été surpris de trouver un adolescent extraverti, ouvert d'esprit, qui n'avait peur de rien et qui s'était fait beaucoup d'amis de tous horizons. Le voir aussi heureux et épanoui, aussi jovial et entouré, ça l'avait fait rêver.

Enzo lui avait raconté tout ce qu'il avait appris, tout ce qu'il avait vécu, sans oublier ses quelques aventures amoureuses. Il était plutôt beau garçon, pas très grand et musclé, mais charmant. Avec ses cheveux noirs légèrement ondulés, son regard profond et sa confiance en lui, il en faisait tomber plus d'une. Paolo l'enviait, mais sans excès ; en fait, il l'admirait, car il voulait vivre une jeunesse aussi mouvementée que la sienne. Cependant, ses études et les cours supplémentaires payés par ses parents ne lui laissaient pas le temps de s'amuser comme il le souhaitait. Il avait longtemps été le premier de sa classe, le garçon très intelligent et travailleur, le petit trophée de la famille que tout le monde félicitait. Ce statut ne lui avait jamais plu. Il n'aimait pas être le centre de l'attention.

Aujourd'hui Paolo avait vingt-deux ans et il avait changé. Il était entré à l'université pour étudier les langues, et il revenait avec quelques atouts supplémentaires. Il n'était plus le gamin renfermé sur lui-même qui cherchait à se cacher dès qu'on s'intéressait à lui. Il savait ce qu'il valait. Il avait appris à s'aimer et à s'accepter, à prendre confiance en lui. Il était capable de relâcher la pression, il ne se laissait plus influencer par ses parents et leur idéal d'enfant parfait. Il s'était un peu rebellé après le lycée, il avait besoin de vivre sa vie, d'avoir davantage de libertés et il s'était octroyé ce qu'il n'avait jamais pu avoir, parfois au détriment de ses résultats scolaires. Mais il restait un jeune homme sérieux et qui voulait réussir, même s'il n'avait encore aucun projet professionnel concret.

Il savait désormais parler anglais et cela l'aidait beaucoup à se faire comprendre ici, aux États-Unis. Il allait plus facilement vers les autres ; il était plus à l'aise avec son corps qu'il entretenait du mieux possible, et ses efforts ne passaient pas inaperçus. Cheveux bruns et bouclés, taches de rousseur qui ressortaient au soleil, muscles bien dessinés. Il attirait les regards d'un bon nombre de jeunes femmes sur la plage de Santa Cruz. Il était là depuis quatre jours, quatre jours qu'il avait passés en compagnie de son cousin.

Son oncle, Salvatore, avait un ami qui tenait un club de surf, et ils s'y étaient rendus avec Enzo. Ils avaient dompté les vagues ensemble avant d'aller savourer des milkshakes au petit café d'à côté. Ils regardaient les gens marcher sur Beach Street tout en commentant leurs dégaines dans leur langue native.

C'était d'ailleurs la veille, dans ce même café, qu'ils avaient fait la connaissance de deux jeunes femmes dont ils avaient déjà oublié les prénoms. Leur tenue colorée et sexy, ainsi que leurs nombreux bijoux, les avaient interpellés. Tout ce dont ils se souvenaient était qu'elles les avaient conviés à une soirée à Corcoran Beach. On leur avait assuré que celle-ci serait bien arrosée et animée. Ils avaient accepté, ça ne coûtait rien d'aller y faire un tour, et si l'ambiance ne leur plaisait pas ils pouvaient toujours rentrer chez eux.

Malheureusement, Enzo avait promis à sa mère de lui venir en aide dans le petit restaurant qu'elle tenait. Il s'étendait au rez-de-chaussée de la maison et il était plutôt prisé le soir. D'habitude, ses sœurs se proposaient pour servir les clients ou même travailler en cuisine, mais c'était à leur tour de sortir. Paolo avait insisté pour rester lui aussi, mais son cousin l'avait convaincu d'aller s'amuser. Il n'était là que pour deux semaines, il n'allait pas gâcher son temps à laver des assiettes ou à débarrasser des tables. Surtout qu'une soirée se jouait en face. Il avait fini par céder, il avait tout de même envie de s'y rendre car les deux jolies filles avaient attisé sa curiosité. Il voulait découvrir ce qui l'attendait là-bas. Peut-être allait-il finir la nuit en bonne compagnie, comme son cousin l'avait suggéré.

— T'es pas trop dégoûté ? lança Paolo.

Enzo soupira en levant les yeux au ciel.

— Je vais tenir ma parole parce que je veux pas mettre ma mère dans l'embarras, mais je t'assure que je suis méga blasé.

Paolo pouffa de rire et se leva pour ouvrir l'armoire. Il fouilla un instant dans les vêtements avant de sortir une chemise colorée au tissu fluide. Il l'enfila sans la boutonner jusqu'en haut, puis il se tourna vers son cousin, les bras écartés et un sourire en coin sur le visage.

— Alors ? T'en dis quoi ?

Enzo l'examina de la tête aux pieds.

— Ça va, pas trop ringard, s'amusa-t-il.

— Pas trop ?

— Ouais. Avec ton petit short en jean ça fait... hm, je sais pas.

Paolo haussa un sourcil pour l'interroger silencieusement. Il sentait, dans la voix de son cousin, qu'il était d'humeur taquine, et il ne manquerait pas d'en faire les frais dans quelques secondes.

— Ça fait un peu gay.

Il faillit s'étouffer. Enzo se jeta en arrière pour atterrir sur son lit et il éclata de rire à s'en tordre le ventre.

— En fait, je comprends. T'es juste jaloux parce que tu vas manquer une soirée avec des bombasses.

Le visage d'Enzo se décomposa, il l'avait piqué au vif.

— Hé ! Remue pas le couteau dans la plaie ! se plaignit-il, les sourcils froncés. Je te jure, je vais changer d'avis et te demander de venir aider aussi.

— Désolé, mais ça va pas être possible. Y'a deux bombes atomiques qui m'attendent sur la plage avec de l'alcool et de la bonne musique.

Il lui lança un clin d'œil et se dirigea vers la porte.

Avant de quitter la chambre, il adressa un dernier signe de main à Enzo qui lui lança un oreiller. Paolo rit et descendit rapidement l'escalier. En bas, il sursauta en croisant le regard de Salvatore.

— Pas mal ta tenue, lui fit-il remarquer.

— Enzo trouve ça...

Il marqua une pause.

— Un peu ringard, continua-t-il.

— J'ai dit que ça faisait gay ! cria le jeune homme depuis l'étage.

— Hm, ouais c'est ce qu'il a dit.

Salvatore eut un mouvement de recul et il haussa les épaules.

— Si t'aimes ça. Enfin je veux dire, les vêtements ! J'ai jamais prétendu que tu aimais les hommes.

Il lui asséna une puissante tape sur le bras.

— Oh et puis, tu fais bien ce que tu veux. T'es en vacances, c'est pour profiter.

Paolo afficha un sourire tout en acquiesçant. Il appréciait à quel point son oncle et sa tante étaient des personnes tolérantes et respectueuses. Il avait l'impression qu'ici, aux States, les mentalités étaient bien différentes de sa Florence natale et il était heureux de pouvoir souffler un peu. Il se sentait moins oppressé, plus détendu, il n'avait pas besoin de faire attention à sa manière de parler, de se tenir, à sa façon de s'habiller. Il pouvait lâcher prise, se vider la tête et réellement profiter de la vie. Même si ce n'était que deux semaines, il allait s'en contenter, et surtout les vivre à fond.

— Tu vas où comme ça au fait ?

— Une soirée à Corcoran Beach.

— Tu veux que je t'y conduise ? Ça fait un bout quand même d'ici.

Paolo hésita un instant avant de secouer la tête.

— Je vais prendre un bus, Enzo m'a expliqué comment ça marchait, je vais me débrouiller.

— OK, comme tu veux. Et au pire, si t'es paumé, tu fais du stop. Y'aura bien une nana sympa qui te fera grimper.

Il reçut une seconde tape sur le bras, plus forte que la précédente, et Salvatore lui demanda d'attendre. Il revint quelques secondes après et tendit la main droite.

— Quoi qu'il en soit, tu t'amuses, dit-il en lui attrapant le poignet, mais tu fais de gosse à personne, d'accord ?

Il lui glissa deux préservatifs dans la paume de sa main. Paolo devint écarlate jusqu'aux oreilles et se hâta de les cacher dans la poche arrière de son short. Il était un peu gêné d'avoir reçu ces préservatifs de la part de son oncle, même s'il savait que c'était par bienveillance. Il aurait préféré que ce soit Enzo qui les lui donne, car la situation aurait été plus normale — mais il n'était pas certain qu'il en eût en sa possession.

— Et si tu rentres pas cette nuit, on s'inquiète pas.

Paolo eut un petit sourire. C'était agréable d'entendre ces mots pour une fois, de savoir qu'il ne serait pas puni s'il dépassait la limite imposée par ses parents. Il était peut-être majeur, mais il vivait chez eux et devait respecter leurs règles. S'il ne le faisait pas, il avait droit à des remontrances. Il avait fini par les prendre à la légère, mais ce n'était pas agréable. Il préférait éviter de se faire sermonner.

— Je dirai rien à ta mère, t'inquiète pas.

— Merci tonton.

— Je t'en prie, t'es ici pour profiter, ce serait con de jouer les garçons modèles.

Il le remercia encore et alla enfiler sa paire de baskets blanches. Il en était fier, car c'était la première chose qu'il s'était achetée avec sa toute première paye. Il avait décroché un emploi étudiant à la bibliothèque de son université : quatre heures par semaine, bien qu'il ne gagnait pas beaucoup, il avait l'impression d'être plus autonome. Au moins, il n'avait pas besoin d'attendre que ses parents lui donnent de l'argent pour acheter ce qui lui faisait envie.

Un dernier signe de la main, un dernier « Bon courage ! » à Enzo — plus pour le faire rager que pour le motiver —, et Paolo rejoignit le rez-de-chaussée. Il passa devant le petit restaurant de sa tante. Il n'était pas encore ouvert, mais quelques clients attendaient déjà pour entrer. Le soleil commençait à décliner à l'horizon et le spectacle était magnifique : des nuances d'orange et de rose peignaient le ciel dégagé.

Paolo avança jusqu'à l'arrêt de bus le plus proche et consulta rapidement les horaires tout en jouant avec les pièces qu'il avait dans sa poche. Avant cet été, il n'aurait jamais osé partir seul, dans un pays étranger, tout ça pour rejoindre un groupe d'inconnus.

Tout ça pour rejoindre deux jolies blondes.

Le trajet ne lui sembla pas long et même plutôt agréable, bien qu'il fût seul. Quand il prenait les transports avec Enzo, ils passaient leur temps à discuter, alors il n'avait pas l'occasion d'observer les rues qu'ils empruntaient. C'était un voyage dans un autre monde, bien différent de Florence. Les rues étroites étaient bordées de bâtiments aux façades ornées de motifs géométriques colorés. Les maisons en bois aux volets peints ajoutaient un charme rustique à l'ensemble, tandis que les trottoirs étaient animés par une variété de passants. Paolo s'imaginait quelle vie ils pouvaient bien mener. Il y avait des personnes originales qui parlaient à tout le monde, arborant un style extravagant et psychédélique. Pantalons à pattes d'éléphant et chemises bariolées, ils étaient libres et décontractés. D'autres étaient un peu plus discrets et se cachaient dans des vêtements amples et bohèmes. Les habitants de Santa Cruz étaient aussi fascinants que les bâtiments historiques de la ville.

Paolo se leva pour descendre lorsque le bus se stoppa sur 21 Street Avenue. À l'intersection avec East Cliff Drive, il fit la rencontre d'un groupe de jeunes gens assez bruyants et enjoués. Il s'arrêta pour les laisser passer, ils devaient être une vingtaine, bien assez pour transporter plusieurs packs de bières et des glacières. Il entendit qu'ils allaient à « la plus folle des soirées » à Corcoran Beach, mais les deux femmes n'étaient pas avec eux. Peut-être étaient-elles déjà sur place ? Il décida néanmoins de les suivre et fut surpris d'apprendre que l'endroit était juste à côté.

De vieilles automobiles, un peu cabossées et dont la peinture était écaillée, stationnaient sur le côté de la route conduisant jusqu'au bord de mer.

Paolo s'arrêta près d'un van orange et blanc pour contempler ce qu'il avait sous les yeux. Ici, pas de transat, pas de parasol, seulement le sable, la mer, le chant des mouettes et une agréable brise.

Il inspira à pleins poumons et un sourire étira ses lèvres. Il disparut rapidement lorsque des voix et des rires éclatèrent au loin. Il descendit les petites marches en pierre et prit conscience qu'il y avait deux groupes bien distincts sur la plage. Un à gauche, et un à droite. Tous deux semblaient avoir organisé leur propre soirée, les uns avaient lancé un feu autour duquel ils étaient installés, les autres avaient ramené une radio portable et dansaient, canette à la main.

Machinalement, Paolo se dirigea vers l'endroit le plus animé et, en s'approchant davantage, il reconnut celles qui les avaient invités. Il leur adressa un grand signe de main, accompagné d'un immense sourire, et l'une d'elles accourut vers lui. Elle s'accrocha aussitôt à son épaule pour le pousser vers le groupe. Son amie vint les retrouver.

— Il est pas là ton pote ? demanda-t-elle aussitôt.

— Non, il avait un truc de prévu finalement.

— Ça craint ! commenta l'autre en faisant la moue.

Elles semblaient déçues et Paolo se sentit presque blessé dans son ego. Enzo était un gars très mignon qui attirait facilement les filles, mais lui aussi n'était pas mal. Elles auraient pu simplement se contenter de sa présence.

— Bref, tu veux boire une bière ?

— Hm, ouais.

Elle lui tendit une canette, puis se retourna vers son amie pour discuter. Paolo avala quelques gorgées avant de se rendre compte que les deux jeunes femmes étaient parties rejoindre d'autres personnes un peu plus loin. Il soupira et observa attentivement ceux qui se trouvaient là. Ils avaient l'air de tous se connaître et, même s'il était plus facile pour lui de communiquer et d'aller vers les gens, il avait la sensation d'être de trop. Et il détestait ça. Il avait bien compris que ce n'était pas lui qui les intéressait, et c'était vexant. Elles auraient pu prendre la peine de faire sa connaissance, demander d'où il venait, ce qu'il faisait.

Il haussa les épaules et termina sa boisson. Il écrasa la canette et la jeta dans le sac servant de poubelle.

Déçu par cet accueil, il décida de marcher un peu et d'observer l'autre groupe. Même s'il percevait des rires, ils avaient l'air plus posés et moins extravagants. Les musiciens jouaient de la guitare et chantaient autour du feu ; les lueurs sur leurs visages leur donnaient un air gai et légèrement ivre. Toutefois, ils semblaient moins superficiels et plus ouverts.

Il s'avança davantage et un des jeunes hommes qui chantaient attira son attention. Son poignet droit, posé sur un genou replié, était couvert de multiples bracelets tressés et, entre ses doigts, il tenait une cigarette roulée.

À côté de lui, plusieurs canettes s'entassaient : de la bière sûrement. Il s'arrêta pour le contempler. Son visage était harmonieux, doux et accueillant. Il avait une petite bouche qui, lorsqu'il chantait, laissait apparaître ses dents de devant plutôt mal alignées. Ses cheveux mi-longs et pas vraiment soignés lui donnaient un certain charme.

Paolo déglutit quand ses grands yeux expressifs se plantèrent dans les siens et qu'il lui adressa un signe de tête pour lui demander silencieusement ce qu'il voulait. C'était officiel : cet inconnu avait du charisme à revendre.

— T'es tout seul ? lança-t-il après avoir tiré sur sa roulée.

Sa voix était douce, il avait un petit accent et Paolo en fut déstabilisé. Il hocha la tête, les mains enfoncées dans les poches de son short.

— Ça dérange si je m'incruste ?

Le jeune homme rit et tapota le sable près de lui.

— Viens poser ton joli petit cul ici.

Paolo ne se fit pas prier pour aller s'installer à l'endroit qu'il lui indiquait. Maintenant qu'il était plus près, il pouvait davantage le détailler. Qu'il était beau, à la lumière des flammes qui se réfléchissaient sur sa peau granuleuse ! Il avait quelques imperfections, elles sautaient aux yeux, mais elles le rendaient hypnotisant.

— T'es qui ?

La question était bizarre ; Paolo pouffa de rire.

— Un gars en vacances, qui devait aller à une soirée mais qui s'est fait snober, je crois.

— Ton prénom, je m'en fous de ta vie.

— Paolo. Et toi, t'es qui ?

— Ton futur plan cul.

Il sourit de toutes ses dents avant d'éclater de rire. Il s'arrêta au bout de quelques secondes et lui tendit la clope qu'il avait entre les doigts. Paolo la saisit et se rendit compte qu'il ne s'agissait pas seulement de tabac. À en croire le parfum qui s'en dégageait, il y avait autre chose à l'intérieur.

— Je rigole, je m'appelle Sungjae.

Chapitre 2

La guitare et les chants semblaient s'être atténués. En réalité, Paolo ne les captait plus, le visage du jeune homme qu'il venait de rencontrer le subjuguait bien trop. Ses yeux noisette reflétaient les flammes qui dansaient devant eux, et Paolo avait l'impression qu'il pouvait le percer à jour, connaître chacun de ses secrets, chacune de ses pensées. Son regard pétillait de curiosité, d'envie, d'amusement, peut-être même de folie. Il l'observait d'un air malicieux et joueur, les lèvres légèrement relevées en un sourire en coin. Il avait l'air euphorique, mais épuisé, avec ses cernes apparents. Il dégageait quelque chose de fort et d'intimidant, mais aussi de rassurant.

Il se posait déjà mille et une questions à son sujet. Qui était-il ? D'où venait-il ? Que faisait-il ? Il avait envie de tout savoir sur lui, de le connaître dans les moindres détails, qu'il le bombarde d'informations jusqu'à ce que son cerveau explose. Pour l'instant, il ne connaissait que son prénom, et il avait l'impression d'être déjà accro. Sungjae… Il ignorait d'où il pouvait être, mais son anglais était impeccable. Il se demandait s'il était en vacances, ou s'il habitait là.

— Bon, tu prends une taffe ou t'attends le déluge ?

Paolo secoua la tête, puis il se concentra sur sa cigarette.

— C'est quoi à l'intérieur ?

Sungjae haussa un sourcil.

— T'es sérieux ?

— Ouais, je préfère demander.

— Donne-moi ça.

Il lui arracha le cylindre des mains et le cala entre ses lèvres pour tirer dessus durant quelques secondes. Il s'en sépara dans un soupir de soulagement et laissa ensuite la fumée s'évaporer dans les airs.

— De l'herbe, lança-t-il. T'aimes pas ça ?

Paolo fronça les sourcils. Il n'en savait rien, l'occasion de toucher à ce genre de substances ne s'était pas présentée avant ce soir. Il n'avait pas accès à ça, ou tout du moins il n'avait pas toutes les combines pour s'en procurer. À sa connaissance, la drogue n'existait pas dans son université tranquille et respectable de bons élèves.

— J'ai jamais testé.

Sungjae se recula légèrement pour l'analyser avec attention. Il ne put s'empêcher de pouffer de rire, puis il prit une autre inspiration.

— T'es pas d'ici toi, déduisit-il.

— Non. Toi oui ?

— Ouais. Ça t'étonne ?

— Sungjae, ça sonne pas trop américain à vrai dire.

Le concerné se mit à rire de plus belle, ce qui déstabilisa quelque peu Paolo. Son nouveau camarade était très enthousiaste et bruyant.

— Tu voulais que je me fasse appeler comment ? James ? William ? Stephen ?

Paolo leva les yeux au ciel tandis qu'il continuait à lui énumérer des prénoms. Il finit par recevoir un coup de coude dans les côtes.

— C'est bon, décoince-toi ! T'es toujours comme ça ?

— Comme ça ? demanda Paolo en faisant une grimace.

Sungjae le poussa d'une main.

— Tu t'incrustes dans notre soirée, tu poses des questions étranges. Tu te comportes comme si t'étais du FBI. Tu peux juste arrêter d'être coincé et profiter, fumer un peu, et arrêter de faire ta tête de pioche ?

— Je peux partir si ça te dérange.

— Je t'ai dit que t'étais mon futur plan cul, j'sais pas si y'a vraiment moyen que tu partes du coup.

Ses yeux brillaient davantage, et son expression devint plus insolente et provocante. Paolo comprit que ce n'était pas un mauvais garçon ; il était juste un peu éméché. Il voulait qu'il se montre sous son jour véritable, sans jouer un rôle qui n'était pas le sien. Sungjae avait raison. Il était venu ici pour profiter. Les vacances venaient tout juste de débuter, mais il retournerait bientôt à sa vie monotone et fade, où les plaisirs n'étaient que des illusions, des miettes sur lesquelles il se jetait dès qu'elles tombaient au sol.

— Je comprends pourquoi ils t'ont ignoré de l'autre côté.

— Ça n'a rien à voir.

— Ah oui ? Alors, explique-moi pourquoi, monsieur Coincé.

Il soupira et se pencha en arrière, posant ses mains sur le sable.

— Je devais venir avec mon cousin, et visiblement c'était lui qui les intéressait. Faut dire qu'il est plus mignon que moi.

— Attends, s'arrêta Sungjae en levant l'index. T'es en train de me dire que tu t'es fait recaler parce qu'elles te trouvaient… pas à leur goût ?

Il haussa les épaules. C'était la seule explication qu'il avait trouvée et il se sentait toujours un peu vexé.

— Tu comptais choper une meuf, mais ça a foiré dès le départ, du coup tu t'es rabattu sur un gars. Ouais, ça tient la route.

Cette fois, Paolo lâcha un rire. Sungjae l'amusait : il irradiait une telle confiance en lui qu'il n'avait aucune envie de le contredire. Ce qu'il avançait n'était pas tout à fait vrai : il était venu là un peu par dépit, et parce que le groupe semblait sympa de prime abord. En plus, il l'avait aperçu et devait bien avouer que sa présence ne lui déplaisait pas. Peut-être avait-il fait le bon choix finalement.

— Franchement, elles ont pas de goût.

— Comment ?

— T'es canon. Enfin j'veux dire, t'es pas mal, dit-il en penchant la tête.

— Canon ou pas mal ? ricana Paolo.

Sungjae fit la moue en tirant à nouveau sur son joint. Cette fois, il expulsa la fumée vers son visage.

— Pas mal avec tes fringues. Et j'imagine canon sans.

— Ah ouais, t'es franc.

— Tu crois que j'ai que ça à faire de te draguer, de t'emmener boire un milkshake, de t'emmener au cinéma, tout ça pour qu'on finisse à poils toi et moi ? J'ai vraiment pas ton temps.

Son ton était on ne peut plus sérieux, mais Paolo fut obligé d'en rire à nouveau. Autant de sincérité le prenait de court ; ce jeune homme ne passait pas par quatre chemins, il allait droit au but, il savait exactement ce qu'il voulait.

— Moi j'ai du goût, dit-il en l'observant encore avec attention. Et je vois plus loin que le bout de mon nez. J'imagine sans problème ce qu'il y a en dessous et ça m'excite.

— T'es dingue.

— Peut-être. Et complètement défoncé aussi.

Paolo acquiesça et ils échangèrent un regard intense, qui en disait long. Lui aussi le trouvait à son goût, même s'il n'avait jamais été attiré par un autre homme auparavant. Il ne s'était jamais posé de question sur sa sexualité et ne voulait pas s'en poser davantage. Dans la société dans laquelle il avait grandi, il était normal qu'il trouve une épouse pour partager sa vie, qu'elle lui donne des enfants et qu'elle prenne soin de la maison pendant qu'il travaillerait. En réalité, il aspirait à autre chose : un quotidien excitant et rempli de sens. Cependant, il n'avait pas de solution magique pour y échapper. Il pouvait se révolter, se convaincre qu'il était libre, mais il ne le serait jamais vraiment.

Quand il était arrivé en Californie pour les vacances, il s'était pris pour un roi, mais un roi sans royaume. Et ce soir, devant ce parfait inconnu, il avait enfin mis la main sur des richesses inestimables.

— Tu veux que je te rende aussi dingue que je le suis ?

— C'est possible ?

Sungjae eut l'air de réfléchir durant d'interminables secondes. Elles furent si longues que Paolo crut bien qu'entre-temps il avait perdu le fil de leur conversation.

— Non, tu seras jamais aussi dingue que moi. Mais attends, laisse-moi faire un truc.

Il reprit le joint entre ses lèvres et prit une bouffée, les yeux fixés sur Paolo. Ce dernier ne rata pas un seul instant de ce magnifique spectacle. Sa peau mate, son regard pétillant, il était obnubilé par ses traits harmonieux et il ne remarqua pas tout de suite que leurs visages se trouvaient à seulement quelques centimètres l'un de l'autre. Il n'en prit conscience que lorsqu'il commença à voir flou et que la main libre de Sungjae se glissa dans sa nuque pour les rapprocher davantage. Alors, instinctivement, il ferma les yeux quand il atteignit sa bouche pour l'effleurer de la sienne. Sans réfléchir, il sépara ses lèvres, permettant ainsi à son partenaire de lui transmettre la fumée qu'il avait gardée jusque-là.

À cet instant, il se fichait de tout. *Carpe diem.* Il voulait tout oublier, s'enrichir de chaque moment qu'il pouvait vivre, de chaque sensation qu'il avait l'occasion de croiser. Il acceptait tout, sans limites. Il ne voulait pas avoir de regrets, et s'il finissait par avoir des remords, il les assumerait.

Sungjae se recula, Paolo garda les yeux fermés pendant quelques secondes. Il n'arrivait pas à reprendre part à la réalité, il n'en avait sans doute pas vraiment envie. Au fond de lui, il désirait que le jeune homme revienne à la charge, juste pour l'embrasser avec fougue.

Un coup de coude le rappela à l'ordre.

— Réveille-toi la belle au bois dormant, la soirée n'est pas terminée.

Il afficha un léger sourire. Il se sentait tout gêné par ce qu'ils venaient de faire, et aussi par ce à quoi il pensait. C'était la première fois qu'il était aussi proche d'un autre homme, et ça lui faisait quelque chose. Il était curieux de savoir ce que cela ferait s'ils s'embrassaient, s'ils se touchaient, s'ils commençaient à s'enlacer et à se coller l'un à l'autre. Il avait envie de vivre des expériences, de découvrir de nouveaux horizons. Et il avait l'impression qu'avec Sungjae, ce serait facile. Il n'avait aucune crainte, aucun a priori. Il était étrangement confiant avec lui, même s'il ne le connaissait pas. Il l'avait tout de suite mis à l'aise, malgré sa répartie et sa rudesse.

— T'en veux toujours pas ?

Paolo accepta le joint qui lui était tendu et il tira une première fois dessus avant de s'étouffer.

— Petite nature.

Sungjae lui donna deux tapes dans le dos avant de reprendre son précieux poison sans ajouter un mot de plus. Paolo resta silencieux. Il était distrait par sa récente rencontre et toutes les pensées qu'elle avait suscitées en lui, ainsi que toutes les questions qu'elle soulevait.

— Au fait, t'as quel âge ? osa-t-il finalement demander.

— Ça y est, le retour du FBI…

— Je m'intéresse à toi.

Il soupira et laissa tomber le reste de sa roulée dans le sable. Devant le regard accusateur de Paolo, il précisa qu'il allait le ramasser après pour le jeter — s'il n'était pas trop *stone* pour ça.

— Tu peux pas juste t'intéresser à moi d'une autre manière ? J'sais pas, intéresse-toi à moi quand on va baiser.

— C'est vraiment tout ce dont t'as envie ?

Sungjae hocha la tête.

— J'ai vraiment pas envie de me prendre la tête, alors ouais. Si j'avais voulu jouer les saints, je serais pas là.

Paolo ne savait pas quoi répondre. Il n'était pas aussi direct que son interlocuteur et ça le déstabilisait de le voir se comporter ainsi avec lui. Il voulait se laisser aller, il ne savait même pas ce qui le retenait d'abandonner toute bienséance et de lui donner ce qu'il attendait. Peut-être cette sensation étrange et inhabituelle d'éprouver du désir pour un autre homme.

— Ah, mais j'ai compris ! J'suis con aussi !

— T'as compris quoi ?

— T'as jamais eu de relation sexuelle avec un homme. Ça te fait flipper, mais c'est parce que tu sais pas ce que ça donne. T'es curieux en fait, hein ?

Il avait raison, et il ne pouvait pas le nier. Même s'il avait beaucoup fumé et bu, sa lucidité était troublante.

— T'as pas ce problème avec les filles, je me trompe ? Enfin, quand elles te recalent pas. Ça n'aurait pas quelque chose à voir avec ce que t'as dans le froc, par hasard ?

Devant son air provocateur, la mâchoire de Paolo se contracta et ses poings se crispèrent. Il avait enfoncé le doigt là où ça faisait mal. Il se sentait blessé dans son orgueil et avait envie de lui montrer qu'il n'avait pas peur, qu'il n'avait pas de complexes. Il avait trop longtemps été un adolescent peu sûr de lui : il devait prendre sa revanche.

— Ferme ta gueule.

Il attrapa le t-shirt de Sungjae et tira dessus. Sans autre forme de procès, il scella leurs lèvres et remua les siennes avec empressement. Ce baiser était maladroit et désordonné, mais il sentait son partenaire sourire dans l'échange, comme s'il n'avait attendu que cela depuis qu'ils s'étaient rencontrés. Il en était probable, à la lumière des nombreux signaux qu'il lui avait adressés. Ses mains se posèrent alors dans la nuque de Sungjae, faisant naître un tout autre genre de baiser. Leurs langues se rencontrèrent d'un commun accord, attirées l'une par l'autre comme si c'était une évidence. Le goût de l'herbe et de l'alcool se mélangeaient, brouillant encore plus leurs sens.

— Hm, t'es pas mauvais… glissa Sungjae pendant qu'il reprenait un peu d'air.

— Ferme-la.

Paolo s'empara de sa bouche avec fougue ; il ne manqua pas de la mordre, de la lécher sans retenue, et de lui montrer qu'il n'était pas méfiant, qu'il avait de l'assurance. Il allait le défier, mais surtout se défier lui-même. C'était d'abord un moyen pour lui de se prouver qu'il était capable de se détacher de sa maîtrise de soi dans son quotidien en Italie.

Ils s'embrassèrent ainsi durant d'interminables minutes, se fichant totalement de la présence des autres. Ils étaient dans leur bulle ; ils profitaient des lèvres et de la langue de l'autre, de leurs mains qui se faisaient de plus en plus baladeuses, des faibles soupirs qu'ils poussaient de temps à autre quand ils se séparaient pour reprendre leur souffle. Paolo repoussa Sungjae, posa sa main sur son épaule et l'incita à s'allonger. Sa tête et son dos heurtèrent le sable. Il rit, interrompant ainsi leurs affaires qui, si elles continuaient comme ça, ne resteraient pas que des baisers et des caresses. Même si son esprit était un peu embrouillé, Paolo en prit conscience. Ils ne pouvaient pas s'adonner à des plaisirs plus poussés en présence des autres.

— Tu veux venir finir le travail ailleurs ? proposa Sungjae dans un murmure.

Paolo s'en lécha les lèvres avec envie. La proposition était on ne peut plus tentante, et il n'y avait rien qui pouvait le retenir d'accepter. Il se redressa et secoua la tête ; il tenait debout, et c'était déjà pas mal. Il frotta son short pour en chasser le sable, puis il tendit la main à son partenaire. Debout l'un en face de l'autre, leurs doigts s'entrelacèrent et ils échangèrent un regard entendu. Sungjae se tourna vers son groupe d'amis, ces derniers ne semblaient pas vraiment intéressés par ce qu'ils faisaient.

— J'me casse ! annonça-t-il de manière à ce qu'ils l'entendent.

Ils lui accordèrent un peu d'attention pour le saluer et retournèrent aussitôt à leurs occupations ; fumer, chanter, et s'embrasser eux aussi à la lueur des flammes.

— Tu me suis ?

— Avec plaisir.

Ils quittèrent la plage sans un regard en arrière. Après tout, la fête n'était pas encore finie pour eux. Ils escaladèrent les marches menant à la rue, là où les véhicules étaient alignés au bord du chemin.

— Tu m'emmènes chez toi ? questionna Paolo.

— Ouais, on va dire ça.

Sungjae sortit un jeu de clés de sa poche et s'arrêta devant le van orange et blanc stationné le long d'une haie près de la route. Paolo leva un sourcil : il se souvenait l'avoir vu en arrivant. Son partenaire déverrouilla la porte arrière du véhicule et dévoila l'intérieur qui avait été aménagé avec des matériaux de récupération. Un meuble en bois droit devant et un lit assez grand pour qu'ils puissent y dormir à deux.

— Voilà, c'est chez moi. Tu veux entrer boire un dernier verre ? s'amusa-t-il.

— C'est si gentiment proposé.

Sungjae l'entraîna à l'intérieur, ferma la porte, puis tira les rideaux à carreaux. Il se laissa tomber sur le lit, étira ses jambes et retira son débardeur pour le balancer plus loin. Une odeur pas vraiment agréable flottait dans l'air : un mélange d'herbe et de renfermé. Paolo n'en eut pas la moindre gêne, car ses préoccupations étaient ailleurs. Il contempla le torse nu du jeune homme allongé et, malgré la pénombre, il remarqua sans peine que celui-ci était décoré de marques violacées.

— Tu viens ou merde ? s'impatienta Sungjae.

Il ne se fit pas prier davantage pour se glisser à ses côtés. Timidement, il vint caresser son corps du bout des doigts, comme s'il pouvait se brûler.

— C'est quoi tout ça ?

— Mes anciens plans cul t'intéressent tant que ça ? Parce que moi, là, j'en ai personnellement rien à foutre d'eux. C'est toi que je veux.

Il s'accrocha à la chemise de Paolo pour le faire tomber sur lui et l'embrasser. Il se trémoussa en sentant sa langue pénétrer dans sa bouche. De sa main libre, il vint lui caresser l'entrejambe, tous deux étant déjà très excités. La température augmentait à chaque seconde qui passait.

— Baise-moi… soupira Sungjae.

Paolo n'eut d'autre choix que de monter au-dessus de lui pour l'embrasser avec plus de fougue. Leurs sexes étaient en érection et se frottaient l'un contre l'autre au gré des mouvements de leurs bassins. Sungjae gigotait pour se rapprocher de Paolo, créant ainsi plus de friction. Il gémissait et soupirait, désespéré de ne pas obtenir plus de sensations en raison de leurs vêtements.

— Dis-moi que tu vas me baiser…

Paolo hocha frénétiquement la tête. Bien sûr qu'il allait le faire ! Il ne laisserait pas passer une telle opportunité. Il retira enfin ses chaussures, puis ôta sa chemise. Il se préparait à déboutonner son short en jean lorsqu'il se retourna pour jeter un coup d'œil vers Sungjae. Il s'arrêta alors en le voyant immobile. Son torse se soulevait lentement, et son visage était apaisé. Un soupir lui échappa et il se mordit la lèvre.

Sungjae s'était endormi.

Chapitre 3

Paolo entrouvrit les yeux, la lumière du jour vint l'éblouir et il se tourna sur le côté droit pour y échapper. Il lui fallut un certain temps pour émerger et se rendre compte qu'il ne se trouvait pas dans la chambre d'Enzo. Il fronça les sourcils, puis ses paupières se refermèrent. Il n'était pas contre un peu de repos supplémentaire. Sa tête le faisait souffrir et il avait la bouche pâteuse. Il tenta de déglutir et il crut bien s'arracher la gorge, ce qui lui fit presque regretter d'avoir fumé la veille.

Les images de la soirée apparaissaient de manière totalement aléatoire dans son esprit, et il chercha à les remettre en ordre pour obtenir une certaine cohérence.

Il soupira lorsqu'il se rappela que les deux jeunes femmes qu'il avait rencontrées au café l'avaient recalé. Si seulement il avait pu effacer cet échec pour ne plus se sentir honteux, il l'aurait fait volontiers. Cependant, il n'avait pas perdu au change, il avait passé un agréable moment avec l'autre groupe. Plus précisément avec sa nouvelle rencontre. Il sourit. Bien qu'ils furent un peu flous, les souvenirs des nombreux baisers passionnés qu'ils s'étaient échangés lui provoquaient encore des frissons. Il avait l'impression de sentir les lèvres de Sungjae sur les siennes, sa langue profondément enfoncée dans sa bouche pour en découvrir les moindres recoins, ses mains sur son corps qui ne demandaient qu'à aller plus loin. Il regrettait juste qu'il se fût endormi avant qu'ils n'aient pu passer aux choses sérieuses.

Paolo sursauta lorsqu'un grognement retentit derrière lui. Des doigts aventureux se glissèrent sur sa peau, lui frôlant les côtes pour remonter sur son épaule. Puis ils firent le chemin inverse avant de venir s'attaquer à son ventre. Il lâcha une profonde expiration. Les attentions de son partenaire étaient délicates, elles contrastaient avec ce qu'il lui avait montré la veille. Mais ce n'était pas pour lui déplaire.

— T'es réveillé ? marmonna Sungjae, la voix enrouée.

Paolo émit un simple son de gorge et le corps de son camarade se colla tout contre le sien. Son torse était bouillant et sa main se fit un peu plus entreprenante. Il descendit sur son bas-ventre et déboutonna habilement son short en jean afin de passer la main à l'intérieur. Par la même occasion, il la glissa dans son sous-vêtement et s'amusa avec les poils de son pubis. Sungjae passa les doigts dedans, puis les entortilla autour de son index tout en déposant de légers baisers sur son épaule. Paolo frissonna, les yeux révulsés alors qu'il n'avait encore rien fait de concret. Il appréciait le simple fait qu'il s'occupe de lui, sans avoir besoin d'en faire plus.

Soudain Sungjae s'arrêta et lâcha un petit cri.

— C'est quoi cette merde ? râla-t-il en ôtant sa main.

Paolo perdit sa chaleur et jeta un coup d'œil derrière lui. Son partenaire s'était redressé, les deux préservatifs en main. Il les agita avec un air interrogateur.

— C'est quoi ça ?

— Des capotes.

Il grimaça alors qu'il les observait, puis les reposa sur le matelas.

— T'as cru que j'allais tomber en cloque ?

— Non, c'est juste mon oncle qui me les a filés pour pas que…

— On a rien fait cette nuit ? l'interrompit-il.

— À ton avis ? Tu t'es endormi tellement t'étais défoncé.

— Ah ouais !

Paolo pivota pour lui faire face. Son visage un peu bouffi par le sommeil et ses cheveux châtain en bataille le firent sourire. Il ne put s'empêcher de trouver Sungjae vraiment beau. Il était naturel, bien qu'un peu original, mais il était si décomplexé qu'il en devenait somptueux. Il avait l'impression d'avoir mis la main sur un trésor, et il ne comptait pas l'abandonner.

Sungjae se pencha pour ouvrir le tiroir du petit meuble en bois. Il en extirpa un joint déjà roulé — qu'il s'empressa de caler entre ses lèvres — puis un briquet. Il prit une première inspiration et se laissa retomber aux côtés de Paolo. Il lui balança la fumée au visage et ils se fixèrent durant d'interminables secondes.

— Comme ça, dès le matin ?

— Tu prends pas de petit-déjeuner toi ? lui lança-t-il, un sourcil haussé.

Il lâcha un rire.

— Pas de ce genre, non.

— Quel genre ?

Il repoussa la main de Sungjae pour qu'il ne lui reprenne pas l'envie de fumer, et il se glissa plus près de lui, jusqu'à ce que leurs souffles ne se mêlent. Il se mordit la lèvre, hésitant un instant. Il se demandait si aller plus loin était bien raisonnable. Il ignorait l'heure qu'il était et même si Salvatore avait dit ne pas s'inquiéter de son absence durant la nuit, peut-être ne devait-il pas trop exagérer.

— Tu me la roules cette pelle ou tu fais ton lâche ?

Paolo ne put s'empêcher de rire à cette remarque, il lui parlait de lâcheté alors qu'il s'était endormi la veille sans qu'ils n'aient eu l'occasion de s'amuser davantage. C'était vraiment l'hôpital qui se foutait de la charité ! Et en y repensant, il avait envie de lui prouver que lui, il n'allait pas fuir à un moment aussi important. Il s'empara de sa bouche, une main posée sur sa joue, et il vint rapidement ajouter sa langue. Sungjae l'accepta sans une once d'hésitation et un gémissement de satisfaction lui échappa.

Leurs langues se retrouvèrent et se caressèrent sans aucune pudeur. Ils n'en avaient que faire du goût de l'herbe, de l'haleine du matin, ce n'étaient que des détails futiles. Comment auraient-ils pu résister à l'envie de s'embrasser ? Impossible.

Sungjae finit par se reculer pour jeter un coup d'œil au joint qui se consumait lentement entre ses doigts. Paolo comprit qu'il était tenté de le porter à ses lèvres, mais il avait autre chose pour s'amuser. Il s'apprêtait à revenir à la charge, sa main libre traçant son chemin jusqu'à l'entrejambe de son partenaire. Ils sursautèrent de concert aux coups qui éclatèrent contre le pare-brise arrière.

— Putain !

Sungjae se redressa et tira le rideau à carreau ; un homme au crâne rasé et au visage rond se tenait là, les sourcils froncés.

— Dégage de devant chez moi ! cria-t-il. Tu dépasses sur mon allée !

Sa main s'abattit à nouveau sur la vitre et Sungjae lui déclara un doigt d'honneur.

— Dégage j'te dis ! Ou j'appelle les flics !

Paolo se fit tout petit et se colla le plus possible contre l'habitacle. Il n'avait pas envie d'avoir des problèmes avec la police. Il était d'accord pour profiter des vacances, pour s'envoyer en l'air, boire, fumer, mais pas pour finir au commissariat à cause d'une histoire de véhicule mal garé.

— T'as cinq minutes !

Sungjae referma le rideau, tira sur son joint, et quitta le lit. Toujours cloîtré dans son coin, Paolo l'observa avec attention. Sa peau bronzée était décorée de suçons plus ou moins récents, et il s'interrogea sur le nombre d'aventures d'une nuit que le jeune homme pouvait avoir. Quand il ne s'endormait pas… Avait-il l'habitude des coups d'un soir ? Avait-il un petit ami ? Ou même une petite amie ?

— Tu veux ma photo ?

— Peut-être bien, s'amusa Paolo.

— Pour te branler ?

Il haussa les épaules et pouffa de rire. Assis au bord du lit, il analysa davantage ce qui l'entourait. C'était assez sommaire, avec quelques décorations colorées ; des banderoles, des fils de laine, des statuettes de Bouddha et des babioles sans grand intérêt. L'intérieur du véhicule était tout de même bien aménagé et rangé, même s'il ne sentait pas très bon.

— Tu vis ici ? Enfin je veux dire, tu vis dans ton van ?

Sungjae soupira et roula des yeux.

— Ouais.

Sa réponse était sèche, froide, et Paolo se demanda pourquoi il s'était soudain montré aussi antipathique. Il avait remarqué qu'il était franc, qu'il aimait être taquin aussi, mais pas si austère. Un point sensible avait été touché, il n'aurait peut-être pas dû lui poser cette question.

Il se redressa, boutonnant son short, puis récupéra sa chemise pour l'enfiler. Elle était froissée et défraîchie, mais il n'allait pas rentrer chez son oncle à moitié nu.

— Si tu veux savoir, ça fait quelques années que je vis comme ça.

Paolo, qui mettait ses chaussures, fut surpris qu'il continue la conversation. Il pensait s'être aventuré sur un terrain glissant, mais au final, Sungjae avait l'air un peu plus enclin à lui en parler.

— J'avais envie de voir d'autres horizons, alors je suis allé jusque dans l'État de New York l'été dernier. Je voulais aller au festival de Woodstock, je suis revenu ici qu'à la fin du printemps. J'ai pas mal voyagé.

— C'est cool, t'as dû voir du pays.

— Hm, on va dire.

Il tira sur son joint et le tendit à Paolo qui le refusa poliment. Si Sungjae semblait en faire son petit-déjeuner, lui n'en avait pas envie. Il le vit l'éteindre dans le cendrier posé sur le meuble.

— Faut pas que je sois trop déchiré pour conduire.

— En effet, c'est mieux.

— Putain, y'est déjà onze heures ! On ferait mieux de partir avant que l'autre connard sorte avec un flingue.

Paolo écarquilla les yeux, son cœur venait de faire un bond, et cela fit rire Sungjae. Il ne se priva pas pour s'esclaffer à gorge déployée.

— OK, c'était de mauvais goût, admit-il. Allez, on décolle.

— Faut que je rentre, annonça Paolo.

— Tu veux pas passer la journée avec moi ? Je vais vendre des bijoux que j'ai fabriqués sur la plage de Santa Cruz.

La proposition était on ne peut plus tentante, mais il devait rentrer au risque d'alerter sa famille. De plus, il avait prévu une sortie avec Enzo et il n'allait pas l'abandonner pour un mec qu'il avait rencontré la veille. Certes, Sungjae l'intriguait et il mourait d'envie d'en savoir plus à son sujet, de le découvrir davantage et peut-être même de continuer ce qu'ils avaient commencé, mais il était aussi un homme de parole.

— Je peux pas aujourd'hui, désolé.

— Pas de souci. Tu crèches où ? J'vais te déposer.

— Maple Street.

— Je vois, je t'y emmène si ça te va.

Paolo acquiesça. Il n'allait pas refuser de se faire raccompagner plutôt que de prendre le bus, et passer davantage de temps avec Sungjae ne lui déplaisait pas. Ils allèrent prendre place à l'avant du véhicule.

Le contact enclenché, la radio allumée, le van démarra et Sungjae se fit un plaisir de klaxonner avant de partir. Toujours dans la provocation.

Vitres ouvertes, l'air chaud s'engouffra dans le véhicule et Paolo profita du vent qui lui balayait les cheveux et lui fouettait le visage. Il avait envie de rester là encore longtemps, aussi longtemps qu'il le pouvait. Il se sentait bien, il se sentait vivant. Aux côtés de Sungjae, il avait l'impression que tout était possible, que la vie était simple, qu'il n'avait à se soucier de rien. Il enviait sa situation, sa liberté, sa personnalité frivole et son indifférence face aux conflits.

— Au fait, t'as quel âge ? demanda-t-il.

Paolo ricana.

— C'est ton tour de jouer au FBI ?

— Réponds pas si t'as pas envie.

— Vingt-deux.

Sungjae hocha la tête, un sourcil haussé et les lèvres légèrement étirées.

— Un p'tit jeune, je vois.

— Comme si t'étais vieux.

— J'ai vingt-cinq ans.

Paolo fit une grimace.

— Effectivement, une antiquité. Je comprends pourquoi tu t'es endormi hier, l'endurance tout ça, ça doit pas être ton fort.

En guise de réponse, il prit un virage un peu trop violemment et Paolo fut obligé de se tenir à la portière.

— Vaut mieux ça que de se faire recaler.

— Ne remets pas ça sur le tapis !

Arrêté au feu rouge, le jeune homme en profita pour tourner la tête dans sa direction.

— Moi je te recalerai jamais, t'es au courant ?

— J'ai cru comprendre.

Il redémarra et, quand il put, il posa une main sur la cuisse de son passager. Il la malaxa doucement, remontant dangereusement vers son entrejambe.

— Tu viens d'où ? demanda-t-il soudainement sans cesser ses gestes. T'as un accent bien sexy.

— Italie. Je suis venu chez mon oncle pour les vacances.

— Cool. Moi ma famille a quitté la Corée pour la Californie y'a un peu plus de dix ans, expliqua Sungjae. J'ai pas vraiment trouvé mes marques tout de suite, mais maintenant je me sens chez moi.

Sungjae s'amusa à lui apprendre quelques mots basiques en coréen et Paolo tenta de les répéter, ce qui les fit tous les deux rire.

— Tes parents habitent dans le coin ?

Le visage de Sungjae se ferma. Encore un sujet sensible apparemment.

— Ils sont à Los Angeles.

Il n'en demanda pas plus, ce n'était pas une bonne idée que de se montrer insistant. Il comprenait mieux pourquoi il était réticent à répondre à ses autres questions, sans doute par peur qu'il n'aille trop loin, qu'il soit trop intrusif. Il ne connaissait pas Sungjae, il ignorait ce qu'il avait pu vivre par le passé, et il y avait peut-être des événements dont il ne voulait pas se souvenir. Quand il s'intéressait à lui, c'était à double tranchant. Il pouvait s'ouvrir ou totalement se fermer.

Le reste du trajet se passa dans un lourd silence. Aucun d'eux n'essaya de relancer la conversation, mais Sungjae continuait de lui caresser la jambe de temps à autre.

— J'te dépose où ?

— Devant *Zacchary*, là-bas.

Il pointa l'enseigne jaune et vert d'un *bed and breakfast* à quelques mètres et Sungjae y arrêta son van. Ils échangèrent un regard et, d'un commun accord, se penchèrent pour se retrouver. Ils s'embrassèrent un long moment, mêlant encore leurs langues sans se soucier une seule seconde des passants sur le trottoir.

— J'ai envie de te revoir, murmura Sungjae entre deux baisers.

Paolo se recula.

— Sérieux ?

— J'ai dit que j'te recalerai jamais. J'ai pas passé la soirée à t'embrasser et à te dire que je voulais que tu me baises pour te laisser filer aussi facilement.

— Quand ?

— Demain soir, y'a une fête sur la plage, près du *boardwalk*. Tu connais un peu ?

— Oui, je dois y passer la journée donc on risque de se croiser. Mais si tu veux, on peut se donner rendez-vous le soir.

— Devant le magasin de bonbons à vingt heures, proposa Sungjae. Ce sera un petit avant-goût avant que tu bouffes les miens.

Il pouffa de rire à sa propre blague et Paolo le suivit. Il avait un large répertoire d'allusions et de blagues à connotation sexuelle, c'était assez impressionnant, mais également très amusant. Il ne se souvenait pas avoir rencontré quelqu'un de si extraverti et détaché. Même son cousin n'était pas aussi graveleux.

— Et cette fois, je compte bien finir ce qu'on a commencé.

— Tu t'endors pas, promis ?

— Fais en sorte que je m'endorme pas, le provoqua-t-il dans un sourire malicieux.

Cette soirée présageait d'être intéressante, et ils avaient tous les deux hâte de s'y retrouver. Sungjae alla à nouveau l'embrasser et Paolo lui jura qu'il allait le tenir éveillé une bonne partie de la nuit avant de quitter le véhicule.

Perché sur son petit nuage, il repensa à leurs baisers échangés et aussi au fait qu'il aurait pu aller bien plus loin avec Sungjae. Il l'intriguait, avec son style original et sa façon un peu farfelue d'appréhender la vie. Il n'était pas comme les autres. Et il n'était sûrement pas comme ces filles qui l'avaient snobé. Il l'avait encore en travers de la gorge, mais il pouvait tout de même se réjouir du fait que les choses se soient passées ainsi. Ce n'était pas plus mal.

Avec un immense sourire aux lèvres, il sonna chez Salvatore. La porte s'ouvrit quelques secondes après, Enzo était venu l'accueillir. Il l'observa de bas en haut, un sourcil haussé et la bouche pincée en une grimace de dégoût. Paolo rit, persuadé que son cousin lui en voulait toujours d'être parti en soirée sans lui. Tout du moins, il était un peu jaloux de ne pas avoir pu profiter d'un bon moment avec deux jolies filles.

— Ça y est, j'ai plus le droit d'entrer ? s'amusa Paolo.

Enzo secoua la tête et se décala pour qu'il puisse pénétrer dans l'entrée. Ils grimpèrent les escaliers, Paolo ôta ses chaussures et ils rejoignirent le salon. Salvatore et Nina, sa tante, étaient dans le canapé à regarder la télévision, et ses cousines étaient occupées, le nez dans des livres d'étude. Son oncle se redressa et lui décocha un sourire.

— Alors, sacrée soirée ? demanda-t-il.

Paolo acquiesça sans rien dire, ce n'était pas vraiment la peine de tout expliquer dans les moindres détails. Enfin, pas à tout le monde, mais il se ferait un plaisir de taquiner et de faire languir son cher cousin. Ce dernier ne cessait de le fixer, les bras croisés contre son torse, l'air désabusé.

— C'était bien à Corcoran Beach ? T'es rentré en bus ?

— Je me suis fait déposer. Et ouais, c'était sympa, les gens étaient plutôt cool.

— Plutôt cool, se moqua Enzo en levant les yeux au ciel.

Paolo lui asséna un petit coup de poing dans l'épaule.

— On va pouvoir sortir ensemble aujourd'hui et demain, arrête de bouder.

Il marmonna dans sa barbe et Paolo passa un bras autour de ses épaules pour l'inciter à venir avec lui. Il salua sa famille et emmena son cousin au deuxième étage, dans la chambre qu'ils partageaient. Il avait besoin de changer de vêtements, ils n'étaient plus très frais avec la transpiration, la fumée, et l'odeur qui imprégnait le van de Sungjae.

Enzo se laissa tomber sur son lit, un soupir quittant sa bouche.

Paolo retira sa chemise pour la balancer sur le sol et il se débarrassa de son short en jean ainsi que de son sous-vêtement. Nu comme au premier jour, il tourna le dos à son cousin pour chercher des vêtements propres dans l'armoire.

— J'ai pas envie de voir ton cul !

Paolo lui jeta un coup d'œil par-dessus son épaule.

— Toi non, c'est pas le cas de tout le monde.

Pour le faire rager, il contracta ses fesses.

— T'es chiant…

— Pourquoi t'es autant dégoûté de pas être venu ? C'était pas bien de servir des plats ?

Enzo s'allongea sur le dos.

— J'avais envie de voir ces filles.

— Elles aussi avaient très envie de te voir.

— Enfonce pas le clou !

Paolo émit un petit rire.

— Elles avaient envie de te voir toi, pas moi. C'était des connes.

Aussitôt son cousin se redressa, interpellé par ce qu'il venait de dire. Il grimaça et lâcha un cri écœuré quand il se rendit compte que Paolo s'était assis sur le lit d'à côté, toujours aussi nu, mais avec des habits à la main.

— Cache ça, c'est pas beau à voir, dit-il en pointant son sexe.

— T'es dur là.

— Pas toi !

Ils se mirent à rire à cette remarque avant que Paolo ne reprenne une expression sérieuse.

— Non mais vraiment, elles m'ont carrément ignoré après avoir compris que tu viendrais pas.

— Mais pourquoi ?

— Je devais pas leur plaire. C'est tout.

— Mais quoi ? Toi, le beau gosse bien monté ? s'indigna-t-il. Si elles sont assez stupides pour pas voir que mon cousin est une bombe atomique, elles méritent même pas que je les touche avec mon petit doigt.

Paolo haussa les épaules, comme si cela lui était égal, mais les mots d'Enzo l'avaient tout de même flatté. Il avait été déçu de ne pas pouvoir l'accompagner à cette fête sur la plage, alors peut-être qu'il était rassuré de ne pas avoir eu affaire à ces deux filles, même pour une nuit.

— Et t'as fait quoi du coup ?

— Y'avait un autre groupe, ils étaient autour d'un feu. Ils jouaient de la guitare et chantaient.

— Je suis sûr qu'ils fumaient des pétards et se bourraient la gueule.

Enzo avait vu juste, et Paolo n'était pas sûr de pouvoir lui avouer ça. Il était tout de même question de drogue, ce n'était pas rien, et lui aussi en avait consommé. Certes, il n'avait pas abusé mais ça restait quelque chose d'illégal.

— Ouais, sans doute.

— T'as fumé ?

Il détourna le regard.

— T'es sérieux ? T'as fumé des joints avec eux ?

Cette fois, il fronça les sourcils et lui fit signe de baisser le ton. Il voulait bien discuter de ses parties de jambes en l'air et il n'était pas forcément gêné si Enzo en parlait un peu fort. Mais le sujet de la drogue était plus délicat que de parler de sa première expérience homosexuelle.

— Vite fait, c'est bon.

— Je suis personne pour juger. Mais fais gaffe quand même. Va pas finir au poste de police avec tes copains les hippies.

Paolo roula des yeux et se leva.

— Je vais prendre une douche et me brosser les dents.

— Ouais, t'en as bien besoin.

Il lui tira la langue en lui balançant une chaussette sale qui traînait par terre, puis il courut jusqu'à la porte. Avant qu'il ne l'ouvre, Enzo l'interpella.

— Du coup t'as fait quoi cette nuit ?

— Comment ça ?

— T'as chopé une meuf ?

Le petit sourire qui naquit sur le visage de Paolo piqua davantage sa curiosité.

— T'as conclu ?

— Non, répondit-il sans lâcher son expression satisfaite. Mais j'ai quand même emballé un canon.

Enzo était sur le point de lui demander plus de détails, mais son cousin disparut sur le palier pour s'enfermer dans la salle de bain.

Il se doucha, heureux de pouvoir se débarrasser des quelques grains de sable qui s'étaient coincés dans les moindres recoins. Il ferma les yeux et soupira, l'eau coulait sur le haut de son crâne, puis sur son corps pour en détendre chaque muscle. Son esprit vagabonda çà et là. Il repensa à Sungjae et imagina comment ce serait de le revoir. Il aurait aimé que ce moment arrive maintenant, mais il ne pouvait pas abandonner Enzo. Il l'avait déjà fait hier soir — et il avait eu raison —, alors il ne voulait pas exagérer. Ils avaient prévu de se rendre au club de surf pour profiter d'un moment rien que tous les deux. Il devait être patient, il était certain que l'attente en valait la peine.

Chapitre 4

Paolo ne tenait plus en place. Enzo et lui s'étaient rendus à la plage de Santa Cruz et ils avaient passé leur matinée à dompter les vagues. Ils étaient épuisés, mais ne comptaient pas s'arrêter là. Après un bref déjeuner au club en compagnie d'autres jeunes venus là pour les vacances, ils avaient repris leur entraînement avec un coach. Le soleil était flamboyant aujourd'hui, aucun nuage à l'horizon, et les températures avoisinaient les trente degrés. Sortis de l'eau, planches en main, Enzo et Paolo échangèrent un regard et un sourire satisfait avant de secouer la tête. Les gouttes d'eau salée volèrent dans tous les sens, et Paolo se pencha légèrement en arrière pour que ses cheveux cessent de lui coller au front.

— Tu te fais mater, lui lança son cousin dans leur langue natale.

Il redressa la tête et fixa un groupe de jeunes femmes en bikini qui, malgré leurs lunettes de soleil, s'avéraient loin d'être discrètes. Il leur décocha un mince rictus, suivi d'un clin d'œil, et il jura de les voir hyperventiler. Cela le fit sourire davantage. Dire qu'il s'était fait recaler deux jours auparavant, il ne comprenait toujours pas pourquoi.

— On va se changer et boire un truc ? proposa Enzo, l'obligeant à se détourner du groupe.

— Hm, si tu veux. On va où ?

— Au kiosque là-bas ?

D'un signe de la tête, il indiqua une petite cabane en bois colorée sur le bord de la plage. Quelques tables étaient installées sur le côté avec des parasols, des tabourets au comptoir, et deux grosses machines à granités qui tournaient à plein régime. Il y en avait de toutes les couleurs, et Paolo devait bien avouer que se rafraîchir lui ferait le plus grand bien.

Ils rejoignirent les vestiaires du club pour troquer leurs combinaisons contre des vêtements un peu plus confortables.

— Faut vraiment que tu me racontes ce qu'il s'est passé pendant ta soirée.

Paolo leva les yeux au ciel. Il n'avait toujours pas eu le courage de parler de Sungjae, sans doute de peur que son cousin ne le juge. Il avait juste expliqué qu'il s'était laissé entraîner, qu'il avait un peu fumé et embrassé quelqu'un avant de se retrouver à moitié nu, pas loin de passer à l'acte, mais qu'ils avaient fini par s'endormir. Enzo était resté perplexe.

Une fois changés, ils saluèrent le gérant du club de surf et retournèrent vers le kiosque. Enzo se mit à jouer avec le bas de son t-shirt lorsqu'ils arrivèrent à proximité.

— T'as quoi? demanda Paolo.

— Rien, j'ai juste un peu mal au ventre.

— T'as peut-être faim.

Il répondit à peine et ils se plantèrent devant le comptoir. Un jeune homme très mignon, bien bronzé et aux cheveux blonds comme les blés, s'avança vers eux pour prendre leur commande. Il scruta Enzo un court instant avant que son visage ne s'illumine.

— Hé, salut.

Enzo lui rendit son sourire.

— Salut, dit-il en se frottant la nuque. Je savais pas que tu bossais là pendant les vacances.

— Ouais, j'avais besoin de me faire un peu de fric. Mais c'est sympa, donc ça me dérange pas.

— Puis y'a des jolies filles, lança Paolo.

Le jeune homme émit un petit rire gêné sans prendre la peine de relever cette remarque.

— Je vous sers quoi ?

Ils prirent deux granités, un à la pastèque et un autre à la pêche, et ce fut Enzo qui les paya. Il salua le serveur et ils allèrent s'installer autour d'une table vacante. Le silence qui régnait entre eux était étrange et contrastait avec l'animation tout autour. Les discussions, les rires, le bruit des vagues et le cri des mouettes.

Paolo avait bien remarqué que quelque chose ne tournait pas rond. Depuis qu'ils avaient eu affaire au jeune homme du kiosque, son cousin était ailleurs.

— Tu le connais d'où ?

Enzo, visiblement perdu dans ses pensées, se redressa d'un coup, clignant des yeux.

— Le mec qui nous a servi, précisa-t-il.

— Oh ! C'est Emile, un gars de mon université. Ses parents tiennent une épicerie française sur Cooper Street. La dernière fois il m'a ramené des trucs qui allaient bientôt être périmés.

Paolo haussa un sourcil.

— C'est juste une connaissance ou…

Ses joues s'empourprèrent, et ce n'était surement pas à cause de la chaleur estivale.

— Donc c'est plus qu'un simple gars.

— Arrête…

Ravi de constater qu'il avait visé juste, Paolo sourit. Enzo ne s'était jamais montré intéressé par un autre homme alors ça l'étonnait, mais ça le rassurait également. Il se sentait un peu moins seul dans cette situation.

— T'as pas à avoir honte, dit-il.

— Tu crois que c'est si simple ? C'est pas vraiment l'image que je te montre, alors tu dois trouver ça bizarre.

Après avoir siroté son granité, Paolo se cala dans sa chaise, les jambes écartées et tendues devant lui.

— C'est pas parce qu'on drague des meufs qu'on peut pas avoir de l'attirance pour des gars.

Enzo fronça les sourcils et reposa sa boisson sur la table.

— Ça t'est déjà arrivé ?

Il haussa les épaules.

— Ouais, pas plus tard qu'avant-hier.

— Quoi ? T'es sérieux ? C'est un mec que t'as chopé à cette soirée ?

Il hocha la tête, distrait par les passants qui marchaient près d'eux. Sungjae lui plaisait vraiment ; il était content de l'avoir rencontré et qu'il se soit montré aussi insistant. Il n'aurait pas osé en faire autant. Et il avait hâte d'être ce soir.

— Il est comment ?

Il soupira.

— Un peu étrange, mais je sais pas, le feeling est tout de suite passé.

Enzo sourit de toutes ses dents, un de ces sourires rayonnants qui avaient le don de rendre Paolo heureux. Ils avaient une relation spéciale, même s'ils ne se voyaient pas souvent ils restaient très fusionnels. Alors ils se réjouissaient toujours du bonheur de l'autre.

— C'est cool, je suis content pour toi.

— Je suis content pour toi aussi, si ça marche avec Emile.

— On est juste amis, c'est pas facile de lui avouer ça. On est un peu… timides tous les deux.

Il mélangea son granité, l'air pensif, et Paolo en déduisit qu'il n'avait pas encore eu le courage — ou même l'occasion — de confesser ses sentiments. Et il pouvait totalement le comprendre. Lui, il avait eu de la chance, il était tombé sur quelqu'un de très ouvert et qui lui avait fait du rentre-dedans. Ce n'était pas compliqué de se laisser aller avec Sungjae.

— Mais qui je vois là !

Paolo sursauta à cette voix familière. Il releva la tête et, à quelques mètres, il l'aperçut. *Lui.* Il lui adressait de grands signes tout en se dirigeant vers lui. Sa chemise ample au motif flamant rose l'aurait presque aveuglé tant elle était colorée. Lorsqu'il arriva près de Paolo, il s'empressa de se pencher pour passer un bras autour de ses épaules tout en observant Enzo.

— T'es qui toi ? lança Sungjae sur un ton froid.

— C'est mon cousin, Enzo.

Aussitôt, il se détacha de Paolo et saisit une chaise pour s'y installer. Il posa son sac en toile sur le sol.

— Ah d'accord, j'ai cru que tu m'avais déjà remplacé.

Paolo pouffa de rire.

— Non, t'inquiète pas. T'as vendu beaucoup de bijoux alors ?

— J'ai fait mon beurre. J'vais pouvoir m'acheter de l'herbe et remettre du jus dans mon van. Tranquille quoi. Et vous, vous avez fait quoi ?

— On a surfé.

La joie qui illuminait son visage s'évapora instantanément. Il semblait éteint, hermétique à tout ce qui l'entourait.

— J'vois, tu fais du surf.

Ses lèvres se pincèrent entre elles et son regard se fit fuyant. Paolo interrogea silencieusement Enzo, il ne comprenait pas ce soudain changement d'humeur. Il n'avait rien dit de mal, il avait juste répondu à sa question.

— C'est quoi le problème ?

Sungjae ne rétorqua pas. Il se contenta de ramasser son sac pour se lever.

— J'vais essayer de me faire encore un peu de blé. Tu viens toujours ce soir ?

Paolo était perdu. La seconde d'avant le jeune homme paraissait distant et froid et là, il faisait comme s'il n'y avait rien eu.

— Oui, si tu veux toujours de moi.

— Bien sûr que je veux toujours de toi. Tu sais bien qu'on en a pas terminé.

Il se pencha vers Paolo et déposa un baiser sur le haut de son crâne avant de s'en aller. Il lui adressa un signe, un clin d'œil, puis retourna sur la plage.

— Ah ouais, soupira Enzo. C'est direct entre vous.

— On s'est un peu beaucoup chauffés, on est plus à ça près.

— Effectivement. J'imagine que ce soir vous allez…

— Y'a des chances. D'ailleurs t'as pas envie de venir ? Tu pourrais inviter ton… peut-être futur mec ?

Il remua ses sourcils. Il n'avait pas envie d'encore laisser son cousin sur le carreau, et s'il pouvait en plus passer un bon moment avec la personne qui l'intéressait, c'était un plus à ne pas négliger.

— T'as raison. J'vais aller lui proposer.

Chapitre 5

Plus tard dans la journée, Paolo se retrouva à patienter sagement devant le magasin de bonbons. Il observait les alentours, à l'affût d'un signe de vie de la part de Sungjae. Il mourait d'envie de le voir apparaître dans son champ de vision, de voir son sourire chaleureux et joueur.

Enzo ne devait pas tarder à le rejoindre, il était allé récupérer Emile au kiosque à boissons car il devait bientôt terminer son service. Il n'était pas certain de rester avec son cousin toute la soirée, son camarade de fac lui avait suggéré de passer un peu de temps au *boardwalk* pour profiter de l'ambiance festive et des attractions. Cela prouvait qu'Emile était peut-être intéressé s'il préférait qu'ils aient un moment rien que tous les deux.

Il bascula la tête en arrière et fit craquer ses cervicales. La cession de surf d'aujourd'hui l'avait épuisé et il n'aspirait qu'à se détendre en bonne compagnie. Et pourquoi pas finir la nuit dans le van de sa récente rencontre. Il n'allait pas lâcher Sungjae de si tôt. Il était encore là pour plus d'une semaine et il comptait bien s'amuser avec ce dernier s'il était d'accord. Le courant passait bien, ils étaient attirés l'un par l'autre, ils pouvaient se permettre de prendre du bon temps.

Cependant, lorsqu'ils s'étaient croisés cet après-midi, Sungjae lui avait semblé étrange. La simple mention du surf l'avait fait tiquer et en une fraction de seconde, il était passé du jeune homme enjoué au jeune homme fermé. Paolo ne comprenait pas ce qui avait pu le refroidir autant. Une mauvaise expérience ? Un ex petit ami surfeur qui l'avait blessé ? Il n'en savait rien, et il n'oserait en aucun cas lui poser la question pour éviter de raviver de douloureux souvenirs.

Ce soir ils allaient s'amuser. C'était tout ce qui comptait.

— Ton pote le hippie est pas encore là ?

Il revint à lui en entendant la voix grave d'Enzo. Il secoua la tête avant de poser les yeux sur Emile qui arborait un petit sourire aux lèvres.

— Et tu crois qu'il va venir ?

— Il va pas tarder je pense, il est seulement vingt heures cinq, dit-il en regardant sa montre. Il est sans doute en retard, ce serait pas surprenant.

Enzo lui asséna une petite tape dans le dos. Paolo ne voulait surtout pas imaginer que Sungjae ait pu lui poser un lapin. C'était un électron libre, qui se laissait vivre sans se prendre la tête, tout à fait le genre de personne à arriver en retard à un rendez-vous. Ça n'avait rien d'inquiétant.

Il tourna la tête vers la gauche, puis vers la droite, et son visage s'illumina quand il l'aperçut. Impossible de le louper avec cette chemise bariolée et son gros *tote bag* aux écritures arc-en-ciel.

Tout en avançant, Sungjae leur adressa de grands signes, le bras levé dans les airs. Paolo le détailla des pieds à la tête, et il remarqua qu'il ne portait pas de chaussures. Ce simple élément le fit rire. Mais il n'était pas surpris, ça faisait partie de son personnage un peu farfelu et je-m'en-foutiste sur les bords.

— Salut beau gosse, lança Sungjae une fois arrivé à son niveau.

Il jeta un bref regard à Enzo et lui décocha un clin d'œil.

— Je vois que t'as ramené des invités.

— Oui, j'me suis dit que ce serait sympa si Enzo pouvait venir. Et je te présente Emile, un de ses amis.

Il l'analysa tout en hochant lentement la tête.

— Cool. Un ami, c'est ça ?

Il lâcha un rire et se détourna de lui. Paolo n'eut aucun mal à constater que les joues de son cousin avaient viré au rouge, alors il s'empressa de changer de conversation.

— Ton sac à l'air super lourd.

— J'ai ramené des bières.

— Tu veux que je te le porte ?

— T'es con, s'amusa Sungjae. J'peux le porter, j'suis pas une mauviette. Allez, on va rejoindre les autres.

Ils marchèrent quelques minutes pour retrouver un groupe d'une vingtaine de personnes installées sur le sable. Paolo en reconnut quelques-unes qui étaient déjà présentes à Corcoran Beach, et ces dernières le saluèrent d'un signe de la main. La guitare était toujours de sortie et les chants ne tardèrent pas à se caler sur la mélodie. Ils prirent place et se servirent des bières.

Une bonne heure s'écoula, durant laquelle Sungjae fit le tour du groupe pour discuter avec tout le monde et même vendre quelques bijoux. Paolo en fit tout autant ; les gens présents étaient avenants et sympathiques, il était facile de s'intégrer. Il n'avait pas vu d'inconvénients à ce qu'Enzo et Emile s'éclipsent, ils avaient envie d'aller au parc d'attractions.

L'ambiance était joviale, et certaines personnes étaient plus éméchées que d'autres. Sungjae avait allumé un joint et, quand il ne chantait pas, il tirait dessus pour ensuite laisser la fumée s'élever dans l'air. Il était dans son élément, totalement à l'aise. Il discutait avec ses amis et les prenait par les épaules pour les inciter à danser au rythme de la musique. Il riait aux éclats, comme si rien n'existait autour de lui. Avec son sourire insouciant et radieux, il avait l'air heureux, mais son comportement décontenançait Paolo. Il observait la scène d'un œil perplexe, il s'en trouva même un peu vexé. Finalement, il avait l'impression de faire partie du décor. Sungjae ne lui avait même pas accordé une seconde d'attention depuis qu'ils avaient rejoint le groupe. Il était venu ici pour passer du temps avec lui et même si les autres étaient gentils, ce n'était pas eux qui l'intéressaient.

L'embarras s'installa peu à peu, jusqu'à ce que Paolo se laisse envahir par la déception — et une pointe de colère. Il ne comprenait plus ce jeune homme qui lui avait fait du rentre-dedans et qui, désormais, était presque en train de l'ignorer. Il ne voulait pas le montrer, alors il buvait et essayait d'avoir des conversations intéressantes avec ses amis d'un soir. Mais ce n'était pas très convaincant. Son regard bifurquait toujours vers Sungjae. Il finit par se rendre compte que ce dernier s'était un peu éloigné de la fête. Il était installé face à la mer, les genoux ramenés contre son torse, un nouveau joint calé entre ses lèvres. Son sourire s'était effacé et son regard se perdait dans l'immensité de l'eau.

Paolo se leva, abandonnant celui avec qui il était en train de discuter.

Il prit place à côté de Sungjae et délicatement, ôta la roulée de sa bouche pour en prendre une aspiration. Il la garda en main et asséna un petit coup d'épaule à son camarade.

— Tu t'amuses plus ?

La réponse ne fut qu'un son guttural. Pas un mot, pas un regard. Sa réaction anormale rendit Paolo soucieux.

— Y'a un truc qui va pas ?

Sungjae lui reprit son joint pour tirer dessus, mais ne répondit pas.

— Tu peux me dire pourquoi t'es si distant ce soir ?

Un soupir sec retentit avant qu'il ne se fasse fusiller du regard. Son camarade n'était pas prêt à discuter, et il semblait même agacé. Perdu face à ces réactions inattendues, Paolo pensa à partir. À quoi bon rester là s'il devait subir ses humeurs changeantes ? Il était prêt à se lever quand Sungjae le retint par le poignet. Son regard avait changé. Il était bien moins confiant et, dans ses yeux brillants, il décela une certaine vulnérabilité.

— J'suis pas bien, excuse-moi.

Paolo fut désolé de ne pas avoir pensé au fait que quelque chose pouvait l'affecter et d'avoir cru qu'il ne voulait plus de lui dans son lit. Sungjae s'était dévoilé souriant et exubérant, et le voir ainsi tranchait avec cette facette euphorique qu'il avait eu la chance de découvrir. Il lui saisit la main et la caressa lentement.

— Non, t'as pas à t'excuser.

— Si, j'te fais venir et tout ce que je fais c'est de bouder dans mon coin. Tu dois me trouver ridicule à m'isoler pour fumer, avec ma gueule de con.

— Mais pas du tout. Je t'en veux pas, d'accord ?

— T'es sûr ?

Paolo acquiesça. Comment pouvait-il lui en vouloir ? Il voyait bien à quel point il se sentait mal maintenant, et il ça lui brisait le cœur. Il l'incita à se lever et lui proposa de marcher un peu le long de la plage pour qu'il se change les idées. Main dans la main, ils profitèrent de l'air frais et des embruns marins. Sungjae gardait la tête basse, il avançait en observant ses pieds s'enfoncer dans le sable mouillé. Paolo essaya de s'enquérir de son état, il avait l'impression qu'il pouvait s'effondrer d'une minute à l'autre. De temps en temps, il raffermissait l'emprise sur sa main, comme pour lui rappeler qu'il était là s'il avait besoin de se confier.

— Et t'as pas du tout une gueule de con, dit-il pour briser le silence, ça je peux te l'assurer.

Sungjae pouffa de rire et releva enfin la tête. La lumière des attractions au loin se refléta dans ses prunelles. Il était merveilleux, si bien que Paolo eut une folle envie de l'embrasser à en perdre haleine.

— Tu dis ça pour me faire plaisir.

— Non, pas du tout. T'es super beau et tu me plais énormément.

— Alors tu dis ça parce que tu veux me baiser.

— N'importe quoi !

Sungjae haussa un sourcil, une moue déformant ses lèvres.

— T'as pas envie de me baiser ? T'es sûr ?

— Je… je voulais être un peu… Enfin je voulais pas être trop direct, tu vois.

— On sait très bien comment ça va se terminer entre toi et moi ce soir, alors t'as pas besoin de faire de manières.

Paolo sourit et se mordit la lèvre. Il l'avait retrouvé tel que lorsqu'ils s'étaient rencontrés. Et il avait hâte de voir ce que la soirée lui réservait. Il savait qu'ils finiraient dans le van, nus, transpirants, laissant parler leurs corps assoiffés de luxure. Cette pensée lui retourna le ventre, submergé par une vague d'adrénaline.

— T'as déjà sauté un gars en Italie ?

Il fut pris de court, ses joues n'en devinrent que plus écarlates et ses yeux s'écarquillèrent. Sungjae rit.

— C'est bon j'ai compris, t'es un puceau.

— Non, j'ai déjà eu des aventures.

— Pas avec un gars alors.

— Effectivement.

— Ça te fait pas peur ?

Il considéra la question un court instant avant de secouer la tête. Il n'appréhendait pas vraiment, il était même plutôt impatient de goûter à cette nouveauté qui s'offrait à lui. Il était persuadé qu'avec Sungjae, il serait en confiance, et que celui-ci saurait le guider s'il venait à douter.

— Tu verras, j'suis un bon coup.

— Prétentieux, s'amusa Paolo.

— Réaliste.

— T'as l'air vraiment confiant pour un mec qui s'est endormi avant même de passer à l'acte.

— Oh arrête, ça m'arrive jamais d'habitude, j'étais juste bien, bien défoncé cette fois.

Il sourit et resserra sa poigne sur la main de Sungjae.

— Du coup, tu veux qu'on continue quand ? lui demanda-t-il.

Ses yeux s'illuminèrent d'exaltation à cette question. *Tout de suite.*

— On va aller dans mon van.

— Il a dû en voir passer.

— Dis-toi que je me suis mangé plus de kilomètres que lui, si tu vois ce que je veux dire.

Sungjae rit. Il tira Paolo pour qu'il presse le pas et ce dernier se laissa traîner sans opposer de quelconque résistance. Il avait enfin retrouvé celui qu'il avait rencontré deux jours auparavant. Ça faisait battre son cœur de manière désordonnée, mais ça lui embrasait aussi les reins. Il savait ce qui allait se passer maintenant et il avait terriblement hâte. Il ressemblait à un gamin devant une vitrine remplie de jouets, un gamin prêt à déballer son cadeau tant attendu.

Ils quittèrent la plage pour repasser devant le magasin de bonbons, et Sungjae ne manqua pas de lui rappeler qu'il allait enfin pouvoir toucher les siens. Paolo fut obligé de rire, ça l'avait un peu détendu. Son attitude sûre de lui n'était qu'une façade, parce qu'il ne voulait pas que son partenaire ait l'occasion de se moquer, mais il commençait à appréhender leur future partie de jambes en l'air. Il se rendit compte qu'il allait coucher avec Sungjae et qu'il serait sûrement celui qui devrait tout prendre en main. Et il ne voulait pas passer pour un dégonflé.

Ils arrivèrent sur un petit parking et Sungjae sortit les clés de son sac en toile pour déverrouiller son véhicule. Il fit coulisser la portière arrière et laissa Paolo grimper en premier. Une fois qu'il eut refermé, il tira les rideaux pour plus d'intimité et balança son *tote bag* sur le sol. Sans plus de cérémonie, il se jeta sur Paolo, attrapant son t-shirt à deux mains pour l'obliger à venir l'embrasser.

— Attends, on est sur un parking, des gens pourraient...

— Tu crois que j'en ai quelque chose à foutre ?

— Si quelqu'un appelle les flics ?

— Ferme ta gueule et embrasse-moi, putain.

Il fonça sur sa bouche pour le faire taire et, sans attendre, glissa la langue entre ses lèvres. Paolo lui attrapa la taille et recula en même temps pour s'asseoir sur le bord du lit. Penché au-dessus de lui alors qu'il maintenait son visage, Sungjae explora sa bouche sans aucune pudeur et d'une main il vint lui caresser l'entrejambe.

— T'es déjà en train de bander, lança-t-il entre deux baisers.

La réponse ne fut qu'un gémissement étranglé. Paolo était si faible à cause des gestes de son partenaire qu'il ne donnait pas cher de sa peau. Il allait vraiment devoir se concentrer s'il ne voulait pas jouir trop vite.

Sungjae le repoussa pour mettre un terme à leur échange et il l'incita à s'allonger. Il en profita pour retirer sa chemise et dévoiler son torse marqué par ses différentes conquêtes des jours précédents.

— Déshabille-toi, lui indiqua-t-il alors qu'il s'attaquait à son bermuda en jean.

Il ne se fit pas prier et retira l'intégralité de ses vêtements pour se retrouver nu sur le matelas du van. Sungjae se glissa sur lui, leurs sexes se heurtèrent alors que leurs lèvres impatientes se retrouvaient. Ils laissèrent passer un soupir commun, signe de leur soulagement. Ils n'en pouvaient plus ; leurs mains se perdaient sur leurs corps bouillants, cherchant à se découvrir, à se satisfaire, à trouver le moindre endroit sensible qui allait leur faire perdre la tête.

C'était brouillon, mais tellement bon.

Sungjae délaissa sa bouche pour y préférer son cou qu'il s'amusa à suçoter. Il n'hésita pas à y laisser quelques marques rouges qui resteraient sans doute plusieurs jours. Paolo bascula la tête en arrière et lui empoigna les fesses pour les serrer et y enfoncer ses ongles alors qu'il ondulait. Il ne parvenait pas à se contrôler, et les frottements de leurs membres ne faisaient que les rendre un peu plus fébriles chaque seconde.

— J'ai tellement envie de t'avoir en moi.

— Tu la veux tant que ça ?

Paolo lui donna un coup de reins tout en le tirant vers le bas. Sungjae hoqueta, surpris par le geste.

— T'imagines même pas. J'te jure, tu me rends fou.

Il s'installa à côté de Paolo, sur le ventre, et il écarta légèrement les jambes.

— Mets-moi tes doigts.

— Et j'utilise quoi ? T'as pas un truc pour lubrifier ?

D'un mouvement las, le propriétaire du van pointa son index en direction d'une boîte en carton sur le côté.

— Y'a de la vaseline.

Paolo fouilla quelques secondes avant de tomber sur ce dont il parlait. Il attrapa le petit pot transparent à l'étiquette bleue et l'ouvrit. Il en prit une noisette et la réchauffa dans le creux de sa main pour la rendre moins solide. Sungjae l'observait, les bras croisés sous son visage, le sourire aux lèvres.

— Je suis sûr que tu peux me faire jouir qu'avec deux doigts vu comment ils sont longs.

— Tiens, tu t'es pas endormi ?

Sungjae leva les yeux au ciel et grimaça.

— Arrête de parler et baise-moi.

Il releva légèrement son postérieur, impatient que Paolo lui donne enfin ce qu'il attendait. Quand ce dernier s'apprêta à venir caresser son intimité, il s'arrêta. Il fronça les sourcils en découvrant le tatouage qu'il avait sur la fesse droite.

— Pourquoi t'as une abeille tatouée sur le cul ?

— Parce que j'adore me faire butiner.

Sungjae rit, et Paolo resta coi devant cette répartie sans faille.

— Allez, dépêche-toi avant que je m'endorme vraiment.

Il obtempéra.

Avec délicatesse, il vint toucher son amant qui lâcha un long gémissement tout en fermant les yeux. Plus Paolo appuyait ses gestes et plus il soupirait. Son bassin remuait de lui-même, cherchant désespérément à se frotter contre le matelas pour se soulager d'une horrible tension. Paolo sentait son érection lui tirailler et s'il n'avait pas eu à préparer Sungjae, il se serait fait un plaisir de le prendre sur le champ.

— Mets-les, t'es chiant, grogna-t-il.

Il le pénétra donc d'un doigt, mais il jugea assez vite qu'il pouvait aisément en ajouter un deuxième. Il instaura des va-et-vient rapides, prenant bien soin d'aller le plus loin possible. Sungjae se mordit la lèvre, comme s'il cherchait à contenir ses plaintes, et ses mains se crispèrent sur les draps à sa portée.

— T'es vachement doué, marmonna-t-il.

— Et toi t'es vachement gourmand.

Il ajouta un troisième doigt et le jeune homme émit un rire cristallin tant le plaisir était intense. Il se laissa faire un moment et décida de se tourner sur le côté, forçant Paolo à cesser ses agréables caresses. Il attrapa son sexe d'une main, il s'était un peu relâché, mais quelques mouvements suffirent à le rendre plus dur.

— Allonge-toi, c'est moi qui gère.

Sungjae le poussa pour qu'il se mette sur le dos, puis il lui grimpa dessus. Il lui laissa tout le loisir de caresser son ventre, son torse, et son pubis où il glissa les doigts dans ses poils. Il en frissonna.

Il prit appui sur ses genoux et attrapa l'érection de Paolo pour la placer contre son orifice. Il ondula, d'avant en arrière, dans des mouvements circulaires, et petit à petit, il se laissa glisser sur son membre tendu.

Leurs yeux se révulsèrent tant les sensations qui les transportaient étaient divines. Leurs bouches s'étaient ouvertes sous le plaisir intense qu'ils ressentaient, mais ils ne pouvaient pas gémir. Le souffle coupé, Paolo s'agrippa aux cuisses de son partenaire alors qu'il engloutissait avidement son sexe. Il perdait la tête, complètement, et quand il le vit se pencher vers l'arrière, il crut défaillir.

Il lui offrait un spectacle hors du commun ; son corps bronzé, sa virilité tendue, son visage déjà ravagé par le plaisir tandis qu'il bougeait lentement au-dessus de lui.

— T'en as une plus grosse que ce que je pensais.

Paolo lui asséna un coup de reins puissant qui le fit éclater de rire. Sans relâche, Sungjae continua à se mouvoir sur lui et il alterna différentes cadences ; tantôt il se soulevait pour instaurer des va-et-vient, tantôt il le gardait bien en lui et se contentait de se déhancher. Paolo retroussait le nez lorsque le plaisir était trop intense et, même s'il restait relativement silencieux, Sungjae savait qu'il lui faisait du bien. Il le sentait à la manière dont ses doigts se crispaient dans sa chair, à la manière dont son ventre se contractait. Il tentait de créer un contact, de venir à sa rencontre, mais Sungjae ne lui laissait pas le temps de caler son rythme sur le sien. Il voulait avoir l'ascendant sur lui, le contrôler, soumettre le tempo, qu'il soit lent ou rapide. Il voulait être celui qui décidait. Il y prenait beaucoup de plaisir, et cela se voyait dans ses yeux étincelants, dans son sourire malicieux.

— Ah putain… lâcha Paolo quand son amant vint lui saisir les testicules.

— T'aimes ça ?

— Carrément.

— T'aimes me baiser ?

Il retint un grognement dans le fond de sa gorge. Les doigts de Sungjae faisaient des merveilles sur ses bourses et ses mots crus lui retournaient l'esprit.

— Réponds, insista-t-il.

— Oui, j'adore.

— Branle-moi.

Inutile de lui demander deux fois. Il attrapa le sexe de Sungjae pour le masturber, mais il y parvint difficilement. Il ne savait plus sur quoi se concentrer, et son partenaire se faisait de plus en plus bruyant. Sa voix éclatait dans le véhicule dont les suspensions allaient en prendre un sacré coup s'il continuait à autant s'agiter sur son membre. Il sentait une chaleur se diffuser dans son bas-ventre, et elle ne cessait de prendre de l'ampleur.

Sungjae se resserrait autour de lui, et la mélodie de ses cris allait lui faire perdre pied. Constater qu'il lui procurait tant de bien flattait son égo.

— Ah Paolo… continue comme ça…

Sungjae délaissa ses testicules pour se pencher vers l'avant et s'accrocher à ses biceps. Cette fois, il lui laissa mener la danse et encaissa ses à-coups plus puissants les uns que les autres tout en gémissant sans retenue. Son point sensible était stimulé et son membre se durcissait de plus en plus. Il bascula la tête en arrière, ses cheveux humides reposant sur ses épaules.

— T'es magnifique, soupira Paolo à bout de souffle.

— Tu trouves ?

Il hocha la tête, la vision trouble et les oreilles bourdonnantes. Puis il fronça les sourcils et serra les dents quand une chaleur intense se diffusa dans tout son corps.

— Putain, j'vais jouir…

Il raffermit sa prise sur les hanches de Sungjae, ce dernier se laissa submerger par le bien-être à tel point qu'il se mit à rire. Ses muscles se serrèrent autour de Paolo quand il sentit l'orgasme le guetter et, dans un concert de gémissements entrecoupés, ils atteignirent le point culminant de leur plaisir. Grognements et injures fusèrent jusqu'à ce que leurs corps cessent tout mouvement.

La respiration saccadée, Paolo rouvrit les yeux pour admirer son partenaire. Ils échangèrent un sourire et, avec les dernières forces qu'il lui restait, Sungjae se souleva pour s'allonger sur le côté. Il alla chercher la main de son amant, ce dernier tenta de la reculer, mais il insista et entrelaça leurs doigts.

— Elle est sale…

— Comme mon cul.

Ils rirent en chœur et Sungjae vint se blottir contre lui pour mordiller son épaule.

— Ça y est, t'as eu ce que tu voulais ? s'amusa Paolo.

— Hm, je pense que j'aurai encore envie dans pas longtemps.

— T'es vraiment pas possible…

— Et toi t'es vraiment un bon coup.

Sungjae ferma les yeux, un sourire aux lèvres. Il resta dans la même position durant de longues minutes, et quand Paolo essaya de bouger, il se rendit compte qu'il s'était assoupi.

Chapitre 6

Un vacarme assourdissant tira Paolo de son sommeil. Il ouvrit difficilement les yeux et se les frotta vigoureusement tant ils lui démangeaient. Il se tourna sur le côté pour constater, avec surprise, qu'il était seul dans le lit. Il soupira et s'étira en espérant émerger un peu plus vite.

Encore une fois, il se réveillait avec un mal de crâne et des courbatures dans les jambes. Il avait peut-être un peu exagéré la veille. Entre ses cours de surf intensifs et la soirée de folie qu'il avait passée, il n'avait pas ménagé son corps. Et même si Sungjae avait pris les rênes, leur petite partie de jambes en l'air n'avait pas été de tout repos. En y repensant, il sourit. Son partenaire lui avait fait toucher les étoiles. C'était un jeune homme magnifique et entreprenant, il ne regrettait pas d'avoir succombé à ses avances.

Comme pour s'assurer qu'il n'avait pas rêvé, il souleva le drap qui recouvrait le bas de son corps. Il était nu, et cela le fit sourire de plus belle.

Après quelques minutes, et toujours autant de bruit, Paolo se redressa sur ses coudes. La portière arrière du van coulissa pour laisser entrer Sungjae, torse nu, les cheveux humides. Il lui adressa un clin d'œil et ouvrit le petit meuble pour sortir une bouteille d'eau. Il but quelques gorgées puis s'essuya le front avant de s'asseoir sur le matelas.

— Ça y est, t'es réveillé, lança-t-il.

Paolo se laissa retomber en arrière et Sungjae vint le rejoindre. Il se blottit contre lui, ses doigts aventureux caressèrent son torse, son ventre, pour ensuite se perdre dans les poils de son pubis. Ses gestes, étrangement doux, contrastaient avec la sauvagerie de leurs ébats de la veille.

— Tu faisais quoi ?

Sungjae inspira à pleins poumons et alla mordiller la peau de Paolo à sa portée.

— Je vérifiais les niveaux du van. Et je suis allé me laver vite fait dans les douches sur la plage.

— C'est pour ça les cheveux mouillés.

Il hocha la tête et continua à le caresser. Paolo pivota sur le côté afin de lui faire face, Sungjae délaissa son bas-ventre. Il chercha à enfouir le visage contre son torse, un bras autour de sa taille pour se rapprocher de lui. Il n'était pas comme d'habitude. Il était moins bavard, et étrangement plus affectueux. Il sentait bon, pas d'odeur d'herbe ou d'alcool. Paolo se demanda s'il avait fumé ce matin.

Il se souvint soudain de ce qui s'était passé sur la plage la veille, de l'état dans lequel il avait trouvé Sungjae. Il lui avait dit ne pas se sentir bien, et son visage en général si jovial n'était que tristesse et lassitude. Il n'avait pas cherché à en savoir davantage, parce qu'il craignait de se mêler de quelque chose qui ne le regardait pas, mais son camarade était visiblement perturbé. Et ce matin, après cette agréable nuit ensemble, il ne pouvait pas se résigner à faire semblant.

Il ignorait s'ils étaient amis, s'ils étaient peut-être plus que cela — c'était sans doute trop tôt pour le dire — mais il avait envie d'être là pour le soutenir s'il en avait besoin.

— T'es sûr que ça va ?

Sungjae grommela et renforça son emprise sur Paolo, comme s'il cherchait à se fondre en lui pour disparaître.

— Tu peux m'en parler, tu sais ?

Les secondes s'écoulèrent, interminables, jusqu'à ce que Sungjae décide de se détacher de lui. Leurs regards se croisèrent.

Paolo avait dans ses bras un jeune homme qu'il ne reconnaissait pas, un jeune homme fragile et incertain. Il battit des cils, perdu devant cet inattendu changement de personnalité. Il avait déjà eu affaire au Sungjae sûr de lui et rentre-dedans, au Sungjae bougon, au Sungjae déprimé, mais jamais à celui qui était vulnérable. Il passa une main dans ses cheveux pour les balancer vers l'arrière, il en profita pour lui caresser la joue et s'emparer de ses lèvres. Il l'embrassa lentement, sans approfondir les choses, mais son camarade finit par le repousser.

— Mais qu'est-ce que…

Paolo n'eut pas l'occasion de terminer sa phrase, Sungjae s'était redressé pour ouvrir le tiroir et en extirper un joint déjà roulé. Il ne put s'empêcher de soupirer quand il le vit le caler entre ses lèvres pour l'allumer. Il tira dessus une première fois, puis une deuxième, et une troisième.

— J'vais partir bientôt.

Un lourd silence s'installa. Paolo observa son camarade d'un air hébété. Il avait prononcé ces mots sur un ton mélancolique, comme si quelque chose de grave allait se produire.

Partir ? Mais pour aller où ? Partir pour travailler, ou alors partir de Santa Cruz ?

Sungjae prit une nouvelle aspiration et rejeta la fumée par ses narines, elle flottait au ras du plafond. Paolo la fixa jusqu'à ce qu'elle se dissipe peu à peu.

— Tu vas partir ? C'est-à-dire ? se décida-t-il à demander.

— J'vais reprendre la route.

Ses craintes se confirmaient : Sungjae allait quitter la ville, ça ne faisait aucun doute. À cette révélation, son cœur se serra de douleur. Il ne comprit pas pourquoi cela lui faisait aussi mal. Ils ne se connaissaient que depuis deux jours, leur relation se cantonnait à se draguer, s'embrasser, puis à s'envoyer en l'air, mais Paolo était vraiment peiné. Peiné et choqué.

— Pourquoi ?

— J'ai passé assez de temps ici, et j'en ai ma claque de voir toujours les mêmes personnes.

— Je comprends pas pourquoi tu veux te barrer comme ça alors qu'on vient de passer un bon moment.

Sungjae bascula la tête en arrière et soupira sans apporter de réponse. Paolo n'en fut que plus froissé. Il avait la sensation de s'être fait avoir, même s'ils ne s'étaient rien promis et qu'ils n'avaient fait que profiter de l'instant présent. Le temps d'une soirée, le temps d'une nuit. Quelques minutes, quelques heures de bonheur. Un partage, sans rien attendre en retour. Sans attache, sans avoir de compte à se rendre. Et pourtant, il avait ressenti une forte connexion avec Sungjae, quelque chose de différent de toutes les autres personnes qu'il avait pu rencontrer dans sa vie. Était-ce son goût prononcé pour la liberté ? Son style décalé et exubérant ? Ou alors cette brèche qu'il avait perçue en lui hier soir ? Paolo n'en savait strictement rien, mais il ne voulait pas que tout s'arrête là. C'était trop tôt. Trop brutal.

— C'était nul ?

Le rire cristallin de Sungjae résonna dans l'habitacle. Il se tourna vers Paolo et posa une main sur la sienne.

— Pas du tout. T'es même mon meilleur coup.

Paolo leva les yeux au ciel, flatté par le compliment. Mais il se posait tout de même beaucoup de questions auxquelles il voulait obtenir des réponses. Il n'aimait pas paraître insistant, cependant il percevait que quelque chose n'allait pas chez son partenaire. Ce n'était pas une histoire de sixième sens, c'était plus que cela. Il avait observé Sungjae, et il avait décelé une part sombre en lui, une part qui lui criait de ne pas l'abandonner.

— Tu sais, j'ai pas d'attaches, que ce soit ici ou ailleurs. J'aime être libre comme l'air, et rester là c'est pas du tout ce que je veux. J'ai pas encore vu tout ce que je voulais voir, je suis pas allé partout où je devais aller.

— Je peux te poser une question ?

Sungjae le scruta, un sourcil haussé.

— Vas-y, essaye toujours.

— Ça comptait pas ce qu'on a fait cette nuit ?

Il tira sur son joint.

— C'est pas ça.

Cette fois, il avait détourné le regard. Il souleva un des rideaux, la foule commençait à s'agiter sur Beach Street. Il devait être une heure avancée de la matinée.

— Il y a un endroit où je dois aller. C'est une promesse que j'ai faite à quelqu'un qui m'est cher, et je dois tenir cette promesse, dit-il.

— Tu aimerais aller où ?

— Half Moon Bay.

Paolo se redressa, soudain très intéressé par ce que son camarade lui racontait.

— Tu rigoles ? s'enthousiasma-t-il. C'est un super spot pour le surf !

L'excitation passée, il sembla prendre conscience de ce qu'il avait dit. Sungjae s'était braqué la veille quand il avait parlé de surf, alors pourquoi tenait-il tant à se rendre dans un endroit pareil ? Devait-il rejoindre quelqu'un ? Cela pouvait expliquer pourquoi il tenait tant à partir.

Paolo fronça les sourcils. Trop de mystères planaient sur la vie du jeune homme et il était curieux d'en apprendre davantage sur lui. Il voulait tout connaître de lui ; découvrir son passé, faire partie de son présent, et pourquoi pas dessiner un morceau de futur avec lui. Il avait l'impression d'aller vite en besogne, il savait qu'il devrait repartir pour l'Italie dans quelques jours, mais il avait envie de faire un bout de chemin en sa compagnie.

Il secoua la tête pour chasser ces idées étranges. Quelle personne saine d'esprit abandonnerait tout pour un gars rencontré deux jours auparavant ? Il n'allait pas non plus s'imaginer en couple avec Sungjae, ça n'avait aucun sens, et il savait pertinemment que ce dernier était plutôt volage.

— Par contre, j'suis étonnée que tu veuilles aller là-bas, j'ai pas souvenir que tu m'aies dit faire du surf.

Sungjae se crispa et, machinalement, il porta la roulée à ses lèvres. Ses gestes étaient hésitants, sa main tremblante, et il n'osa pas regarder Paolo.

— Je t'ai dit que c'était une promesse. Et j'suis pas du genre à briser mes promesses.

— Je sais que c'est indiscret, mais tu vas retrouver quelqu'un ?

Paolo n'avait pas envie de prendre des pincettes, ils préféraient entendre la vérité plutôt que de se bercer d'illusions. Il avait conscience qu'il s'était probablement fait des idées, qu'il avait cru qu'il passerait le reste de ses vacances à voir Sungjae de temps en temps. Dans le fond, il aurait aimé qu'il soit son amourette d'été, un peu comme dans les films. Ça le faisait secrètement rêver. Il n'avait pas imaginé que son idylle prendrait la forme d'un autre homme, mais cela lui convenait très bien. Seulement, si Sungjae s'en allait, tout volait en éclats et il n'imaginait pas séduire quelqu'un d'autre. C'était lui que le destin avait mis sur sa route, et il avait envie d'y croire pour une fois.

— Non, j'ai personne à retrouver là-bas.

L'énigme autour de cette promesse n'en fut que plus étrange.

— Je veux venir avec toi, dit Paolo.

Sungjae lui lança un regard désabusé.

— Pourquoi tu viendrais ?

— Pourquoi pas ?

— Parce que t'as ta famille ici, et que je te vois mal planter ton cousin pour partir avec un inconnu.

En effet, Enzo jouait beaucoup dans la balance. Paolo tenta de peser rapidement le pour et le contre dans son esprit, mais sa raison s'était envolée. Son cœur prenait le dessus, et son cœur lui disait de suivre Sungjae. C'était sans doute tordu, même complètement fou en fait, mais il avait l'intime conviction que c'était ce qu'il devait faire.

— Je suis sûr, et je veux venir avec toi.

Sungjae écrasa le joint dans la coupelle à proximité et il prit une profonde inspiration.

— Tu sais, avant d'arriver à Half Moon Bay, j'ai d'autres choses à faire dans d'autres villes, et ça risque d'être long.

— J'ai envie de passer plus de temps avec toi, ça me dérange pas.

— T'es têtu on dirait.

— Je préfère dire que je sais ce que je veux dans la vie.

Un mince sourire naquit sur le visage de Sungjae.

— T'es pas possible ! Tu me baises une fois et tu peux déjà plus te passer de moi.

Le rire qui lui échappa sonna comme une agréable mélodie et Paolo eut aussitôt les joues brûlantes. Les images de la veille revinrent par vagues dans son esprit et son ventre se tordit violemment sous l'adrénaline. Il n'avait jamais ressenti quelque chose de si puissant. C'était nouveau, délicieux, et ça avait un goût de trop peu. Alors oui, il n'était pas contre le fait de recommencer.

— C'est pas que ça, avoua-t-il.

— C'est en partie ça.

— Et si je te rappelais que c'est toi qui as commencé à flirter avec moi et à dire que j'étais ton futur plan cul ?

— Avais-je tort ?

Absolument pas. Si Sungjae ne s'était pas endormi le soir de leur rencontre, ils seraient passés à l'acte sans hésitation.

— C'est pas que pour le cul. Tu m'intrigues et j'ai envie d'en apprendre plus sur toi.

— Tu devrais pas.

Son expression joueuse avait disparu, il était de nouveau sérieux. Presque morose.

— Qu'est-ce que tu caches ?

— Rien que tu n'aies envie de voir.

Ils se fixèrent longuement, jusqu'à ce que Sungjae se lève en arborant un large sourire. Paolo sut qu'il n'était qu'une façade. Sa joie était contrefaite, il se dissimulait derrière son exubérance pour que personne ne découvre qu'il avait un côté sombre. Qu'il avait une faille. Peut-être que lui-même ne savait plus qui il était, et qu'il cherchait à s'oublier dans les excès.

— Bon, t'es sympathique et on a passé des bons moments tous les deux. J'ai bien envie de m'amuser avec toi, alors si toi t'as envie de me faire chier encore un peu, tu peux venir. Mais tu gardes tes questions pour toi, d'accord ?

— Ça marche, si c'est la condition…

— C'est la condition.

Sungjae lui tendit une main que Paolo s'empressa de serrer pour sceller leur accord. Se résigner à oublier toutes ses interrogations ne l'enchantait pas vraiment, mais il avait tellement envie de découvrir un petit morceau de sa vie qu'il était prêt à faire ce sacrifice. Et qui sait, peut-être que Sungjae finirait par se dévoiler de lui-même.

— Maintenant va falloir que tu préviennes ton cousin que tu préfères un plan cul à lui.

Paolo rit, mais il avait raison. Il était venu à Santa Cruz pour revoir Enzo, car il lui manquait, et il allait disparaître plusieurs jours avec un inconnu. Ce n'était pas vraiment ce qu'il avait prévu, mais il sentait qu'il devait y aller. Il espérait que son cousin se montre compréhensif et le soutienne dans ce choix.

Chapitre 7

Paolo avait décidé que marcher lui ferait le plus grand bien. Ainsi, il pouvait prendre le temps de mettre ses idées en ordre. Il n'avait pas voulu que Sungjae se déplace pour lui, il avait prévu de vendre quelques bijoux sur la plage pour gagner un peu d'argent avant de lever les voiles. Il viendrait le chercher à la fin de la journée, et Paolo avait intérêt à se tenir prêt pour le départ car son camarade n'attendrait pas après lui.

Il avait bien réfléchi, il était déterminé à partir quelques jours pour se rendre à Half Moon Bay avec Sungjae. Il ne pouvait pas se résigner à abandonner aussi facilement, même s'il avait conscience que sa décision était insensée. Ils s'étaient dragué et avaient couché ensemble, ils ne s'étaient pas juré un amour éternel et malgré tout, il se sentait déjà attaché à lui. Il avait besoin de découvrir plus que ce que Sungjae voulait bien lui révéler. Il lui avait promis de ne pas se montrer trop curieux à son sujet, alors il allait juste attendre qu'il se dévoile à lui. Il espérait qu'il le fasse durant ce petit voyage improvisé. C'était un jeune homme qui dissimulait une faille derrière sa joie de vivre et ses blagues salaces. Une blessure qui peinait à cicatriser. Paolo en était intimement convaincu.

Il arriva à proximité de *Zacchary* et pressa le pas, la maison de Salvatore n'était plus très loin. Il avait fait son choix, mais il n'était pas serein car il allait devoir l'annoncer à Enzo. Le reste de sa famille serait sans doute un peu déçu de le voir s'absenter un moment, mais ils voulaient qu'il profite de ses vacances et prenne du bon temps. Son cousin ne le verrait pas d'un bon œil, lui qui avait eu si hâte de le retrouver après ces quelques années loin l'un de l'autre. S'échanger des lettres c'était bien, sentir la présence de l'autre, c'était mieux. Le seul point qui pesait dans la balance était là, et Paolo comprenait totalement s'il lui en voulait. Le lâcher pour un gars qu'il connaissait à peine, ça avait un goût de bêtise et de caprice.

Il écrasa son index sur le bouton de la sonnette, il l'entendit retentir à l'étage. Quelques secondes plus tard, la porte s'ouvrit sur le visage rayonnant d'Enzo. Paolo eut un petit mouvement de recul, son cousin n'allait pas garder son sourire très longtemps.

— Tu montes ou tu plantes une tente ?

Il hocha la tête et se déchaussa dans l'entrée avant de grimper les escaliers. Enzo était enjoué, il monta les marches deux par deux en sautillant. Une fois à l'étage, il demanda à Paolo s'il voulait boire ou manger, et ils rejoignirent la cuisine.

— Jus d'orange ? proposa-t-il en ouvrant le réfrigérateur.

Un peu déstabilisé par tant d'énergie, Paolo cligna des yeux.

— Euh, oui, si tu veux.

Son cousin attrapa deux grands verres dans un placard et y versa le jus presque à ras bord. Il tira une chaise et prit place, un soupir allègre quittant sa bouche. Paolo but quelques gorgées de sa boisson, la fraîcheur de celle-ci sur ses dents le fit grimacer. Il reporta son attention sur Enzo et fronça les sourcils. Oui, il avait toujours été guilleret, mais son euphorie actuelle était presque anormale.

— Il s'est passé quelque chose ? osa-t-il demander.

Enzo se mordit la lèvre inférieure et il entremêla ses doigts dans tous les sens, le regard fuyant.

— Emile ?

À l'énoncé de ce prénom, le jeune homme changea de couleur en une fraction de seconde ; ses joues et ses oreilles étaient devenues écarlates. Il lâcha un rire, horriblement niais.

— On s'est un peu…

Il marqua une pause et rentra la tête dans ses épaules.

— Un peu quoi ? s'impatienta Paolo.

— Cherchés.

— Oh ! C'est plutôt une bonne nouvelle alors.

Il ne pouvait s'empêcher de sourire, son cousin était heureux et embarrassé aussi, ça lui faisait quelque chose. Il l'avait souvent entendu parler de ses conquêtes, des filles qu'il avait réussies à mettre dans son lit, mais absolument jamais d'un autre homme. Là, ce n'était pas seulement un petit flirt sans lendemain ou un coup d'un soir, ça avait l'air bien plus sérieux que tout ce qu'Enzo avait vécu.

— Et du coup ?

— J'sais pas, il se pourrait bien qu'on essaye un truc tous les deux.

— Tu veux dire, être en couple ?

Il haussa les épaules, incapable de se défaire de son air béat.

— Ouais, enfin on va prendre notre temps, mais on a beaucoup parlé et c'est cool de voir qu'on est sur la même longueur d'onde.

— Je suis content pour toi, tu le mérites. Et vous avez rien fait d'autre ?

Enzo lui asséna un faible coup de poing dans le bras.

— Prendre notre temps, tu sais pas ce que ça veut dire ?

— Oh ! Pardonne-moi, toi qui dragues une meuf le matin et te retrouves dans le lit d'une autre le soir même.

Paolo rit à sa propre remarque qui résumait bien ce qu'était la vie qu'Enzo lui dépeignait. Ce dernier croisa les bras sur son torse, une moue boudeuse déformant ses lèvres comme un enfant.

— J'ai des sentiments pour lui, je pensais juste pas que c'était réciproque.

— Il t'a fallu une bête soirée pour le découvrir après tout ce temps ? Faut pas demander si j'étais pas intervenu…

Il roula exagérément des yeux et cela lui valut un deuxième coup de la part de son cousin — dans la poitrine cette fois. Il feignit d'être saisi par la douleur avant de rire. Le silence revint rapidement quand il prit davantage conscience qu'il allait devoir à son tour faire une annonce. Elle entacherait leur bonheur à coup sûr.

— Et toi, le reste de ta soirée ? Et de ta nuit en fait.

Paolo déglutit. Il attrapa son verre et s'amusa à faire tourner le reste de jus d'orange à l'intérieur.

— C'était… mouvementé.

Enzo haussa un sourcil.

— Des détails ?

— J'ai passé la nuit avec lui.

Un soupir agacé retentit.

— Ton suspens de mort là ! Tu ferais mieux de me raconter les trucs croustillants tout de suite.

Il pouvait bien lui expliquer une partie de sa nuit, ça repoussait un peu le moment où il devrait mentionner son envie de partir à l'aventure avec Sungjae. Les images fusèrent dans son esprit, ce fut à son tour d'avoir les pommettes rouges. Comment pouvait-il en être autrement ? Il venait de vivre sa première expérience homosexuelle et il était encore surpris de s'être autant laissé aller. Mais ça avait été facile. Naturel.

— J'ai passé la nuit dans son van, et on l'a fait.

Enzo écarquilla les yeux.

— Sérieux ? s'exclama-t-il, sa voix vrillant vers les aigus.

Paolo acquiesça.

— Avec toutes les allusions qu'il m'a faites, c'était évident qu'on allait coucher ensemble.

— T'es un homme facile, Paolo.

Il pouffa de rire.

— Ouais, un peu trop, t'as vu ça.

Enzo se pencha en avant, les avant-bras posés sur la table en formica d'un bleu délavé.

— C'était comment ?

— Tu veux que je te raconte tout peut-être ?

— Pourquoi pas ? Toi qui sais parfaitement m'expliquer ce que t'as fait à Carla quand ses parents étaient absents.

Paolo se mordit la lèvre pour s'empêcher de sourire trop largement. Ce n'était pas que le prénom de son ancienne petite amie lui rappelait de bons souvenirs, mais c'était surtout qu'il n'avait aucun mal à se remémorer la façon avec laquelle Sungjae l'avait chevauché la veille. Personne ne lui avait jamais fait ça, et il ne pourrait jamais oublier la vision de son magnifique corps ondulant gracieusement au-dessus de lui.

Sous les menaces d'Enzo, il finit par vider son sac. Il avait pris conscience qu'en parlant de cette nuit, sa voix s'était faite plus fébrile. C'était un supplice de devoir en discuter, car il réalisait qu'il avait vraiment envie de revoir Sungjae et de passer davantage de temps en sa compagnie. Ce n'était pas purement sexuel, c'était aussi… spirituel. Il ne l'expliquait pas, mais c'était nécessaire qu'il soit près de lui. Peut-être avait-il peur de l'oublier, ou que lui ne l'oublie. Peut-être était-ce un moyen de garder un peu plus de sa présence en lui, pour qu'il s'en souvienne encore longtemps.

— Ah ouais ! Il est bien chaud ton pote quand même.

La réponse de Paolo ne fut qu'un son de gorge.

— Et tu vas le revoir ?

— À ce sujet…

Il détourna les yeux par peur de la confrontation.

— Faut que je te parle d'un truc.

— Vas-y, je t'écoute, dit Enzo en constatant qu'il mettait du temps à continuer.

— Promets-moi de pas t'énerver.

— Qu'est-ce que tu vas encore me dire ?

Paolo prit une grande inspiration pour ensuite expirer tout l'air de ses poumons. Il avait le cœur qui battait à tout rompre, ça n'allait pas être facile mais il n'avait pas le choix. Il pouvait abandonner l'idée de suivre Sungjae pour que son cousin ne lui en veuille pas, c'était une possibilité. Mais en avait-il envie ? Absolument pas. Il ne voulait pas passer à côté d'une expérience telle que celle-ci. Ce n'était pas seulement pour voir du pays, pas du tout même, c'était uniquement pour Sungjae.

— Il va quitter Santa Cruz ce soir.

Enzo battit lentement des cils.

— Et tu veux aller avec lui, dit-il le plus naturellement du monde.

Paolo déglutit.

— C'est un peu ça.

— Un peu ou carrément ?

— Carrément.

— Combien de temps ?

— Quelques jours, bredouilla-t-il.

Il préféra regarder ailleurs. Le robinet qui gouttait, l'horloge qui tournait, les nuages qui avançaient lentement par la fenêtre. Il ne voulait pas faire face à Enzo, de peur qu'il ne le fusille sur place.

— Tu l'aimes bien ?

— Je… ouais, sans doute.

— Sans doute ? T'es prêt à suivre un mec que t'as rencontré il y a deux jours et tu sais pas si tu l'aimes bien ? J'ai jamais vu quelqu'un autant dans le déni que toi actuellement.

Justement, il l'avait rencontré seulement deux jours auparavant, voilà pourquoi il avait du mal à admettre l'évidence.

— Donc tu m'en veux ou pas ?

Le suspens était à son paroxysme. Enzo s'était réinstallé contre le dossier de sa chaise, muet, le visage impassible. Paolo sentait l'angoisse monter de plus en plus, il attendait le moment où il discernerait une pointe d'agacement dans l'expression de son cousin. Celui-ci ne bougeait pas, il se contentait de le fixer sans aucune émotion. Il s'attendait à ce qu'il explose, qu'il lui fasse la morale avant d'aller se terrer dans sa chambre pour bouder. Et ce serait compréhensible. Il était venu en Californie pour qu'ils rattrapent le temps perdu, par pour qu'il se fasse la malle avec le premier venu.

Les secondes s'écoulèrent, lentes et silencieuses, jusqu'à ce qu'un petit rictus fasse frémir les lèvres d'Enzo. Il expira un rire et secoua la tête, Paolo garda les yeux grands ouverts.

— Franchement, je devrais t'en vouloir, on est d'accord ?

— Oui, je comprendrais tout à fait.

— Mais si je me suis rapproché d'Emile hier, c'est un peu grâce à toi.

— Donc…

— Reviens quand même quelques jours avant de reprendre l'avion, l'interrompit Enzo avant de terminer son jus.

— Attends, t'es pas fâché ?

Il secoua la tête, Paolo resta sans voix. C'était complètement inattendu, il s'était déjà imaginé le pire des scénarios, pimenté d'insultes et de cris, mais il n'en était rien. Son cousin était détendu par rapport à la situation. Il s'était monté un film tout seul.

— Je sais qu'on était censés passer du temps ensemble, t'es venu pour ça, mais je peux pas t'empêcher de t'amuser aussi. Enfin, tu vas sûrement plus jamais revoir ce gars après ces vacances, alors je pense que tu devrais en profiter.

— Putain, t'es le meilleur.

Paolo passa les deux mains sur son visage pour le frotter vigoureusement. C'était un moyen de s'assurer qu'il ne rêvait pas.

— Et puis j'vais passer du temps avec Emile. Je serai pas tout seul.

Des pas dans les escaliers retentirent et ils arrêtèrent leur discussion quand la porte s'ouvrit. Le reste de la famille était rentrée, Salvatore débarqua dans la cuisine avec un sac de courses. Il salua Paolo et lui décocha un clin d'œil agrémenté d'une tape sur l'épaule au passage.

— Ça y est, t'es quand même revenu, le taquina-t-il.

— Ça va, il est pas resté collé, ajouta son cousin.

— Enzo ! s'exclama sa mère.

Il s'esclaffa, son père en fit autant, et les joues de Paolo s'empourprèrent alors que ses cousines affichaient des grimaces de dégoût.

— T'es écœurant !

— Oh, excusez Paolo d'avoir une vie intime !

Le concerné plaqua une main sur son front et baissa la tête. S'il avait pu disparaître en un claquement de doigts, il l'aurait fait sans aucune hésitation. Enzo prenait un peu trop la confiance à son goût, et il le soupçonnait de lui faire une petite vengeance — qui, honnêtement, s'avérait méritée.

— Vas-y, pas devant tout le monde.

— D'ailleurs, Paolo a quelque chose à vous dire.

L'attention se porta aussitôt sur lui. Il se sentait déstabilisé par toutes ces paires d'yeux curieux et attentifs. Salvatore attrapa une pomme dans la corbeille à fruits pour croquer dedans, brisant ainsi le silence pesant qui s'était installé dans la cuisine.

— Je vais… je vais suivre un pote pendant quelques jours.

— Un pote, releva simplement son oncle. C'est génial !

— Oui, il vit dans un van.

— Tu vas avoir besoin d'un peu d'argent alors, j'vais t'en donner.

— J'ai ce qu'il faut, t'inquiète pas.

Trop tard, Salvatore avait déjà extirpé quelques billets de la poche arrière de son jean. Il en déposa trois de vingt dollars sur la table et tapota à nouveau l'épaule de son neveu. Paolo se crispa de gêne. Impossible de refuser, ce serait mal vu. Il aurait pu se débrouiller, il s'était fait un peu d'argent en Italie et avait gardé une bonne partie pour se faire plaisir durant ses vacances. Mais il n'allait pas cracher sur quelques dizaines de dollars supplémentaires, ça pouvait toujours servir à mettre de l'essence dans le véhicule de Sungjae, ou même pour se payer une nuit dans un motel. Son camarade ne devait pas souvent s'offrir ce genre de luxe, il profitait rarement d'un véritable lit et d'une salle de bain.

Il se rendit compte qu'il allait quitter son petit confort, et il n'en avait absolument rien à faire. Il était prêt à faire des sacrifices, pour un — presque — inconnu.

— Et tu pars quand ?

— Il vient me chercher ce soir, vers dix-neuf heures, je crois.

— Vingt heures, rectifia Enzo.

Paolo sourit. Il ne fallait pas qu'il s'attende à ce que Sungjae soit ponctuel. Il lui avait dit qu'il klaxonnerait et qu'il ne lui laisserait que deux minutes pour rejoindre la voiture, sinon il partirait sans lui. Il était hors de question de le rater, quitte à rester planté à la fenêtre ou devant la porte d'entrée avec son sac.

— On peut quand même profiter d'un peu de temps ensemble ?

— Bien sûr.

Enzo se leva.

— J'emmène Paolo manger quelque part avant qu'il nous abandonne !

Il fut obligé de sourire. Il admirait à quel point son cousin était compréhensif, et il saurait se rattraper. Il allait mettre Sungjae dans un coin de son esprit pour le reste de la journée, en espérant qu'il en soit capable, car l'adrénaline le submergeait.

Chapitre 8

Paolo venait de finir la préparation de son sac. Il y avait glissé quelques vêtements de rechange et s'il n'en avait pas assez, il pouvait toujours s'arrêter dans une laverie automatique. Il se redressa et fronça les sourcils. C'était sans doute ce que Sungjae était obligé de faire puisqu'il n'avait pas de domicile fixe. Il se demanda s'il avait des amis chez qui il pouvait parfois s'arrêter. Outre les camarades qu'il avait à Santa Cruz — et Paolo finit par se dire qu'ils ne devaient pas être si proches en réalité — il avait l'air plutôt solitaire.

Il soupira. Il avait promis de ne pas lui poser de question, mais cela ne signifiait pas qu'il ne pouvait pas s'en poser tout seul dans son coin. Il obtiendrait peut-être des réponses sans chercher, c'était tout ce qu'il pouvait espérer pour le connaître davantage sans passer pour un curieux. Il espérait vraiment qu'il soit assez en confiance à ses côtés pour s'ouvrir un peu plus. Il l'intriguait car il pouvait se montrer aussi froid qu'exubérant. Il avait envie de briser cette carapace qui, il en était certain, cachait une faiblesse. Seulement, il ne devait pas braquer Sungjae au risque de tout perdre.

Il observa son sac un long moment, il n'avait plus aucun doute quant au fait qu'il avait pris la bonne décision. Il voulait continuer dans cette direction, passer du temps avec le jeune homme qu'il venait de rencontrer et qui lui faisait tourner la tête. Il ne précipiterait pas les choses, il prendrait ce que Sungjae voulait bien lui donner et il ne pouvait que croire qu'il ferait tomber le masque à force de le côtoyer.

Il était également rassuré que Enzo lui ait donné son aval et qu'il était même heureux pour lui. Ça lui faisait chaud au cœur de savoir que son cousin ne lui en voulait pas. Et puis, ce dernier pourrait passer un peu plus de temps avec Emile.

— Alors, t'as terminé ?

Il se retourna d'un bond, une main au niveau du cœur. Enzo, dans l'encadrement de la porte de sa chambre, lui adressa un sourire. Paolo le lui rendit et fit un petit signe de tête.

— Je crois que j'ai tout.

— Ça va aller ?

— Oui, t'inquiète pas pour moi. J'vais pas faire de folies, juste voyager un peu.

— Et t'envoyer en l'air.

Il lâcha un rire, amusé par la réflexion de son cousin qui n'avait pas tort. C'était clairement une activité qui faisait partie du programme, surtout avec un gars comme Sungjae. Il n'allait pas s'ennuyer.

— J'ai pas raison ? demanda Enzo.

— Si, bien sûr. Comment veux-tu qu'on se retienne ? Des vrais animaux, s'amusa-t-il.

Ils s'observèrent un moment, un petit rictus aux lèvres. Enzo entra dans la chambre et s'approcha de son cousin, les bras écartés. Il les enroula autour de sa taille et le serra contre lui de toutes ses forces. Paolo l'étreignit tout aussi puissamment tout en lui caressant le dos.

— Tu vas me manquer.

— Toi aussi, vraiment.

— J'espère que tu vas t'éclater, passer du bon temps, et pas te retrouver dans des histoires de merde.

Paolo se recula légèrement pour l'observer.

— T'inquiète pas pour ça, je suis sûr que ça ira.

— Promis ?

Il acquiesça.

— Sungjae est peut-être spécial mais c'est pas un délinquant.

— Hm, j'espère. Et fume pas trop, garde toujours les idées claires.

— Je suis un grand garçon. J'vais pas faire de conneries, je te le jure.

Enzo acquiesça, même si dans ses yeux Paolo pouvait y lire une certaine inquiétude. Il comprenait que son départ le tracassait, il allait tout de même voyager dans le pays avec un inconnu, loin de sa famille et de ses repères. Il était adulte, certes, et il ne pouvait pas lui interdire de faire ce dont il avait envie, mais Enzo ne pouvait s'empêcher de s'en faire pour lui.

— Je te passerai des coups de fil d'une cabine pour te donner des nouvelles assez souvent.

— J'espère bien !

Enzo lui asséna une tape sur l'épaule et Paolo se massa, feignant d'avoir mal.

— Et oublie pas ton avion aussi, ce serait bien !

Cette fois, il grimaça.

Pour le moment, il n'avait pas vraiment envie de penser au jour où il devrait quitter la Californie. Il voulait juste profiter des moments à venir, sans se mettre la pression, sans anticipation. Il retournerait bien trop vite à Florence et aurait de nouveau ses parents sur le dos, devrait retourner à l'université et reprendre son job étudiant pour espérer pouvoir refaire un voyage comme celui-ci. Il voulait pouvoir revoir Enzo, sa famille, peut-être même Sungjae si le destin en décidait ainsi. Mais là, il était sur place, alors il ne devait penser qu'à l'instant présent.

Un bruit de klaxon retentit en bas de la maison et Paolo s'empressa de courir à la fenêtre qui donnait vue sur la rue. Son sang ne fit qu'un tour et son cœur se mit à tambouriner dans sa poitrine quand il remarqua le van orange, à moitié arrêté sur le trottoir. Sungjae n'était absolument pas en retard, comme s'il s'était préparé des minutes à l'avance pour arriver pile à l'heure. Paolo se précipita vers son sac pour le saisir et il sortit de la chambre. Il dévala les escaliers, suivi d'Enzo, puis il rejoignit le salon où sa famille se trouvait. Son oncle haussa un sourcil en le voyant débarquer comme une furie.

— Il est là ?

Paolo hocha frénétiquement la tête, presque paniqué à l'idée que Sungjae ne parte sans lui. S'il traînait trop longtemps, il était certain qu'il reprendrait la route sans se poser plus de questions. Et il n'allait sûrement pas manquer une occasion pareille.

— Je dois vraiment y aller !

Salvatore se leva, suivi de sa tante et de ses cousines.

— Allez, dépêche-toi de descendre !

Il ne se fit pas prier, il rejoignit le hall au rez-de-chaussée et attrapa sa paire de baskets à la volée. Il ne prit pas le temps de les mettre aux pieds, il était pressé et Sungjae ne le jugerait pas sur ce point. Salvatore ouvrit la porte d'entrée pour le laisser passer et Paolo se dirigea à grandes enjambées vers le van. Il se posta à la fenêtre ouverte, côté passager, hors d'haleine et le visage rouge.

Amusé, Sungjae le fixa, la main droite cramponnée au volant, et ce qu'il identifia comme étant un joint dans l'autre. Il pouffa de rire.

— T'as baisé qui pour être aussi essoufflé ?

Les pommettes de Paolo n'en furent que plus rouges. Il se fichait bien qu'il lui fasse ce genre de remarque en privé, mais devant sa famille, c'était différent. Il jeta un coup d'œil derrière, ils l'avaient accompagné sur le trottoir pour le saluer. Enzo le rejoignit, il le poussa un peu pour prendre sa place et se pencher sur le rebord de la fenêtre.

— Oh, tu vas bien ? demanda Sungjae. Pas trop dégoûté que ton cousin se barre ?

Enzo leva les yeux au ciel, mais son sourire le trahit. Il n'avait pas eu l'occasion de discuter avec Sungjae la veille, et il le trouvait bien à l'aise avec lui, mais ce n'était peut-être pas si étonnant. C'était un personnage haut en couleur.

— Je sais que s'il le fait, c'est pas pour rien, rétorqua-t-il d'un ton sérieux.

Sungjae eut un mouvement de recul, les sourcils haussés. Paolo attrapa le poignet d'Enzo, il percevait de l'amertume dans sa voix et il ne voulait pas qu'il se sente délaissé, qu'il en veuille à Sungjae, ou qu'il s'en méfie. Il avait été le seul à décider de ce qu'il allait faire de la suite de ses vacances, personne ne l'avait influencé.

— Enzo…

Le concerné lui adressa un regard bienveillant et Paolo comprit qu'il n'en voulait à personne, alors il le lâcha.

— Prends bien soin de mon cousin, d'accord ?

Sungjae éclata de rire, la tête basculée en arrière. Il finit par s'arrêter quelques secondes plus tard et, de son regard perçant, il dévisagea Enzo.

— Ça marche, t'en fais pas pour ça.

— Je compte sur toi pour lui faire passer les meilleures vacances de toute sa vie.

Sungjae sourit.

— Je promets rien, mais j'vais essayer.

— Merci.

Enzo se redressa et fit face à son cousin. Ils se fixèrent avant d'à nouveau se prendre dans leurs bras. Paolo inspira à pleins poumons, les yeux fermés, comme s'il voulait s'imprégner de sa présence. Il aurait très bien pu rester là, à Santa Cruz. Il aurait pu laisser Sungjae partir pour faire sa vie, se résigner et se dire qu'il n'était qu'une aventure, une expérience. Mais il n'y arrivait pas. Il n'en avait pas envie. Il voulait qu'il soit plus que cela. Il voulait qu'il le marque à vie, qu'il se souvienne encore de lui des années plus tard. Qu'il puisse parler de Sungjae en disant qu'il avait vécu une belle histoire à ses côtés.

— C'est terminé votre séquence émotion ? J'vais finir par avoir la nausée avec tant d'amour, s'exclama Sungjae.

Les deux cousins se détachèrent l'un de l'autre et Paolo salua une dernière fois sa famille avant de grimper dans le van. Il balança son sac à l'arrière et se figea quand un élément jaune criard attira son regard. Il fronça les sourcils, il s'agissait d'un slip qui traînait là, sur le lit encore sens dessus dessous.

— Fais pas attention, j'ai pas rangé.

— J'avais compris que c'était pas ton fort.

— Je peux toujours te demander de sortir de chez moi, le taquina-t-il.

Paolo posa une main sur la cuisse de Sungjae.

— J'ai vraiment pas envie de te quitter maintenant.

— Alors tiens-toi bien.

Ils sourirent et Sungjae démarra.

Paolo passa un bras par la fenêtre, son dernier au revoir à sa famille et surtout à Enzo avant de revenir il ne savait quand.

Le van s'engouffra sur les routes, les bâtiments défilèrent autour d'eux alors que le ciel se noircissait de plus en plus. Les vitres baissées, l'air frais s'insinua dans l'habitacle et Paolo profita du vent qui venait emmêler ses cheveux frisés. Il ferma les yeux et se reposa contre l'appui-tête, les lèvres étirées par la satisfaction. Il se sentait bien, il se sentait libre. Il avait l'impression que tout était possible, que tout était permis. Il avait un goût de plénitude, il ne s'était pas senti aussi apaisé et détendu depuis longtemps. Pourtant, il avait cru que son arrivée en Californie l'avait libéré de ses chaînes mais là, aux côtés de

Sungjae, il prenait conscience de ce que c'était de ne pas être captif.

— On roule encore un peu et on s'arrête manger un truc.

Paolo sortit de ses pensées quand la voix de son camarade retentit enfin.

— Où ça ?

— J'sais pas, doit y avoir une station pas loin où ils vendent des hot-dogs.

Il hocha la tête. Il n'avait toujours pas osé proposer à Sungjae de dormir dans un motel. Il avait peur qu'il se vexe car, de ce qu'il avait compris, il tenait à son van et le considérait comme sa maison. Il s'éclaircit la gorge et referma légèrement la fenêtre pour atténuer le bruit de la route et de la brise qui résonnait dans le véhicule.

— Mon oncle m'a filé de la thune, dit-il pour tâter le terrain.

Sungjae lui jeta un bref coup d'œil avant de se reconcentrer sur sa trajectoire.

— Et ?

— J'me suis dit qu'on pourrait l'utiliser.

— J'espère bien, rétorqua-t-il plein d'entrain. Enfin, c'est pas que j'veux profiter de toi, mais je suis pas contre un coup de main. On va pas vivre de cul et d'eau fraîche.

Sungjae sautait toujours sur l'occasion pour lui balancer une petite allusion sexuelle, mais ça l'amusait beaucoup. Après tout, c'était sa façon d'être.

— Enfin, moi ça me dérange pas, ajouta-t-il. Mais toi t'as l'air d'avoir une masse musculaire à entretenir.

Cette remarque fit rire Paolo, il était flatté qu'il ait noté le fait qu'il prenait soin de son corps.

— J'veux dire, faut bien que tu tiennes le coup, j'ai pas fini de t'épuiser.

— Qui s'endort à chaque fois ?

— J'ai tenu hier, jusqu'à ce qu'on jouisse tous les deux, et c'était génial. Tu pourrais faire un effort et t'en souvenir quand même, sale ingrat.

Ils se lancèrent un regard équivoque, il était on ne peut plus clair qu'ils avaient tous deux hâte de recommencer. Paolo profita de cette perche qui lui était tendue pour se lancer.

— D'ailleurs, ça serait pas mal qu'on s'arrête dans un motel pour la nuit.

Sungjae mit un petit coup de frein qui les obligea tous les deux à se pencher en avant.

— Monsieur est trop habitué au luxe.

— Non, mais ça serait cool de pouvoir prendre une douche aussi.

— J'en ai pris une ce matin.

Il avait réponse à tout, le convaincre ne serait peut-être pas chose facile.

— Ouais, mais ce serait plus confortable.

— J'ai un lit derrière, on dirait que t'as déjà oublié à quel point il est génial pour baiser.

— Loin de moi l'idée de te vexer, mais j'me suis pété le dos quand même. Et je te parle pas de baiser, je te parle de dormir.

Il soupira.

— T'es vraiment une petite nature. Qu'est-ce que ça va être quand tu vas te faire sauter ?

Paolo battit des cils. Était-ce clairement une demande ? Sungjae avait plusieurs fois émis le souhait de coucher avec lui, il lui avait demandé de lui faire du bien avec ses doigts, puis il l'avait chevauché, il n'avait jamais été question de l'inverse. En pensant à cette éventualité, Paolo n'était finalement pas dérangé, plutôt intimidé.

Après tout, Sungjae était le premier homme avec qui il avait des rapports alors que, de son côté, ce dernier semblait habitué.

Dans le fond, ça le rassurait. Il préférait avoir affaire à quelqu'un d'expérimenté et entreprenant, qui savait ce qu'il faisait, plutôt qu'à un novice. Il savait que son partenaire, même s'il se montrait impatient et espiègle, saurait prendre soin de lui et faire attention à son bien-être.

— Bon, tu payes le motel alors ? demanda-t-il pour changer de discussion.

— Oui, bien sûr.

— Tout ça pour tirer ton coup !

Le sourire malicieux sur le visage de Sungjae en arracha un à Paolo. Il avait conscience que, sous couvert de plaisanterie, il lui faisait passer des messages. Et ce n'était pas pour lui déplaire, il mourait d'envie de le faire sien encore une fois. Il voulait sentir Sungjae fondre sous son toucher, entendre ses gémissements puissants et ses rires éclater sans retenue. Il voulait le sentir se serrer autour de son sexe, juste avant l'orgasme.

— Je m'arrête dès que j'en repère un qui me plait. J'ai quand même le droit de choisir.

Il fallut près d'une heure de route pour que Sungjae se décide. Ils venaient de traverser San Juan Bautista quand le panneau lumineux d'un petit établissement en bordure de route attira l'œil du jeune homme. Ce n'était clairement pas le grand luxe, mais cela ferait amplement l'affaire.

Le parking semblait assez rempli, le motel devait déjà accueillir pas mal de visiteurs. Paolo espérait qu'il resterait au moins une chambre pour eux, il avait envie de passer une agréable nuit dans un lit.

Le van garé, Sungjae coupa le moteur. Il se tourna vers son camarade, un sourcil haussé.

— Va voir si y'a encore de la place.

— Moi ?

Il fit mine de regarder dans tous les coins.

— Qui d'autre ? C'est toi qui as insisté pour dormir dans un motel, alors tu t'en démerdes.

Paolo soupira, mais il ne dit rien. Il devait payer alors il pouvait bien aller à l'accueil lui-même. Il sortit du véhicule, le sac banane contenant son argent et ses papiers fermement accroché à sa taille, puis il traversa le parking pour arriver à la petite réception. Deux distributeurs de boissons étaient à disposition et, derrière la fenêtre, sous un néon « *open* » rose qui clignotait, une machine à hot-dog était installée. Elle semblait peu entretenue. Paolo grimaça, mais il avait tellement faim qu'il pouvait avaler n'importe quoi.

Il poussa la porte vitrée, le son d'une clochette retentit dans la pièce plus qu'exiguë et, derrière le comptoir, un homme à la calvitie notoire se redressa. Il était immense et bedonnant, si bien que le t-shirt tâché et trop court qu'il portait dévoilait une partie de son abdomen.

Paolo le salua d'une petite voix, impressionné par sa carrure et son strabisme conséquent. Derrière lui, plusieurs clés ornaient le mur, et il en déduisit qu'il devait rester des chambres.

— Alors ? grogna l'homme de sa voix caverneuse.

— Hm, euh, il vous reste des chambres ?

— Ouais, t'en veux une ?

Paolo acquiesça, le réceptionniste lui indiqua un panneau sur le côté où le prix était indiqué. Trente-trois dollars la nuit, ça lui paraissait convenable. Il extirpa les billets de son sac pour les tendre à l'homme. Il les lui arracha des mains avec une force qui, dans ces circonstances, n'était pas utile.

— Je vais prendre deux hot-dogs aussi.

L'homme hocha la tête et lui rendit la monnaie, la balançant sur une petite coupelle en porcelaine. Paolo s'empressa de la ranger et d'aller chercher leur repas du soir dans la machine, puis il quitta la réception. Il déglutit. Il n'avait jamais vu un gars aussi peu sympathique et il lui faisait froid dans le dos. Il évita de se retourner et traça à travers le parking pour retrouver Sungjae.

— J'ai une chambre, et de la bouffe.

Le jeune homme, encore installé au volant, afficha une mine étonnée, mais pas déçue.

— Parfait, j'espère que t'es prêt à passer une nuit torride.

La chambre du motel était sommaire, mais spacieuse. Paolo s'attendait à entrer dans une pièce étriquée, il était surpris. Elle n'était pas très décorée et le peu qu'il y avait était de très mauvais goût, mais tout était propre et un parfum frais et fleuri flottait dans l'air. Le grand lit semblait confortable et donnait envie de s'y allonger pour passer une bonne nuit.

Il posa son sac dessus et les hot-dogs sur la petite table ronde devant la fenêtre. Il se retourna, Sungjae avait disparu il ne savait où.

— Tu viens manger ? cria-t-il.

— Attends, j'dois pisser !

La voix provenait de la salle de bain et, la seconde d'après, ce fut le bruit d'un liquide en rencontrant un autre qui retentit. Paolo leva les yeux au ciel, Sungjae n'avait aucune gêne et il n'avait pas fini de s'en étonner. Il ne savait pas s'il allait s'y habituer un jour. Il alluma la radio et ouvrit le minuscule réfrigérateur, il avait été approvisionné en boissons diverses, mais son choix s'arrêta sur une bouteille de soda.

— Voilà ! On peut bouffer maintenant !

Paolo l'observa remonter sa braguette, les sourcils froncés.

— Tu t'es lavé les mains ?

— T'as cru que j'étais un dégueulasse ou quoi ?

Un rire suivit et Sungjae prit place sur une chaise. Il s'empressa d'enfourner le hot-dog dans sa bouche, comme s'il n'avait rien mangé depuis des jours. Paolo continua de le fixer, de détailler chacun de ses gestes, chacune de ses expressions.

C'était un jeune homme bien étrange, qui changeait facilement de personnalité, et ça le perturbait un peu.

Il s'installa à son tour pour son maigre dîner. Il aurait aimé en avoir un peu plus, il savait que son estomac allait très vite lui réclamer davantage de nourriture, mais il n'allait pas non plus dévaliser la machine à hot-dog de la réception. Et puis, ils n'étaient pas fameux, le pain était sec et la sauce moyennement bonne.

— J'avais la dalle, soupira Sungjae en s'affalant sur sa chaise.

— J'ai cru comprendre. Ça sera assez ?

Aussitôt, il leva un sourcil et un petit sourire étira ses lèvres.

— T'as autre chose à me proposer ? Une autre sorte de hot-dog peut-être ?

Paolo manqua de s'étouffer avec son pain. Il attrapa sa boisson pour boire quelques gorgées et se frappa la cage thoracique. Sungjae ne put se retenir de rire. Il lui prit la bouteille des mains et l'imita avant de croiser les bras pour l'observer avec insistance. Son rictus n'avait pas disparu, il attendait une réponse.

— Je sais pas, c'est toi qui vois si t'as encore faim.

— Toujours faim de toi, lança-t-il, l'air satisfait.

À son tour, Paolo eut un petit sourire, mais il ne rétorqua pas. Il termina son repas, sans qu'ils ne s'adressent un mot, juste des regards équivoques. C'était suffisant pour faire grimper la tension entre eux. Ils n'avaient fait que coucher ensemble, ils n'avaient pas testé d'autres choses, et Paolo était curieux de voir les merveilles que la bouche de son camarade pouvait réaliser. Il embrassait divinement bien, peut-être qu'il serait aussi doué pour les fellations. Il secoua la tête et but encore, comme si cela allait faire disparaître les images obscènes qui venaient assaillir son esprit. Ils étaient seuls, dans une chambre, avec un lit à disposition, ça pouvait déraper à tout moment. Il n'avait pas eu besoin de ça la veille, le van suffisait même s'il était peu confortable et étroit, alors ils pouvaient d'autant plus se laisser aller ici.

— Je vais aller prendre une douche, ça te dit de venir ?

Les yeux de Sungjae se mirent à pétiller. Il se redressa et acquiesça.

— Tu me fais vraiment des propositions indécentes.

— Une douche, rien de plus.

— C'est ce qu'ils disent tous.

Paolo roula une fois de plus des yeux. Si Sungjae ne mangeait pas beaucoup, il avait au contraire un appétit sexuel insatiable. Il ignorait d'où ça venait, il se demandait même si ce n'était pas une manière pour lui de se protéger, une façon de ne pas dévoiler qui il était réellement. Il se posait beaucoup de questions sur ce personnage excentrique, et il comptait bien obtenir des réponses. Tôt ou tard, il finirait par découvrir qui était Sungjae et ce qu'il dissimulait derrière ces sourires et ces allusions. Derrière son goût prononcé pour la fumette et le sexe.

— Allez, on la prend cette douche ?

Sungjae se leva et il le suivit.

Ils pénétrèrent dans la salle de bain ; elle était bien agencée, mais Paolo fut surpris par la taille de la douche. Elle était étroite, tenir à deux à l'intérieur allait relever du miracle. Peut-être que s'ils ne bougeaient pas trop ils pouvaient s'en sortir, mais hors de question de faire des folies de leurs corps. Se laver, et rien de plus.

Sungjae ôta l'intégralité de ses vêtements et activa l'eau dès qu'il mit un pied dans la douche. Il profita de l'absence de Paolo pour se mouiller de la tête aux pieds, un lourd soupir de bien-être quitta sa bouche au contact de l'eau tiède.

— Je peux ?

Sungjae jeta un regard par-dessus son épaule, il esquissa un sourire avant de se tourner pour faire face à son camarade. Il lui dévoila son torse bronzé, sur lequel les plus tenaces des suçons commençaient à s'estomper. Paolo se mordit la lèvre quand son regard s'attarda sur ce corps qu'il trouvait magnifique. Il lui donnait terriblement envie mais s'en détourna quand il le rappela à l'ordre.

— Tu voulais venir et maintenant tu fais ton farouche ? T'as peur de quoi ?

— De rien, j'arrive.

Il balança ses cheveux frisés vers l'arrière et rejoignit Sungjae. Il se glissa entre lui et la paroi carrelée puis tenta de se laver. Ses mouvements étaient restreints, il risquait de se cogner ou de blesser son partenaire.

— T'es canon.

Paolo interrompit son geste et cligna des yeux. Son acolyte de voyage arborait encore un sourire provocateur, cherchant toujours une réaction de sa part. Il était conscient de son désir de l'exciter, de le voir perdre le contrôle, comme c'était le cas depuis leur rencontre. Sungjae avait été transparent dans ses intentions, et Paolo avait répondu à ses avances sans aucune hésitation. Il ne pouvait pas résister, attiré naturellement par sa personnalité ou son attitude détachée.

Il soupira et se colla à Sungjae, le sourire de ce dernier n'en fut que plus large et ses yeux plus brillants. Il n'attendait que ça, qu'il vienne plus près pour l'embrasser, sentir son corps contre le sien, entendre sa respiration et son cœur battre la chamade.

Leurs langues se lièrent sans attendre tandis que leurs mains se baladaient sur leurs torses. Sungjae était en demande, ses gémissements se faufilaient dès qu'ils se détachaient l'un de l'autre pour changer l'angle de leur baiser, ou pour reprendre un peu d'air. Il réclamait d'autres attentions, son bassin ondulait de lui-même pour venir à la rencontre de Paolo. Et ce dernier en fit autant, par automatisme, sans doute poussé par le désir de satisfaire son partenaire et de se faire du bien également. Leurs membres, peu à peu, s'éveillaient. Le bruit de l'eau ne fut bientôt plus suffisant pour couvrir les soupirs et gémissements qui fusaient.

— On devrait...

Paolo n'eut pas l'occasion de terminer sa phrase, la bouche de Sungjae semblait bien trop avide de la sienne pour lui laisser du répit. En réponse, ses larges mains empoignèrent les hanches de son partenaire pour que leurs sexes s'entrechoquent. Sungjae frémit, il perdait pied, et ça le rendait tout chose.

Paolo n'avait jamais connu quelqu'un d'aussi sensible que lui, d'aussi excité. Il avait eu quelques aventures, quelques petites amies, mais aucune ne réagissait aussi intensément à ses caresses. Alors constater qu'il était capable de faire autant perdre la tête à un jeune homme comme Sungjae, ça faisait gonfler son ego. Il devinait aisément qu'il avait eu maintes conquêtes — et ce n'était pas surprenant —, mais il lui avait dit être son meilleur coup. Ce n'était pas rien et, connaissant son honnêteté parfois cruelle, Paolo savait qu'il était sincère.

— Sungjae, attends...

Il l'obligea à se détacher de lui et observa son visage. Ses joues et ses oreilles étaient rouges.

— On devrait vraiment terminer de se laver et aller dans le lit, tu crois pas ?

Le jeune homme acquiesça et déposa un baiser sur les lèvres entrouvertes de Paolo. Ils se débrouillèrent tant bien que mal pour se nettoyer l'un l'autre, sans aucune ambiguïté. L'ambiance était différente, la tension sexuelle était redescendue, et Paolo se laissait aller aux caresses de Sungjae dans son dos pendant qu'il le savonnait. Ses gestes étaient lents, consciencieux, il ne cherchait pas à aller plus loin, et il avait la sensation d'avoir affaire à quelqu'un d'autre.

— À mon tour.

Sungjae se tourna et Paolo lui administra le même traitement. Ils se rincèrent avec quelques difficultés, ce n'était vraiment pas simple que de bouger dans cette minuscule douche.

Une fois débarrassés de toute la mousse, ils sortirent et se séchèrent. Ce fut nus qu'ils regagnèrent le lit ; il faisait chaud dans la chambre, ce serait plus confortable de dormir ainsi. Et puis Sungjae devait avoir l'habitude, Paolo était persuadé que s'il avait pu vivre sans rien sur le dos, il l'aurait fait.

Ils restèrent allongés l'un à côté de l'autre, les yeux rivés sur le plafond décrépit et d'un blanc qui n'était probablement plus aussi éclatant qu'auparavant. Dans un geste commun, leurs mains se retrouvèrent et leurs doigts s'entrelacèrent. Paolo sourit et inspira à pleins poumons. Il adorait ce genre de moment affectueux, même s'il se doutait qu'il n'allait pas durer très longtemps. Sungjae n'était pas le type de personne à se montrer tendre, et il lui avait dit de se préparer à passer une nuit torride. Il savait à quoi s'attendre, et ça ne le dérangeait pas le moins du monde.

Les minutes s'écoulèrent, la radio était toujours allumée et diffusait la chanson *Black Night* de Deep Purple. Sungjae la fredonnait, Paolo tourna la tête vers lui. Il n'avait pas bougé, seules ses lèvres remuaient doucement. Puis il s'arrêta et lâcha un long soupir.

— Je suis étonné, dit-il.

— Pourquoi ?

— Parce qu'on est tous les deux à poils dans un lit et tu m'as toujours pas sauté dessus.

Paolo lâcha un rire.

— T'attends que ça, non ?

Sungjae haussa les épaules, comme si cela lui était égal.

— Je croyais que t'allais pas pouvoir me résister.

— Hm, t'as peut-être raison.

Aussitôt il se redressa pour venir happer les lèvres de son partenaire. De sa main libre, il lui caressa le ventre. Il joua de sa langue pour lui faire entrouvrir la bouche et venir à la rencontre de la sienne. Ils s'embrassèrent à en perdre haleine, jusqu'à ce qu'ils ne soient plus en mesure de respirer correctement. Ils se séparèrent par manque d'air et Paolo plongea dans le regard de Sungjae. Il y décelait une fêlure, sans doute accentuée par le fait que les effets de l'herbe s'étaient estompés. Il posa une main sur sa joue et la frôla lentement de son pouce sans se détourner de lui.

— Me regarde pas comme ça.

— Comment ? demanda Paolo, les sourcils froncés.

— Comme si j'étais une petite chose fragile.

— J'ai fait ça, moi ?

Sungjae hocha la tête et ôta la main de Paolo.

— Fais-moi du bien plutôt.

Sans répondre quoi que ce soit, il s'empressa de grimper à quatre pattes au-dessus de Sungjae, mais dans le sens opposé. Il se retrouva avec le visage au niveau de son sexe, et les jambes de part et d'autre de son torse. Sungjae hoqueta quand la bouche de Paolo trouva son pénis pour le suçoter lentement.

— Attends, dit-il en lui administrant une tape sur la cuisse. Je vais mieux me placer.

Il glissa un peu plus bas sur le matelas, afin que Paolo ait assez de place au niveau de ses jambes sans que ses pieds ne heurtent la tête de lit.

— Ce sera plus facile pour te sucer la queue.

Il rit à la franchise de Sungjae, mais retourna très vite s'occuper de son membre qui commençait à réagir aux douces attentions qu'il lui avait administrées un peu plus tôt. Sungjae en fit tout autant. Il engloutit son sexe tout en se maintenant à ses cuisses ou à ses fesses, et Paolo finit par avoir de plus en plus de difficultés à se concentrer sur sa tâche. Il voulait faire plaisir à Sungjae, il voulait qu'il se sente bien et détendu entre ses mains, mais il n'arrivait pas à lutter contre le bien-être qui l'envahissait peu à peu. Il faisait vraiment des merveilles, avec sa bouche, avec sa langue, et il avait l'impression qu'un feu ardent était en train de prendre possession de tout son corps. Il n'arrivait pas à se retenir de bouger, et il craignait d'aller trop loin pour Sungjae. Il relâcha son membre pour lui demander s'il allait bien et il lui assura qu'il n'y avait aucun problème.

— Je veux pas te blesser.

— Paolo, soupira Sungjae, t'es bien gentil, mais t'es pas le premier à me passer dans la bouche. Alors arrête ton cinéma et continue.

— Si c'est trop…

Il lui administra une claque sur la cuisse pour l'interrompre.

— On échange de position.

Sungjae se retrouva au-dessus de lui et sans un mot de plus, ils recommencèrent à se faire du bien. Paolo se sentait bien plus à l'aise maintenant que ce n'était plus vraiment lui qui contrôlait leur petite séance. Il préférait que ce soit Sungjae qui gère, qu'il soit celui qui décide de la cadence. Son sexe était plus petit que le sien, alors ce n'était pas grave s'il remuait le bassin pour venir à la rencontre de sa bouche. Et puis, Paolo avait enroulé ses doigts à la base, il pouvait de ce fait contrôler un minimum ce qu'il acceptait de faire entrer. Mais il peinait à réfléchir correctement, Sungjae lui faisait beaucoup de bien et l'orgasme le guettait.

— Sungjae…

Le concerné ne lâcha pas son sexe, il se contenta d'un son de gorge.

— Mets-moi… des doigts…

Aussitôt, une main se glissa sur ses testicules et il s'empressa d'écarter les jambes. Il le laissa avoir accès à son intimité, Sungjae le caressa avec soin avant d'introduire son index en lui.

Paolo délaissa le sexe de son partenaire pour permettre à ses gémissements de filer. Ils étaient nombreux, rauques, désespérés. C'était la toute première fois qu'il faisait cela, qu'il faisait cette position et qu'il se faisait pénétrer, mais il était complètement grisé. La présence de Sungjae l'envoûtait et alors qu'il continuait à le toucher du mieux qu'il pouvait, il en réclama davantage. Sungjae obtempéra et était désormais occupé à lui faire du bien avec sa bouche et ses doigts.

Ce n'était pas désagréable, bien au contraire. Un peu étrange peut-être, mais plaisant. Il ne regrettait pas de lâcher prise car avec Sungjae c'était facile. C'était naturel.

— Encore, encore…

Les va-et-vient étaient sans pitié, mais ce n'était toujours pas assez. Il avait besoin de plus.

— Va plus loin, s'il te plait.

Sungjae releva la tête et jeta un coup d'œil par-dessus son épaule.

— Je suis au max là, abuse pas.

— Putain… râla-t-il, la mâchoire serrée.

Le corps de Paolo se mit à remuer de lui-même, il cherchait désespérément un moyen d'atteindre le septième ciel. Il avait l'impression d'être au bord du gouffre, prêt à être englouti dans les méandres de la luxure, mais que quelque chose le retenait encore. Il était haletant, transpirant, sur le point de jouir sans pour autant y arriver.

— S'il te plait, lèche-moi…

— T'es vraiment exigeant.

Même s'il faisait des manières, Sungjae jubilait de le voir se tordre sous ses caresses. Il revint prendre son sexe en bouche pendant quelques secondes, puis le lâcha pour venir lécher ses bourses avec insistance. Les cris de Paolo se multiplièrent pour former une douce mélodie et, encouragé par ces derniers, Sungjae augmenta la cadence à l'intérieur de lui.

— Je vais…

Il s'agrippa aux cuisses de son amant quand la vague de plaisir, intense et dévastatrice, le submergea. Son dos se creusa pour se décoller du matelas et son sexe se gonfla. Sungjae ne s'arrêta pas pour autant, et Paolo crut bien devenir fou. Des injures en italien et des grognements éclatèrent dans la chambre, juste avant que le calme ne revienne. Sungjae se redressa et se laissa tomber sur le côté, Paolo se blottit contre lui et attrapa son membre. Même s'il venait de se faire terrasser par l'orgasme, que ses oreilles bourdonnaient encore et qu'il avait la tête qui tournait, il était soucieux de lui rendre la pareille.

— T'es pas obligé, lui dit Sungjae en saisissant sa main. J'vais fumer, ça me fera pioncer.

— Non, j'veux te faire jouir.

— Paolo.

— Je serais vexé que tu préfères ton herbe à moi.

Sungjae sourit et acquiesça pour lui donner son autorisation. La nuit n'allait pas être de tout repos, mais ce n'était pas un problème car Paolo avait prévu de profiter de chaque seconde. Il se reposerait plus tard, et plus tard était un instant auquel il ne voulait pas penser.

Chapitre 9

Le son de la radio réveilla Paolo et il ouvrit les yeux avec difficulté, la lumière naturelle qui tapait contre la fenêtre tombant pile sur son visage. Il grommela et se tourna sur le ventre, la tête de l'autre côté pour espérer s'habituer peu à peu à la trop forte luminosité. Il attrapa un coussin pour le plaquer contre son oreille, les informations diffusées par le poste radio étaient bien trop fortes. Il avait juste eu le temps d'entendre qu'aujourd'hui, les États-Unis allaient fêter le jour de l'Indépendance. Il n'avait jamais eu l'occasion de participer à cette coutume, mais son cousin lui en avait souvent parlé dans les lettres qu'ils s'échangeaient. Il savait qu'en ce jour il y aurait de nombreux rassemblements en extérieur et que les gens en profiteraient pour se retrouver autour d'un barbecue, qu'ils feraient des pique-niques, et qu'ils assisteraient à des parades ou des feux d'artifice. Il aurait dû passer cette fête avec sa famille, mais ce serait avec Sungjae qu'il célèbrerait le quatre juillet.

Sungjae.

Il fit valser l'oreiller et les draps, puis se redressa en position assise. D'un œil encore endormi, il balaya la pièce et tendit l'oreille. Il n'était pas là, et avec le brouhaha de la radio, il ne parvenait pas à savoir s'il occupait la salle de bain.

Il soupira longuement et fit craquer ses cervicales, un gémissement de douleur lui échappa. Il n'avait pas si bien dormi que ça finalement, et pas assez à son goût. Sungjae l'avait tenu en éveil une bonne partie de la nuit. Paolo sourit en repensant à ce qu'ils avaient fait, à toutes leurs caresses échangées, tous les baisers partagés. Il avait dû jouir deux ou trois fois à la suite, il ne savait même plus exactement, et il se demandait comment les voisins avaient fait pour supporter leurs cris de plaisir jusqu'à presque quatre heures du matin.

Il inspira à pleins poumons et décida de se lever. Quand il constata que son corps était poisseux à cause des différents fluides corporels qui le maculaient, il grimaça. Il s'empressa de rejoindre la salle de bain et prit soin de baisser le volume de la radio au passage. Sungjae n'était pas là, mais il ne s'en inquiéta pas plus que ça. Il se doucha en quatrième vitesse et enfila ses vêtements après s'être brièvement séché. Quand il revint dans la chambre, il sursauta. Son acolyte de voyage était installé sur le lit, un gobelet de café fumant entre les mains.

— J'ai cru que t'allais jamais te réveiller.

Paolo lui adressa un mince sourire.

— C'est pour ça que t'as mis le son à fond ?

— T'as vu juste, rit-il. J'me suis dit que j'allais te faire chier le temps d'aller chercher quelque chose à boire et à manger.

— Ça a fonctionné.

Ils échangèrent un regard amusé.

— Je t'ai pris des trucs. Je savais pas ce que tu aimais alors y'a du café et des petites brioches. J'espère que ce sera assez pour que tu reprennes des forces.

Sur la table ronde près de la fenêtre, Sungjae avait disposé le petit-déjeuner, juste à côté d'une roulée qui n'avait pas encore été entamée. Paolo la saisit et l'agita en l'air, comme si ce simple geste allait faire bouger son partenaire.

— Laisse ça où tu l'as trouvé, dit-il d'un ton sec.

— T'as pas fumé ? J'suis étonné.

Il reposa le cylindre imparfait et le visage de Sungjae se décrispa aussitôt. En une fraction de seconde, l'ambiance avait changé. Paolo n'y comprenait pas grand-chose et ces sautes d'humeur commençaient à l'inquiéter. Il n'était pas inquiet pour lui-même, mais plus pour son camarade. Il pouvait se montrer si doux parfois, et si coquin aussi, mais également très froid.

— Me regarde pas comme ça je t'ai déjà dit, bredouilla Sungjae avant d'avaler une gorgée de sa boisson.

Paolo ne rétorqua pas. Il tira une chaise et y prit place. Le silence, légèrement perturbé par la musique, ne lui plaisait pas. Mais que pouvait-il y faire ? Il se sentait impuissant, et il détestait ce sentiment. Il voulait parler à Sungjae et qu'il lui parle également, mais pour se dire quoi ? Il n'avait pas envie de discuter de la pluie et du beau temps, ce n'était pas intéressant, et ça ne servirait pas à dissiper le malaise qui s'était installé. Au contraire.

Il préféra déguster son repas sans un mot, sans un regard. Son esprit tournait à cent à l'heure, parasité par des questions qu'il aurait préféré ne jamais se poser. Se comporter ainsi l'agaçait. Il ne comprenait même pas pourquoi il se sentait aussi tourmenté par Sungjae, et autant attiré par sa personne.

Son petit-déjeuner englouti, il se leva pour retourner dans la salle de bain et essayer de faire quelque chose de ses cheveux, mais les frisures partaient dans tous les sens. Tant pis, il s'en contenterait.

— T'es pas très bavard aujourd'hui, lança Sungjae, une moue déformant ses lèvres.

Paolo haussa un sourcil.

— J'suis pas encore bien réveillé.

— Même après la douche et le café ? Il te faut quoi ? Une pipe ?

Ses oreilles virèrent au rouge en un temps record. Il détourna le regard et s'éclaircit la voix. Il avait enfin réussi à chasser les évènements de sa nuit précédente, ce n'était pas pour que Sungjae les lui rappelle aussi vite. Oui, il avait adoré faire tout ce qu'il avait fait avec son partenaire, mais il avait encore besoin de digérer certaines de ses demandes. Il s'était peut-être un peu laissé emporter par l'euphorie, lui qui n'avait jamais eu de relation homosexuelle avant ces vacances.

— T'as pas à avoir honte.

Il déglutit. Sungjae lisait dans ses pensées maintenant ?

— J'ai pas honte.

— Tu fuis mon regard.

Paolo inspira et expira avant de lui faire face, les pommettes toujours aussi écarlates.

— C'est seulement que… je sais pas, j'ai jamais eu ce genre de rapport, tu vois.

Sungjae lâcha un rire.

— Ce genre de rapport ? Tu veux dire te prendre quelque chose dans le cul ?

— Ouais.

— Fallait me le dire si ça te plaisait pas.

— Ça m'a plu.

Il déglutit. Oui, il avait adoré ce qu'ils avaient fait, il avait trouvé cela tellement simple avec Sungjae qu'il ne s'était pas posé plus de questions. Il avait raison, il n'avait pas à avoir honte de quoi que ce soit et devait s'efforcer de penser d'une autre manière que ce qu'il avait toujours appris. Il avait le droit d'apprécier le sexe avec un autre homme, ce n'était pas pour autant qu'il mettait sa masculinité en péril.

— Tu sais, ça fait pas de toi un homme moins homme parce que t'aimes avoir des doigts dans le cul.

Paolo pouffa de rire, il allait finir par croire que Sungjae lisait réellement dans ses pensées.

— Bon, on devrait y aller.

— Où ça ? Tu m'as pas dit ce que c'était la prochaine étape.

— Yosemite Park. Tu verras, c'est magnifique.

En prononçant ces mots, il avait l'air pensif. Nostalgique. Sa voix s'était légèrement éteinte, et Paolo en fut une fois de plus surpris. Il allait le suivre, parce qu'il l'avait choisi, mais le mystère qui planait constamment sur Sungjae ne lui disait rien qui vaille. Il devait lutter pour ne pas lui poser davantage de questions, pour ne pas se montrer trop curieux, et peut-être même maladroit. Il avait à cœur de respecter le marché qu'ils avaient passé.

Sans un mot de plus, ils quittèrent la chambre du motel et déposèrent les clés à la réception. La machine à hot-dog tournait encore et Paolo fut presque tenté d'en acheter. Son estomac le tiraillait déjà alors qu'il venait à peine de manger le petit-déjeuner. Une fois installé dans le van, un gargouillement retentit.

— T'es pas possible, soupira Sungjae. On s'arrêtera prendre de quoi bouffer sur la route.

— On va dormir où ce soir ?

— Tu t'inquiètes déjà de l'endroit où on va baiser ? T'es mignon.

— Dormir, rectifia Paolo.

Sungjae lui décocha un clin d'œil et mit le contact. Le van s'engouffra sur la route, pour près de trois heures trente de trajet. Le temps allait-il paraître long ? Ou au contraire, passerait-il vite ? Cela dépendait uniquement de l'humeur de Sungjae.

***

Ils roulèrent pendant une heure avant d'arriver à Los Banos. Les drapeaux américains étaient de sortie, fièrement dressés sur les voitures et les bâtiments. Le temps était à la fête, les habitants défilaient dans les rues, d'autres regardaient depuis leurs jardins décorés aux couleurs de leur pays. Certains préparaient des barbecues en famille tandis que les enfants s'amusaient sur les balançoires.

Les vitres ouvertes, la chaleur s'engouffrait dans le véhicule et Paolo commençait à avoir les cheveux humides. Il les balança en arrière, ils ne cessaient de lui coller au front et dans la nuque. Sa main désormais poisseuse lui arracha une grimace.

Ils s'arrêtèrent à une station-service pour une pause bien méritée. Paolo descendit du van et remua son t-shirt pour espérer y faire entrer de l'air.

— J'vais aller pisser, annonça-t-il quand Sungjae le rejoignit.

— Et moi j'vais te chercher de quoi manger.

Ils se firent signe et se séparèrent, l'un partant vers les sanitaires, l'autre en direction du minuscule comptoir qui présentait différents sandwichs.

La vessie enfin soulagée du café qu'il avait ingurgité plus tôt, Paolo soupira. Il se lava les mains et retrouva Sungjae, assis sur le petit trottoir devant la station. Il était en train de boire une canette de cola, tandis qu'une roulée se consumait lentement dans son autre main.

— T'as pas pu t'en empêcher ?

Sungjae bascula la tête en arrière pour observer Paolo qui se trouvait derrière lui. Un sourire malicieux étira ses lèvres et dévoila ses dents.

— T'en veux ?

— Non, j'ai juste faim.

— Je t'ai pris un sandwich au bacon. Ça te va ?

Il hocha la tête et prit place à côté de son camarade. Ce dernier prenait soin de ne pas lui envoyer sa fumée en pleine figure pendant qu'il mangeait, mais le voir avec un nouveau joint lui déplaisait fortement. Et ce qui l'embêtait davantage était le fait que Sungjae n'avait rien acheté pour lui-même. Que pouvait-il dire ? Il était un adulte responsable — normalement — et lui n'était personne pour lui donner des leçons. Sungjae ne l'avait pas attendu pour faire sa vie, alors le bassiner avec une morale n'allait pas servir à grand-chose. Il ne voulait pas risquer de l'énerver.

— Tu manges rien ? tenta-t-il finalement.

— J'suis pas un gros mangeur.

Un silence prit place avant qu'il ne continue :

— De bouffe, j'veux dire. Toi je peux te manger à tous les repas.

Paolo se contenta d'un sourire, mais il avait l'impression que Sungjae se forçait. À quel moment était-il réellement lui-même ? Les plaisanteries et insinuations salaces faisaient peut-être partie de sa personnalité, mais quelque chose sonnait faux, comme s'il jouait un rôle. Il se cachait, ça Paolo en était persuadé. Mais jusqu'à quel point ?

— J'aime pas cette fête débile.

— Comment ça se fait ?

— J'sais pas. Enfin, si, mais c'est pas important.

Un léger soupir échappa à Paolo. Il avait envie de savoir, de peut-être enfin découvrir une partie de cette fêlure chez Sungjae, d'avoir enfin un indice sur sa vie, sur son passé, sur les raisons qui l'avaient poussé à devenir ce qu'il était aujourd'hui.

— Tu peux m'en parler, tu sais.

Il déposa une main sur son épaule, bienveillante, compatissante. Il savait qu'il n'aimait pas être traité comme une petite chose fragile, mais c'était tout ce qu'il pouvait faire. Il avait naturellement envie d'être là, de le soutenir, même s'il ignorait ce qu'il avait vécu. Même s'ils n'étaient finalement que deux étrangers l'un pour l'autre.

— Ça me fait juste mal de voir les gens profiter de ce jour en famille. De toute façon, je déteste toutes les fêtes.

Son visage s'était durci et il regarda droit devant lui ; les gens qui marchaient, les voitures qui passaient. Un lourd silence avait pris place et Paolo ne savait même pas comment réagir. Il avait capté, dans sa voix, cette même fragilité qui ressortait parfois. Ce même désespoir qui l'avait submergé sur la plage de Santa Cruz deux jours auparavant. Ça avait le don de l'inquiéter, mais aussi de le conforter dans l'idée que Sungjae n'était pas celui qu'il prétendait. Qu'il n'était pas le gars jovial pour qui il essayait de se faire passer. Il était peut-être détaché de tout, il vivait simplement, au jour le jour, sans se soucier de l'avenir, mais cette candeur était peut-être sa façon à lui de se protéger de la laideur du monde.

D'un seul coup, il se leva et tendit une main à Paolo.

— On y va ?

Il sourit et accepta sa main. Sungjae lui fit un signe de tête et ils rejoignirent le van.

Direction Yosemite Park.

Chapitre 10

Le van arriva à Yosemite Park, à proximité de Stoneman Meadow, là où bon nombre de véhicules étaient déjà garés le long de la route. Paolo passa la tête par la fenêtre, l'air était chaud et agréable. Il avait la sensation de goûter à la liberté. Pourtant, quand il se tournait pour jeter un coup d'œil en direction de Sungjae, il avait conscience que quelque chose n'allait pas. Son camarade n'était pas dans son état normal, et ce n'était certainement pas à cause de l'herbe qu'il s'obstinait à fumer. Il y avait, dans son regard, un vide qui ne trompait pas. Il aurait payé cher pour découvrir le problème qu'il tentait de dissimuler. La route avait été longue et terriblement silencieuse. Paolo avait essayé de faire la conversation, en vain. Sungjae avait décidé de ne pas être bavard. Alors il avait jeté l'éponge et s'était contenté d'attendre que le temps passe. Et il était passé trop lentement.

Il soupira en se réinstallant dans son siège et le van ralentit. Stoneman Meadow était une vaste étendue d'herbe entourée de grands pins et de montagnes, parfait pour y planter une tente et y passer la nuit en charmante compagnie. Il y avait foule, des jeunes gens semblaient y avoir élu domicile pour se reposer, faire des barbecues et écouter de la musique. L'ambiance avait l'air joviale et Paolo avait très hâte de découvrir cet endroit particulier. En accompagnant Sungjae, il s'attendait à voir du pays et pour l'instant, il n'était pas déçu. Il espérait seulement que l'humeur de son compagnon de voyage ne vienne pas gâcher toute l'expérience et lui faire regretter son choix. Ils s'entendaient pourtant bien — surtout sur le plan sexuel — alors il avait envie de croire que ce n'était que passager.

Sungjae klaxonna pour annoncer son arrivée afin que les personnes se poussent de son chemin. Il arrêta le véhicule dans l'herbe et resta immobile, le regard fixé droit devant.

— Ça y est, on est arrivés.

Il soupira.

— Tout va bien ? s'inquiéta Paolo.

Un nouveau soupir retentit.

— J'ai besoin de fumer.

Sungjae se pencha vers l'arrière dans l'optique d'attraper tout l'attirail nécessaire, mais Paolo lui saisit le poignet afin de l'en empêcher. Leurs regards se croisèrent avec intensité, incapables de se défaire l'un de l'autre, comme s'ils se défiaient.

— Pourquoi ?

Paolo fronça les sourcils et Sungjae leva les yeux au ciel avant de se défaire de son emprise. La tête basculée en arrière, il prit une grande inspiration pour ensuite tout relâcher.

— Pourquoi t'as besoin de fumer ? On pourrait juste profiter du beau temps qu'il fait et de l'endroit où on est, non ?

— J'ai besoin, c'est comme ça.

— T'es stressé par quelque chose ?

Sungjae le fusilla du regard, la mâchoire crispée.

— Je t'ai déjà dit d'arrêter ça, cracha-t-il.

Paolo eut un mouvement de recul, surpris par le ton qu'il venait d'employer. Comment Sungjae pouvait changer de personnalité aussi rapidement ? Il était avenant et amusant puis, la minute d'après, il se renfermait sur lui-même et parlait de manière on ne peut plus sèche. Peut-être était-il lunatique ? Paolo se posait de vraies questions. Des questions auxquelles il n'aurait sans doute jamais de réponse avant de repartir pour l'Italie. Et ça ne lui plaisait pas. Il savait que Sungjae avait émis une condition et il avait vraiment à cœur de la respecter. Mais il s'inquiétait pour lui, c'était comme ça et il n'y pouvait rien.

— Je… je voulais pas te mettre en colère.

— Alors laisse-moi fumer.

— Sungjae…

— S'il te plaît, l'interrompit-il d'une voix basse.

À nouveau, Paolo fut pris de court par la fragilité palpable de son camarade. Il ne pouvait que constater à quel point il le suppliait, à quel point il avait réellement besoin de fumer. Ce n'était pas normal, mais il capitula, incapable de lui tenir tête sur ce coup-là.

— Vas-y, souffla-t-il, résigné.

Sungjae s'empressa de prendre tout ce dont il avait besoin à l'arrière du van. Dans la précipitation, il disposa le tabac et l'herbe sur la feuille pour la rouler. Il la cala entre ses lèvres et de ses mains tremblantes, chercha après le briquet dans la boîte à gants. Il alluma son joint et tira dessus une première fois. Aussitôt, son corps tout entier sembla se détendre. Paolo resta abasourdi face à cette scène, complètement dépassé, il ne savait plus comment réagir. Sungjae était dépendant, ça ne faisait aucun doute, et il commença à réellement prendre conscience que sa vie n'était sans doute pas aussi idyllique qu'il n'y paraissait. Que lui était-il arrivé pour avoir un tel besoin de s'évader ?

Sungjae se cachait, et peut-être qu'il ne serait jamais en mesure de le trouver.

— Ça va mieux ?

— Hm, oui.

— Sungjae, tu sais…

— S'il te plaît, me pose pas de questions je t'ai déjà dit. Et je veux pas de ta pitié non plus.

— J'ai pas pitié.

Sungjae laissa filer un rire avant d'à nouveau tirer sur son joint.

— Te fous pas de ma gueule, je suis pas con, je le vois.

— C'est pas ça.

— J'ai pas besoin d'un prince charmant sur son cheval blanc, tu sais. Alors évite-moi ce genre de numéro où tu t'inquiètes pour moi, ça va m'énerver plus qu'autre chose. Et j'ai pas envie de m'engueuler avec toi juste pour ça.

— Alors de quoi t'as besoin ?

Sungjae rit à nouveau, son regard redevint pétillant de joie.

— D'un joint et d'une queue. La tienne de préférence. J'suis pas un homme compliqué.

Un large sourire aux lèvres, il tapota la cuisse de Paolo et descendit du van en claquant bruyamment la portière. Il alla à l'arrière pour ouvrir le coffre, laissant son partenaire dans un épais brouillard d'incompréhension.

— Tu sors ou tu restes planté là ?

Il se reprit et quitta à son tour le véhicule. Il rejoignit Sungjae et observa les alentours. Les personnes qui se trouvaient à Stoneman Meadow souriaient, riaient, dansaient et chantaient. Tout le monde semblait heureux et insouciant, comme si rien ne pouvait les atteindre. Il les analysa, puis posa les yeux sur son acolyte. Ces gens lui ressemblaient. Il comprenait pourquoi ils s'étaient rendus ici, peut-être que Sungjae avait besoin de passer du temps avec des personnes comme lui, peut-être avait-il besoin de sentir qu'il appartenait à une communauté. Peut-être se sentait-il terriblement seul en réalité.

— On dormira dans le van, annonça-t-il après avoir mis un peu d'ordre dans leur lit de fortune. Enfin, dormir c'est un bien grand mot. J'ai bien envie que tu me sautes encore toute la nuit.

— C'est si gentiment demandé.

— En attendant, on va aller s'incruster dans un barbecue.

— C'est pas dangereux de faire du feu comme ça ?

Sungjae arqua un sourcil et expulsa sa fumée au visage de Paolo.

— C'est bon, détends-toi, on est là pour profiter. Viens.

Il lui saisit la main et l'emmena avec lui à travers la prairie. Paolo baissa les yeux et constata qu'il avait encore une fois fait l'impasse sur les chaussures, il ne put s'empêcher de sourire. Sungjae était vraiment spécial, un électron libre. Il se laissait porter par le vent, comme les aigrettes de pissenlit.

— On va vraiment s'incruster ? T'as pas peur de te faire envoyer balader ?

— Absolument pas. *Peace and love*, ça te dit quelque chose ?

Paolo n'eut même pas le temps de rétorquer, Sungjae le tira davantage en pressant le pas. Quelques secondes plus tard, il s'arrêta à côté d'un groupe de cinq personnes qui s'étaient installées en cercle autour d'un barbecue.

— On peut se joindre à vous ?

— Ouais, bien sûr, allez-y.

Sungjae jeta un coup d'œil à son camarade pour lui demander silencieusement ce qu'il en pensait, ce dernier haussa les épaules. Ils prirent place avec les autres qui s'empressèrent de leur servir une bière bien fraîche.

— Allez-y, mangez ce que vous voulez !

Paolo observa les pièces de viande qui grillaient, leur jus coulant sur les braises. Il en eut l'eau à la bouche, mais il se sentait toujours un peu mal à l'aise. Il n'avait pourtant eu aucune difficulté à se joindre à Sungjae et ses amis lors de leur première rencontre, alors pourquoi trouvait-il cette situation si différente ? Il ne l'expliquait pas, mais il avait un mauvais pressentiment. L'endroit était magnifique, l'ambiance agréable, mais quelque chose l'empêchait de profiter pleinement. Était-ce à cause du comportement de Sungjae un peu plus tôt ?

— T'en fais une tête !

Il sursauta et se tourna vers le jeune homme à sa droite qui venait de lui asséner un coup de coude. Il cligna des yeux à plusieurs reprises tout en scrutant son visage. Il avait des traits doux, un nez aquilin, une petite barbe mal taillée et de longs cheveux blonds tressés.

— Tu veux de la viande ? proposa-t-il.

— Non, merci c'est gentil.

— Oh, d'accord.

Un silence prit place avant que le jeune homme ne reprenne la parole :

— Au fait, je m'appelle Erik, et toi ?

— Paolo, dit-il dans un sourire.

Un bras s'enroula autour de ses épaules pour le serrer avec force.

— Tu dragues sous mon nez ? lança Sungjae.

— Non, c'est pas…

Le prénommé Erik éclata de rire et agita les mains devant lui en guise de protestation.

— OK, tout doux, on se draguait absolument pas ! Je lui proposais juste de la viande, c'est tout. Je savais pas que vous étiez ensemble.

— On est pas ensemble, rectifia Sungjae. On est juste… plan cul ?

Le jeune homme écarquilla les yeux et Paolo en fit tout autant. Ses joues s'embrasèrent si fort qu'il fut obligé de baisser la tête. Il se résigna à attraper un bout de viande à l'aide d'un pic en bois et il l'enfourna dans sa bouche. Il but ensuite plusieurs gorgées de bière pour faire passer le malaise.

— Fais pas de manières, c'est ce qu'on est, non ?

— Ouais c'est… ouais.

Erik lui donna plusieurs tapes dans le dos tout en riant. Paolo n'en fut que plus embarrassé. Oui, il couchait avec Sungjae, mais ce n'était pas une raison pour l'exposer ainsi à de parfaits inconnus.

— Vous avez l'air super ouverts sur ce sujet on dirait !

— Moi oui, s'amusa Sungjae, lui il joue encore le petit coincé. Il a pas l'habitude de baiser avec des mecs.

— Sungjae… souffla Paolo.

— Tu vois !

Erik rit de plus belle, puis il s'arrêta d'un seul coup.

— Vous faites quoi ici alors ? Vous comptez passer la nuit à faire la fête ?

— Ouais, on va la passer dans mon van, rétorqua Sungjae en pointant son véhicule. Si t'entends gueuler, je plaide coupable.

Il leva la main droite en l'air. Paolo, la tête baissée et le dos courbé, chercha à se faire tout petit. Il eut même envie de disparaître sur le champ. Sungjae était sans gêne, que ce soit dans l'intimité ou en public. Il n'avait aucune limite, il parlait de sexe comme de la pluie et du beau temps. Il aurait aimé qu'il puisse parler de ce qui le tracassait avec autant d'aisance. Tant pis, il se contenterait de les écouter discuter et rire.

— Et toi, tu fous quoi ici ?

— J'ai fait du stop et je me suis retrouvé là.

— Tu dois te rendre dans quel coin ?

— Sacramento.

Sungjae se redressa.

— C'est notre prochaine destination !

Paolo tourna la tête dans sa direction, il n'avait même pas eu vent de cette information. En même temps, il ne s'était pas intéressé à la suite de leur périple. Tout ce qu'il savait était que Sungjae devait se rendre à Half Moon Bay, rien d'autre. Il ne connaissait pas leur itinéraire par cœur.

— Si tu veux, on peut t'y conduire, proposa Sungjae.

— Oui, ce serait sympa. J'ai de quoi payer un peu de carburant, ou de la bouffe, comme tu veux.

— Ça marche, t'iras à l'arrière. Plus on est de fous, plus on rit !

Erik acquiesça. Il tendit sa canette de bière vers Sungjae, ce dernier y cogna la sienne avant de boire d'une traite son contenu. Quand ils reprendraient la route demain, ils seraient trois pour quelques heures.

***

Paolo s'était allongé dans l'herbe, les bras repliés sous sa tête. Il observait le ciel bleu sans un nuage à l'horizon tout en profitant du son du ukulélé à côté de lui. Sungjae avait emprunté l'instrument à un des jeunes hommes du groupe auquel ils s'étaient joints un peu plus tôt et il était assez doué avec ce dernier entre les mains. Il riait, chantait, l'ambiance était à la joie. Encore une fois, il avait considérablement changé d'humeur. Il était redevenu jovial et souriant, celui que Paolo avait rencontré. Il n'avait pas fumé depuis qu'ils s'étaient installés autour du barbecue, il était trop occupé à discuter avec les autres. Il racontait quelques anecdotes, se vantait de son van dont il était on ne peut plus fier, parlait des endroits qu'il avait visités, des bijoux qu'il fabriquait, et il avait même réussi à en vendre quelques-uns. Il était persuasif, très bon commercial dans l'âme, et les dollars qu'il venait de récolter pourraient toujours servir dans la suite de leur périple.

Le son du ukulélé se stoppa net tandis que des voix fortes éclataient plus loin. Paolo se redressa sur ses coudes et fronça les sourcils en se tournant en direction du boucan. Tout le monde semblait s'y intéresser.

Il jeta un regard à Sungjae, puis à Erik.

— Il se passe quoi ?

Sungjae haussa les épaules d'un air détaché, mais il restait néanmoins sur ses gardes, prêt à se lever s'il fallait décamper en un rien de temps.

— Aucune idée, lança Erik, mais on dirait qu'il y a une bagarre ou un truc dans le genre.

Au même instant, une jeune femme accourut près d'eux. Elle s'arrêta, essoufflée, les mains posées sur ses genoux.

— Les rangers sont de sortie, ils veulent qu'on dégage de là, expliqua-t-elle.

Les autres personnes autour du barbecue s'indignèrent. Ils étaient là depuis plusieurs jours à faire la fête, et ils ne semblaient pas décidés à quitter les lieux. Elle ajouta que les esprits commençaient à s'échauffer et qu'elle craignait qu'il y ait des affrontements, les rangers avaient l'air prêts à en découdre pour les faire partir de force s'il le fallait.

Sungjae se leva sans attendre et Paolo l'observa, surpris qu'il se montre aussi réactif.

— On se taille, dit-il en reposant le ukulélé.

— Maintenant ? s'étonna Paolo.

Il hocha la tête et lui fit signe de se lever.

— Et toi aussi si tu veux toujours aller à Sacramento.

Erik attrapa son gros sac à dos en toile et se mit debout en un temps record. Paolo le suivit. Sungjae tourna les talons sans même remercier les autres pour avoir partagé leur repas et il se hâta en direction du van. Il ouvrit la portière arrière et indiqua à Erik d'entrer, ce qu'il s'empressa de faire.

— Installe-toi sur le plumard, fais comme chez toi.

Paolo grimpa du côté passager.

Leur invité n'allait pas être déçu, les draps n'étaient plus très frais et avaient bien besoin de passer à la machine. Avec ce qu'ils avaient fait dedans deux jours auparavant, il risquait même de tomber sur des substances étranges.

— Tout le monde est prêt ? demanda Sungjae lorsqu'il mit le contact.

— Je pense que oui.

— Parfait, on y va alors.

Il démarra et klaxonna à tout-va pour que les gens s'écartent sur son passage. Paolo l'observait du coin de l'œil, curieux. Il ne comprenait pas vraiment pourquoi Sungjae tenait à partir aussi vite. Certes, des rangers étaient arrivés sur les lieux pour demander aux campeurs de partir, mais il n'y avait pas eu d'affrontement à proximité de leur groupe. Il attendit qu'il soit bien engagé sur la route, la radio allumée, pour lui demander la raison de leur départ précipité.

— Réfléchis deux secondes, lança-t-il.

Paolo fronça les sourcils en fixant la route qui défilait devant lui.

— Je me balade avec de l'herbe, ça te dit rien comme détail ?

— Ah ! Ce détail…

— S'ils font intervenir les flics et qu'ils nous embarquent ou nous fouillent, j'ai pas envie de tout perdre.

Il n'avait même pas pensé à cette éventualité, mais sans doute était-ce parce qu'il n'avait pas l'habitude de cette vie. Pour Sungjae, c'était son quotidien, il avait dû apprendre à se débrouiller et à fuir quand il sentait le vent tourner. Désormais, il comprenait pourquoi il avait été si pressé. Ils avaient de la drogue sur eux et il était hors de question de se faire prendre par les forces de l'ordre. Il se sentit un peu bête de ne pas y avoir pensé plus tôt.

Sungjae appuya sur la pédale d'accélération et Paolo s'accrocha à sa ceinture.

— Tu te prends pour un pilote de course ou quoi ? plaisanta-t-il.

Son acolyte haussa les épaules.

— Disons que j'aime bien rouler vite parfois, ça m'excite.

Paolo secoua la tête en souriant. Il appréciait l'insouciance de Sungjae, mais il se demandait quand même s'il avait son permis de conduire.

— Rassure-moi, t'as ton permis au moins ?

Le concerné afficha un mince sourire.

— Tu déconnes ?

— Paolo, bien sûr que j'ai mon permis, tu me prends pour qui ? Regarde dans la boîte à gants si tu me crois pas.

Il eut un sérieux doute, mais il préféra lui faire confiance. Au pire, ce n'était pas lui qui risquait quoi que ce soit, mais Sungjae. Lui, il n'était que passager, il n'était pas censé connaître tout de sa vie. Et d'ailleurs, il se rendit compte qu'il ne connaissait rien de lui à part son prénom, son âge, et ce qu'il faisait pour gagner un peu d'argent. Il ne demandait qu'à découvrir qui il était réellement, ce qu'il cachait derrière son exubérance et son insolence. Il avait envie de savoir qui était le véritable Sungjae, de briser le bouclier qui était censé le protéger.

Mais le protéger de quoi ?

— On va direct à Sacramento alors ? demanda Erik qui s'était installé dans le lit de fortune.

— Non, on va s'arrêter et passer la nuit quelque part. Et faut que je trouve une cabine téléphonique, j'ai quelqu'un à contacter avant d'arriver à destination. Ça te va ?

— Nickel ! De toute façon je suis pas pressé. Et c'est déjà bien gentil de me prendre dans votre caisse.

Sungjae jeta un œil dans le rétroviseur intérieur.

— Regarde si y'a pas une carte qui traîne dans le meuble en bois. Faut que je voie où on doit passer.

Erik se leva tout en se tenant là où il put. Avec la route cabossée, difficile de tenir debout.

Il trifouilla dans le meuble quelques secondes avant de sortir ce que Sungjae recherchait et il la tendit à Paolo.

— Regarde où on peut s'arrêter, lui demanda Sungjae.

— Je connais pas le coin, et je sais pas trop lire une carte.

Il soupira.

— Heureusement que tu baises bien.

Paolo lâcha un petit rire tandis qu'une chaleur s'emparait de ses joues.

Il appréciait de savoir que Sungjae aimait leurs petites aventures intimes, ça lui donnait un peu de confiance et ça flattait son ego. Il aurait pu trouver ça bizarre qu'il rapporte tout au sexe, mais il ne devait pas s'en étonner. Sungjae aimait ça, il aimait prendre du plaisir et faire plaisir, il n'y avait pas de mal à ça tant que ça ne tournait pas à l'obsession ou à l'addiction. Mais à bien y réfléchir, l'air béat de Paolo s'effaça. Il se perdit à nouveau dans ses réflexions. Sungjae avait peut-être tendance à s'accrocher à des choses peu saines et à collectionner les dépendances. L'herbe, l'alcool, ou même le sexe à outrance… Il noyait son chagrin dans ce mélange explosif. Mais encore une fois, il n'avait pas le droit de lui poser de questions.

Finalement, ils roulèrent pendant un peu plus de deux heures avant d'arriver à une station-service. Sungjae en profita pour refaire l'appoint en carburant et alla garer le van plus loin, à côté d'une aire de pique-nique mal entretenue.

Paolo descendit du véhicule, suivi d'Erik.

— J'vais pisser et passer un coup de fil, annonça Sungjae en s'éloignant.

— Tu veux qu'on aille chercher un truc à manger ? proposa Paolo.

— Prenez pour vous, moi j'ai pas faim.

Ils se rendirent dans la petite supérette pendant que Sungjae rejoignait les sanitaires.

Paolo avait remarqué qu'il avait l'air un peu fatigué. Ses yeux semblaient légèrement cernés et son sourire habituellement éclatant était moins vif. L'inquiétude s'empara de lui, mais il savait qu'il ne devait pas s'immiscer dans les problèmes personnels de Sungjae. Il devait respecter les limites de leur relation et ne pas poser de questions indiscrètes.

Dans la supérette, il parcourut les rayons à la recherche de quelque chose de rapide et de facile à manger. Il prit quelques sandwichs, des chips et des boissons fraîches tandis qu'Erik choisit une bouteille de thé glacé et une barre chocolatée. Mais il ne pouvait s'empêcher de penser à Sungjae. Depuis combien de temps était-il aux prises avec ses dépendances ? Était-ce juste une période difficile ou quelque chose de plus profond ? Il était partagé entre l'envie de l'aider et la peur de mettre le nez dans sa vie privée, au risque de se faire envoyer balader.

De retour à l'aire de pique-nique, ils s'installèrent sur l'herbe. Le soleil commençait à décliner lentement à l'horizon, offrant un spectacle magnifique sur la nature environnante. L'air était chargé d'une légère brise qui apportait avec elle le parfum des arbres voisins. Paolo ne pouvait s'empêcher de se sentir heureux et libre, loin de la routine et des contraintes de la vie quotidienne. Mais il y avait toujours quelque chose qui le tracassait.

— Tu connais Sungjae depuis longtemps ? demanda Erik après avoir bu une gorgée de son thé.

— Quelques jours.

— Je peux encore te poser une question ou c'est trop ?

Paolo laissa échapper un rire.

— Non, vas-y, ça me dérange pas.

— OK, je voulais pas avoir l'air de te faire passer un interrogatoire. T'es venu ici pour faire quoi ? Passer des vacances ou…

— J'étais venu voir mon cousin à Santa Cruz, je viens d'Italie. Mais j'ai rencontré Sungjae à une soirée sur la plage et je sais pas, j'ai eu envie de l'accompagner dans son périple.

Pensif, Erik acquiesça tout en observant le jeune homme plus loin qui sortait des sanitaires pour rejoindre la cabine téléphonique. À son tour, Paolo posa les yeux sur lui. Il n'arrivait pas à lire sur ses lèvres, mais il distinguait ses sourcils se froncer, son visage se fermer.

— Il est spécial quand même, ajouta Erik.

— Oh oui… soupira-t-il en se détournant de Sungjae.

Les minutes s'écoulèrent lentement pendant que Paolo suivait les voitures qui passaient sur la route voisine. Il était profondément plongé dans ses réflexions lorsque Sungjae réapparut enfin, affichant un sourire un peu forcé.

— Désolé d'avoir mis autant de temps, dit-il en les rejoignant sur l'herbe. Vous avez pris quoi à bouffer ?

Paolo lui tendit un sandwich et une boisson fraîche.

— J'ai pensé que tu finirais par avoir faim, dit-il doucement.

Il le regarda pendant un instant, ses yeux se remplissant d'une reconnaissance silencieuse. Puis il prit le sandwich et le sortit de l'emballage. Il commença à manger sans dire un mot et Paolo lui sourit, espérant que ce simple geste lui apporterait un peu de réconfort.

— Demain matin on reprend la route. Il reste plus beaucoup de temps jusqu'à Sacramento, mais je devais prévenir quelqu'un de notre arrivée.

— Un pote ?

Sungjae secoua négativement la tête et croqua dans son sandwich. Il mâcha sa bouchée et déglutit pour ensuite boire quelques gorgées d'eau.

— Une connaissance.

— C'est vague.

Il soupira et leva les yeux au ciel, visiblement agacé par la réplique de Paolo.

— Une meuf.

Erik et Paolo se jetèrent un rapide coup d'œil avant de reporter leur attention sur leur camarade qui sortait de quoi se rouler un nouveau joint.

— Pourquoi vous me regardez comme ça ? cracha-t-il. Et toi commence pas à me donner des leçons.

Il pointa Paolo du doigt, les sourcils froncés et la mine rembrunie.

— J'ai rien dit !

Paolo leva les mains en signe de reddition, une fois de plus surpris par sa réaction soudaine. Il sentit une pointe de frustration monter en lui, mais il s'efforça de garder son calme. Il savait que Sungjae pouvait être sur la défensive lorsqu'il était confronté à ce sujet-là.

— J'ai juste envie de me détendre avant de reprendre la route demain matin.

— Je comprends, intervint Erik. On a tous nos façons de nous détendre, et si c'est ce qui te permet de relâcher la pression, alors on va pas te juger.

Paolo observa leur nouvel acolyte avec étonnement. Sa voix était si douce, si calme, qu'il pouvait apaiser n'importe qui. Il admirait avec quelle facilité il avait sorti ces quelques mots qui semblaient atteindre Sungjae d'une manière particulière. Il resta silencieux pendant un moment, ses épaules s'affaissant légèrement. Finalement, il soupira et écrasa son joint à peine entamé sur une canette vide. Paolo ressentit une pointe d'amertume. Erik avait fait ce que lui n'avait pas réussi à faire, et il en aurait presque été jaloux.

Cependant, il chassa rapidement cette pensée de son esprit. Ce n'était pas le moment de laisser ce sentiment étrange prendre le dessus. L'important était que Sungjae semblait enfin prêt à écouter au lieu de noyer son chagrin dans l'herbe.

Paolo prit une profonde inspiration et se rapprocha de lui pour poser une main réconfortante sur son épaule.

— On va passer une bonne soirée et demain on file vers Sacramento, d'accord ?

— T'as raison, on va plutôt prendre de l'alcool !

Il se leva d'une traite et s'arrêta quand il sentit le regard de Paolo peser sur lui.

— Quoi ? C'est déjà mieux que de fumer des joints non ?

— C'est pas faux !

Il ne pouvait pas jouer les papas poules, Sungjae était censé être un adulte responsable. Il n'avait pas le droit de lui interdire quoi que ce soit. Il avait déjà fait un immense effort en abandonnant son joint, il devait faire une concession. Bien qu'il ne soit pas très rassuré par sa suggestion, il ne voulait pas paraître trop moralisateur. Et puis, lui aussi avait envie de profiter et de s'amuser.

Ils retournèrent à la petite supérette de la station-service pour se procurer quelques bières. Erik voulait en payer une partie, mais le caissier semblait plus obnubilé par sa minuscule télévision que par l'argent qu'il pouvait se faire. Sur l'écran, Paolo reconnut le lieu où ils étaient quelques heures auparavant. L'homme derrière le comptoir soupira avant de tourner vers eux.

— Eh ben, les rangers ont eu du boulot avec ce ramassis de hippies ! s'exclama-t-il. Ils voulaient les faire déguerpir, mais pas moyen. Ça a fini en émeutes… Faut pas s'étonner avec ces sauvages.

Paolo jeta un coup d'œil en direction de Sungjae, il restait de marbre, les billets tendus en direction du caissier. L'homme les saisit pour les compter, puis il lui rendit la monnaie.

— Allez pas là-bas, le périmètre risque d'être fermé.

— On en vient, lança Sungjae en prenant les canettes de bière. Des vrais sauvages, hein.

L'homme ne répondit pas, il se contenta de lever les yeux au ciel et les trois acolytes quittèrent le magasin sans plus tarder. Ils retrouvèrent la petite étendue de verdure et se délestèrent de leurs achats. Ils entamèrent une première bière tout en se racontant des anecdotes, puis les autres s'enchaînèrent tout au long de la soirée.

Erik retourna même faire un petit ravitaillement express lorsqu'il remarqua qu'un autre caissier avait pris le relais, ayant peur de se faire juger par le précédent.

Ils continuèrent à boire, à rire, à discuter de choses et d'autres, mais l'air commençait à se rafraîchir. Ils décidèrent de jeter les canettes vides pour ensuite rejoindre le van. Sungjae se débarrassa de son t-shirt avant de se jeter au milieu du lit pour s'y allonger sur le dos, les bras en croix.

— Vous venez ?

Paolo et Erik échangèrent un regard complice avant de le rejoindre. Ils se positionnèrent de part et d'autre de leur ami qui les serra en éclatant de rire.

— Je vous aime les gars.

Paolo pouffa et se blottit un peu plus contre lui. Malgré l'effet de l'alcool et sa vision un peu brouillée, il restait un minimum lucide. Les paroles de Sungjae firent davantage rougir ses joues.

— Moi aussi je vous aime, déclara Erik. Vous êtes grave sympas, je suis content de faire un bout de chemin avec vous.

— J'avoue que c'est plaisant, intervint Paolo en glissant une main sur le ventre de son voisin.

Sungjae ne put réfréner un autre rire quand les doigts de son camarade vinrent le chatouiller doucement.

— Qu'est-ce que tu veux ?

Paolo se redressa légèrement pour capter son regard. Il avait de petits yeux vitreux et les lèvres encore humides, alors il ne résista pas à l'envie de s'en emparer avec avidité. Il l'embrassa sans pudeur et imposa la langue dans sa bouche pour venir à la rencontre de la sienne. Sungjae gémit de surprise dans l'échange mais, de sa main libre, il alla saisir la nuque de son partenaire pour lui intimer de continuer jusqu'à ce qu'ils manquent d'air.

— Wouah, d'accord, souffla Erik qui n'avait rien loupé du spectacle.

Sungjae afficha un mince sourire et Paolo le lui rendit.

— Tu crois pas que tu fais un jaloux ?

Il tourna la tête et fixa les lèvres entrouvertes de leur nouvel ami.

— Quoi, moi ? s'étonna Erik, sa voix vrillant dans les aigus.

— Oui toi, qui d'autre sinon ? T'as pas envie que Paolo vienne te rouler des pelles ? C'est pas ton genre ? Ou alors t'aimes pas les hommes ?

Il lâcha un petit rire tout en hochant vigoureusement la tête.

— Vous êtes fou, s'amusa-t-il. Mais ça me plaît.

Il se pencha par-dessus Sungjae pour s'emparer de la bouche de Paolo sans plus attendre. Les deux jeunes hommes s'embrassèrent avec passion sans même se poser davantage de questions, sans même prendre le temps de se découvrir. Ils se fichaient bien du reste, ils avaient juste envie de passer un bon moment. Et pendant qu'ils échangeaient un baiser fougueux, Sungjae les observait, ses mains caressant machinalement leur dos comme s'il cherchait à les encourager. Il se délectait de la vue, des bruits humides qui emplissaient le van et des soupirs de bien-être qui jaillissaient parfois. Mais il râla lorsqu'il constata que la scène durait trop longtemps.

— Hé oh, j'existe moi aussi !

Paolo et Erik se détachèrent l'un de l'autre et une étincelle de malice naquit dans leur regard. Ils n'avaient pas besoin de se concerter, ils s'étaient compris. Ils se penchèrent vers Sungjae et déposèrent tous les deux un baiser aux coins de ses lèvres. À partir de là, tout escalada plus vite qu'ils ne l'avaient imaginé. Ils se retrouvèrent à l'embrasser à tour de rôle, puis à laisser leurs langues se joindre à la sienne. Paolo avait toujours une main sur le ventre de Sungjae qu'il entreprit de faire glisser jusqu'à son entrejambe. Il massa son sexe avec insistance par-dessus son bermuda et Sungjae mit un terme au baiser pour se redresser sur ses coudes.

— T'as faim on dirait, sourit-il.

— Hm, j'ai surtout très envie de toi, marmonna Paolo.

Erik se recula et s'assit sur le lit pour atteindre son sac à dos. Il en extirpa un paquet de cigarettes et un briquet.

— Ça vous dérange pas si je fume à l'intérieur ?

— Et toi, ça te dérange si on…

Sungjae laissa sa phrase en suspens, mais il haussa un sourcil, laissant leur nouveau camarade deviner à quoi il faisait allusion.

— Nous allez-y, faites vos affaires.

— Tout ça pour nous mater.

Erik haussa les épaules et alluma sa cigarette avant d'à nouveau s'allonger.

— Sauf si tu veux participer.

— Non, je suis plus du style voyeur.

Paolo et Sungjae échangèrent un sourire, emballés par l'idée de satisfaire leurs désirs devant une tierce personne. Leurs lèvres se rejoignirent, cette fois dans une étreinte passionnée et vorace. Les mains de Paolo se glissèrent sur le torse de son partenaire, il explora la moindre parcelle de sa peau avec une envie croissante. Erik, quant à lui, savourait chaque bouffée de sa cigarette et observait avec fascination la scène qui se déroulait devant lui. Sungjae se laissa aller sous les caresses audacieuses de Paolo.

— J'ai envie de te prendre…

Paolo leva les yeux vers Sungjae pour étudier son visage, cherchant une autorisation tacite. Les battements de son cœur s'accélérèrent d'anticipation. Les yeux brillants d'excitation, Sungjae acquiesça. Un désir ardent se reflétait dans son regard alors qu'il offrait son consentement silencieux.

Les vêtements tombèrent un à un, révélant des corps sculptés par le désir. Dans le véhicule, les mains exploratrices, les soupirs étouffés et les sensations enivrantes créèrent une symphonie érotique. La soirée promettait d'être mémorable, les limites s'effaçaient, laissant place à une union charnelle, sans retenue ni jugement.

Chapitre 11

Paolo se réveilla dans les bras de Sungjae, un faisceau de lumière vive lui arrivait pile dans les yeux et il s'empressa de blottir son visage dans le cou de son partenaire. Ce dernier resserra son emprise sur lui et un grognement lui échappa. Ils restèrent ainsi quelques minutes avant que Sungjae ne lui tapote l'épaule.

— Hm, encore un peu, marmonna Paolo.

— Allez déconne pas, j'dois aller pisser. Avec tout ce qu'on a bu j'ai la vessie qui va exploser.

Mais il n'était pas vraiment décidé à bouger. Il se colla davantage contre Sungjae, un bras autour de sa taille et la tête sur son torse nu. Nu. Il était complètement nu en réalité. Il écarquilla les yeux quand il remarqua Erik allongé à leurs côtés. Il se redressa pour capter le regard de Sungjae tandis que des images un peu brouillées se bousculaient dans son esprit. Il se souvenait de cette soirée, de l'alcool qui coulait à flots, de leurs rires et de leurs petites anecdotes. Puis il y avait eu ces baisers, à trois, avant qu'il ne se glisse entre les cuisses de Sungjae pour le faire sien, emporté par un désir euphorique.

— T'en fais une tête !

— On a vraiment… devant… dit-il avec regard vers leur nouvel acolyte.

Sungjae lâcha un rire cristallin et ébouriffa les cheveux déjà défaits de Paolo.

— T'avais pas l'air aussi perturbé quand tu m'as baisé à côté de lui hier.

Il déglutit et analysa une nouvelle fois Erik, paisiblement endormi. Il avait l'impression d'avoir totalement omis sa présence la veille tant il avait eu envie de Sungjae. Et maintenant que l'alcool s'était en partie dissipé, il se sentait gêné d'avoir osé se dévoiler en plein moment intime. Non seulement coucher avec un autre homme était encore nouveau pour lui, mais là il avait la sensation d'aller un peu vite en besogne.

— T'étais parfait, t'en fais pas.

Paolo cligna des yeux à plusieurs reprises, ses joues s'étaient teintées de rouge. Sungjae repassa une main dans ses cheveux pour dégager son front des ondulations brunes qui le couvraient, puis il repoussa son partenaire pour s'asseoir sur le lit. Il attrapa ses vêtements éparpillés çà et là et les enfila.

— Vivement qu'on arrive à Sacramento, j'ai besoin d'une bonne douche.

— Moi aussi, je me sens pas très frais.

Paolo grimaça. Avec la chaleur, l'alcool qu'il avait ingurgité et cette nuit mouvementée, il ne se montrait pas sous son meilleur jour. Sungjae vivait comme ça au quotidien, ça ne devait pas être facile. Même si cette vie avait des avantages, elle avait aussi des inconvénients. Il était libre comme l'air, mais l'hygiène et le confort passaient au second plan. Paolo pouvait supporter cela quelque temps, mais pas indéfiniment. Il enviait parfois Sungjae, mais il n'était pas certain de vouloir échanger de place avec la sienne.

— Si vous avez besoin de passer aux chiottes c'est maintenant, parce qu'après on reprend la route.

— Euh, ouais. J'vais réveiller Erik.

Sungjae hocha la tête et quitta le véhicule, toujours sans chaussures aux pieds. Paolo secoua la tête, il avait encore du mal à s'habituer à cette manie étrange. Il tira les rideaux à carreaux et le soleil emplit le van de sa lumière. D'un geste délicat, il secoua

Erik et ce dernier émergea tout doucement. Les yeux mi-clos, il se redressa sur ses coudes et observa autour de lui. Il se laissa à nouveau tomber en arrière et posa une main sur son front pour le frotter vigoureusement.

— J'suis décalqué, marmonna-t-il.

— Moi aussi, mais Sungjae a dit qu'on allait bientôt redémarrer.

— Ah ouais… Je vais aller pisser et prendre un café. Tu m'accompagnes ?

Paolo acquiesça.

— Avant je vais me rhabiller.

Erik pouffa de rire.

— C'est mieux, tu risquerais de faire des jaloux, dit-il en pointant son entrejambe encore dissimulé sous les draps.

Ce fut assez pour le faire rougir un peu plus. Il détourna le regard et toussa avant de saisir son sous-vêtement qui traînait à proximité. Il l'enfila à la va-vite et se dépêcha de retrouver le reste de ses habits. La remarque le flattait, mais il ne s'attendait pas à ce qu'il se montre aussi détendu à ce propos.

— T'es embarrassé ?

D'un bond, Paolo se retourna vers son nouveau compagnon de route, les oreilles rouges.

— À quel sujet ?

— Cette nuit.

— Non, c'est… enfin j'ai pas l'habitude de faire des trucs comme ça. J'suis un peu mal à l'aise, j'espère qu'on t'a pas choqué.

Erik s'esclaffa. Il se redressa et d'un geste amical il poussa Paolo tout en riant.

— Tu plaisantes ! J'ai vraiment aimé vous regarder.

Paolo se contenta d'un sourire et passa son t-shirt, puis son bermuda en jean.

Il n'avait que leurs ébats de cette nuit en tête, et aussi un peu de gêne. Il ne pouvait s'empêcher de se demander s'il n'avait pas été un peu trop loin. Il adorait tester de nouvelles choses avec Sungjae, c'était facile de se laisser aller, il n'avait pas peur et ne se posait pas de questions sur le moment. Mais après, il avait toujours quelques craintes. Il allait finir par le quitter, par retourner en Italie et reprendre sa vie d'étudiant lambda avec un avenir tout tracé. Il allait redevenir la fierté de ses parents, leur petit trophée, et il allait sans doute se laisser diriger par eux pour son futur. Un bon travail, une femme, des enfants, un appartement. En fait, le futur n'avait rien de transcendant, il savait déjà ce qui lui arriverait.

— Tu l'aimes ?

À la question d'Erik, son cœur fit un bond dans sa poitrine. Il se figea, un sentiment étrange se souleva en lui.

— Comment ça ? s'indigna-t-il.

— Sungjae, tu l'aimes ?

— Je… j'en sais rien du tout, avoua-t-il tout bas. Je le connais pas plus que ça et on fait que coucher ensemble.

Erik soupira.

— Paolo, je te connais pas plus que ça non plus mais hier, quand tu lui as fait l'amour, ton regard ne trompait pas.

— On a couché ensemble, je lui ai pas fait l'amour.

Son ton était acerbe, comme s'il voulait juste se débarrasser du problème que son camarade venait de mettre en évidence.

— J'dis pas ça pour te faire chier, c'est juste une question que j'me pose.

— Et j'ai pas de réponse à ta question, désolé.

Soudain, la porte du van s'ouvrit sur Sungjae, une roulée coincée entre les lèvres. Il tira dessus et expulsa la fumée à l'extérieur du véhicule.

— Vous en faites des têtes ! Vous parliez de quoi ?

Un lourd silence prit place. Paolo et Erik se jetèrent un coup d'œil avant de reporter leur attention sur leur ami.

— Quoi ? J'ai un truc sur la gueule ? demanda-t-il, un sourcil haussé.

— Non ! Rien du tout !

Paolo sortit précipitamment du van pour se diriger vers les sanitaires et Erik le suivit sans un mot. Il était tourmenté, une seule question résonnait dans sa tête. Aimait-il réellement Sungjae ? Il appréciait son tempérament et ce qu'il représentait à ses yeux. Il l'admirait pour être ce que lui ne serait jamais. Pour assumer sa vie, ses choix, ses envies. Mais de là à dire qu'il s'agissait d'amour, c'était un peu trop rapide.

Il se lava les mains distraitement et essaya de faire le vide dans son esprit. Peut-être devait-il simplement profiter du moment présent avec Sungjae et ne pas se laisser submerger par des questions sur l'avenir.

Avec Erik, ils atteignirent la supérette et se dirigèrent vers l'allée des snacks. Paolo saisit quelques barres de céréales et ils allèrent se servir un café au distributeur. Alors qu'il attendait son tour, il laissa son regard errer dans le magasin et observa les gens autour de lui. Des couples qui semblaient heureux, des amis qui riaient ensemble. Tout paraissait si ordinaire. C'était comme si la vie qu'il était censé avoir, celle qui n'était pas prévue par ses parents, se trouvait juste là, à portée de main. Il se demanda soudain s'il pouvait avoir ce genre de bonheur avec Sungjae.

Le poids de la responsabilité familiale lui pesait sur les épaules. Il était pris entre deux mondes, entre les attentes de sa famille et ses propres désirs et aspirations.

Alors qu'Erik payait les achats, une vague de doute et de peur le submergea. Une fois à l'extérieur, son nouveau camarade posa une main réconfortante sur son épaule.

— Te prends pas la tête.

— Je me prends pas la tête.

— Tant mieux, la vie est trop courte pour ça.

De retour au van, Sungjae les attendait, un sourire aux lèvres et une autre roulée en main. Il avait l'air insouciant et heureux, bien loin des tourments intérieurs de Paolo.

— Alors, vous avez résolu tous les problèmes du monde pendant mon absence ? plaisanta-t-il.

— Non, rien de tout ça. On parlait juste de trucs sans importance.

Sungjae haussa les épaules et ouvrit la portière du van.

— Magnez vos p'tits culs et montez. On a encore quelques kilomètres avant d'arriver à Sacramento.

Erik grimpa à l'arrière et Paolo côté passager, puis ils reprirent la route. Le soleil brillait à travers les fenêtres, et l'excitation de l'inconnu l'envahissait à nouveau.

***

Le van roulait et Paolo laissait encore ses pensées divaguer. Il se souvint de sa rencontre avec Sungjae quelques jours plus tôt, lors de cette fameuse soirée. Et tout s'était enchaîné très vite. Il avait abandonné son cousin, ses envies de surf et l'idée de passer des nuits torrides avec des jeunes femmes à la plastique de rêve. Il avait abandonné ces vacances tant attendues pour s'enfuir avec un inconnu qui ne pensait pas à grand-chose à part fumer et s'envoyer en l'air. Il avait envie de savoir ce qui se cachait derrière ce sourire insouciant et cette attitude désinvolte.

Il se tourna vers Sungjae assis à côté de lui et posa une main sur son genou. Il lui lança un rapide coup d'œil, un sourire étira ses lèvres et il augmenta le son de la radio, comme s'il avait deviné que Paolo se posait encore des questions à son sujet. Mais il n'avait pas le droit de lui en poser, il en avait fait la promesse.

Sungjae voulait garder une part de mystère, ou peut-être voulait-il dissimuler quelque chose de bien trop profond. Une blessure. Un mal-être.

Le paysage défilait devant eux, les conversations légères reprirent et le voyage se poursuivit. Paolo était à la fois anxieux et excité à l'idée de continuer ce périple imprévu. Il avait toujours été le genre de personne à tout maîtriser, à tout prévoir, mais cette fois-ci quelque chose était différent. Sungjae avait réussi à éveiller en lui un désir de liberté et d'authenticité, loin des attentes et des contraintes qui pesaient sur lui. Il tourna la tête vers la fenêtre et contempla ce que la nature avait à offrir.

Le trajet passa rapidement, animé par les discussions et les rires, jusqu'à ce qu'ils arrivent aux abords de Sacramento.

— Je dois te déposer où ? demanda Sungjae en observant Erik dans le rétroviseur. Parce que c'est pas tout petit Sacramento.

— À une cabine téléphonique. J'vais contacter mon ami et il viendra me chercher. C'est déjà bien sympa de m'avoir accepté dans ton van.

— T'es sûr ? Tu vas pas te perdre ?

Erik rit.

— Vous inquiétez pas pour moi, je suis arrivée jusqu'ici alors je pense que je peux me débrouiller pour la suite. À moins que tu veuilles pas te séparer de moi.

Sungjae haussa les épaules, un sourire plaisantin placardé sur le visage.

— Te crois pas si indispensable !

— Avoue que je vais te manquer.

— J'avoue que ça va me manquer de pas t'avoir à côté pendant que Paolo et moi on baise.

Il ponctua sa phrase d'un rire franc et amusé, puis il se mit en quête d'une cabine téléphonique, dans un endroit plutôt passant avec des boutiques à proximité. Il se gara à cheval sur un trottoir et Erik ramassa son sac à dos en toile pour ensuite quitter le véhicule. Paolo baissa la vitre pour le saluer une dernière fois.

— Fais attention à toi. Et c'était sympa de t'avoir parmi nous.

— Merci de m'avoir conduit jusqu'ici. Je vous oublierai pas les mecs. Vous êtes géniaux.

Il tapa dans la main de Paolo.

— On t'oubliera pas non plus. Tiens, pour te souvenir de nous.

Sungjae ôta un des bracelets qu'il portait pour le lancer à Erik. Ce dernier le réceptionna et l'enfila aussitôt. Après des dernières salutations, Sungjae redémarra.

Il conduisit à travers les rues de Sacramento alors qu'un lourd silence emplissait le van. Aucun des deux jeunes hommes ne trouvait les mots pour briser le calme ambiant jusqu'à ce qu'ils eussent atteint un quartier résidentiel verdoyant. Le véhicule amorça un virage à droite et finit par ralentir devant une modeste maison aux volets bleus délavés, nichée au cœur d'un jardin bien fleuri. Une chaleur accueillante émanait de cette humble demeure, une énergie paisible. Sungjae prit le temps de garer le van dans l'allée devant le garage, puis il coupa le moteur. Un soupir s'échappa de ses lèvres tandis qu'il basculait contre l'appui-tête.

— Voilà, on est arrivés chez Nana.

— Nana ? C'est vraiment son prénom ? s'étonna Paolo.

— Héléna. Nana c'est juste un surnom.

Paolo acquiesça. Il était impatient à l'idée de rencontrer une amie de Sungjae, mais il percevait une étrangeté dans sa voix, teintée d'une mélancolie qu'il était loin d'apprécier. Il n'arrivait pas à saisir ce qui se tramait dans sa tête. Il se trouvait face à un véritable mystère qu'il brûlait de résoudre, bien qu'il n'en ait pas le droit. Il avait le sentiment d'être en possession d'une pièce de puzzle et d'avoir égaré toutes les autres. Comment pouvait-il reconstituer l'image complète si quelqu'un conservait jalousement les autres pièces ? Il souhaitait en obtenir quelques-unes, juste pour mieux comprendre qui était réellement Sungjae, ce qu'il avait vécu pour désirer quitter ses parents et embrasser ce mode de vie singulier.

— T'es pas content d'être là ? demanda Paolo.

— Si. C'est juste…

Il marqua une pause et secoua la tête.

— Laisse tomber, j'suis simplement crevé avec la route, j'ai besoin de me reposer, c'est tout.

Ils descendirent du van et respirèrent l'air frais de cette nouvelle destination. Sungjae semblait avoir retrouvé le sourire et ce fut avec entrain qu'il se dirigea vers la porte d'entrée. Il appuya sur la sonnette et, quelques instants plus tard, une jeune femme aux cheveux blonds et aux yeux verts pétillants les accueillit avec enthousiasme. Elle était vêtue d'une ravissante robe verte au tissu fluide et fleuri, laissant une épaule dénudée par la chute d'une manche.

— Sungjae ! Je suis tellement heureuse de te revoir !

Elle se précipita vers lui avec un sourire rayonnant et le serra dans ses bras. Sungjae répondit avec la même énergie, profitant des caresses affectueuses de son amie sur son dos.

— Et toi tu dois être Paolo, c'est ça ? demanda-t-elle en se détachant de Sungjae.

— Oui, c'est bien ça.

— Enchantée ! C'est bien la première fois que Sungjae me ramène un ami, dit-elle en le détaillant des pieds à la tête.

Paolo esquissa un sourire timide, il se sentait un peu nerveux d'être là, analysé comme une bête curieuse. La jeune femme les invita à entrer et ils traversèrent un long couloir qui les conduisit à une véranda lumineuse, aménagée avec goût. Elle les convia à s'installer sur le canapé en rotin, gardant ses grands yeux verts fixés sur Sungjae. Paolo ne put s'empêcher de remarquer les jouets colorés éparpillés ici et là, témoignant clairement de la présence d'un enfant.

— Je vous sers quelque chose à boire ? demanda Héléna.

— Un café pour moi, répondit Sungjae.

Elle se tourna vers Paolo.

— Un café aussi, merci.

La jeune femme partit dans la cuisine et Sungjae lâcha un autre soupir tout en plongeant le visage entre ses mains.

— Eh, ça va ?

Au même instant un petit tourbillon d'énergie fit irruption dans la pièce. Un garçon aux cheveux bruns ébouriffés apparut, un sourire radieux sur le visage. Un simple coup d'œil permit à Paolo de comprendre qu'il était issu d'un métissage et une idée étrange germa subitement dans son esprit. Et s'il s'avérait que Sungjae lui avait caché l'existence d'un fils ?

— Tonton Sungjae !

Le garçonnet courut vers lui pour se jeter dans ses bras. Sungjae n'hésita pas à l'étreindre pour le hisser sur ses genoux. Avec un soin tout particulier, il replaça ses mèches rebelles en les peignant de ses mains.

— Comment va le petit garçon le plus cool de Sacramento ?

— Je suis trop content de te voir ! Maman a dit que tu venais et je t'ai préparé une surprise !

— Une surprise ?

— Oui, un beau dessin de nous et avec mon papa. Tu connais mon papa ?

Il s'arrêta d'un seul coup et se tourna vers Paolo, clignant frénétiquement des yeux.

— C'est qui ?

— C'est Paolo, un ami.

— Bonjour Paolo ! dit-il en quittant les genoux de Sungjae. Je m'appelle Jake et j'ai cinq ans !

Il exhiba fièrement sa main droite, les cinq doigts dressés vers le ciel.

— Tu veux jouer avec moi ? J'ai des jolis feutres que maman m'a achetés.

— Jake, laisse donc nos invités s'installer un peu. Ils auront le temps de jouer avec toi après.

Héléna revint dans la véranda avec un plateau sur lequel étaient disposées trois tasses fumantes et une assiette de petits biscuits. Elle prit place sur un fauteuil et aussitôt, Jake s'approcha d'elle et tira sur une manche de sa robe. Elle se pencha vers lui, attentive à ses paroles. Après un bref échange, elle hocha la tête et il se mit à courir vers une petite table en plastique dans un coin de la pièce. Il fouilla un moment dans la pile de feuilles griffonnées avant d'en attraper une et de revenir vers Sungjae. Il la lui tendit d'un geste confiant, la joie se devinait à travers son regard.

— C'est ça la surprise pour toi !

Sungjae déglutit et prit le dessin. Paolo restait spectateur, un peu perplexe quant à l'expression de son camarade. Bien que Sungjae affichait un sourire pour exprimer sa joie face à ce cadeau, ses yeux révélaient une tout autre émotion. Ils étaient empreints d'une tristesse qui ne demandait qu'à être libérée. Cette détresse, personne ne pouvait l'ignorer, excepté Jake.

— C'est très beau, merci !

Il essayait de parler d'une voix assurée, mais Paolo pouvait clairement percevoir les tremblements dans ses paroles. Ce dessin n'était pas simplement le dessin d'un enfant de cinq ans. Il représentait quelque chose de spécial, quelque chose qui touchait profondément la sensibilité de Sungjae. Sur le papier, il y avait quatre personnes, mais Paolo ne put s'attarder davantage sur les détails.

— Alors, combien de temps tu comptes rester cette fois ? demanda Héléna.

— On repartira demain.

— Non ! s'exclama Jake en courant vers Sungjae. Je veux pas que tu t'en vas encore !

Il enroula les bras autour de son cou et Sungjae le porta à nouveau pour le prendre sur lui. Jake rit joyeusement et se blottit contre lui, Paolo observait la scène d'un œil curieux. Il pouvait voir qu'il aimait profondément ce petit garçon. Il souriait tendrement, malgré la tristesse qui semblait le ronger de l'intérieur.

— On se reverra, d'accord ?

— Vraiment ?

— Jake, tu veux pas laisser tonton Sungjae tranquille pour le moment ? Essaye de… je sais pas, lui faire un autre dessin qui lui donnera envie de vite revenir ?

Il acquiesça avec entrain et se rua dans le coin de la véranda où était disposée la petite table jonchée de feutres aux multiples couleurs. Paolo était fasciné par la dynamique entre Sungjae et Jake. Il était clair qu'il y avait une connexion profonde entre eux, quelque chose de très fort. Mais Sungjae était-il réellement son oncle ou était-ce juste un surnom affectueux ? Il ne lui avait pas parlé d'Héléna ni de Jake avant d'arriver là, pourtant il en avait eu l'occasion à plusieurs reprises. Pourquoi ? Cachait-il encore quelque chose les concernant ?

Héléna posa sa tasse de café sur la table basse et fixa Sungjae avec un regard bienveillant.

— Tu sais, Sungjae, tu es toujours le bienvenu ici. Jake t'adore et moi aussi. Je suis heureuse de te voir revenir, même si ce n'est que pour quelques jours, ou quelques heures. Par contre pour lui…

Elle lança un regard à son fils et Sungjae l'imita, avec une affection encore inédite. Le garçon s'attelait à créer un nouveau chef-d'œuvre, il était rempli d'une innocence et d'une joie de vivre qui éclairait la pièce. Paolo ne pouvait s'empêcher d'être touché par cette scène, réalisant une fois de plus à quel point cette relation entre Sungjae et Jake était spéciale. Mais il se demandait ce qui les liait réellement.

— Je sais et je suis désolé, je fais ce que je peux.

— Je conçois que ce soit pas facile pour toi. Tout ça c'est… compliqué.

— Hm.

Un lourd silence s'installa. Sungjae préféra se lever pour rejoindre Jake et l'aider dans la réalisation de son nouveau dessin. Sentant que l'atmosphère devenait de plus en plus étrange, la jeune femme s'efforça de briser la glace.

— Alors, Paolo, comment as-tu rencontré ce petit plaisantin de Sungjae ?

Il sourit timidement et prit une gorgée de son café avant de répondre.

— Une soirée sur la plage, on peut dire que les choses ont bien collé entre nous. Mais je dois avouer que Sungjae reste un véritable mystère pour moi. Il a un petit côté imprévisible et déstabilisant parfois.

Sa voix s'était atténuée. Héléna baissa les yeux et soupira.

— Il a traversé des moments difficiles dans sa vie, mais il est aussi incroyablement fort et plein de compassion.

— Nana, s'il te plaît, intervint le concerné.

Paolo fut surpris par son intervention soudaine. Il semblait désireux d'interrompre la conversation, de garder certaines informations enfouies. Paolo se demanda alors ce qui avait pu arriver à Sungjae pour qu'il soit si réticent à ce que les autres parlent de lui, même si c'était pour le complimenter. Héléna acquiesça silencieusement, comprenant sa demande tacite. Elle n'insista pas davantage et décida de changer de sujet pour détendre l'atmosphère.

— Jake aime vraiment les dessins. Il a un véritable talent, à son âge c'est impressionnant.

Paolo acquiesça. Le petit garçon avait l'air très débrouillard, il s'exprimait correctement, savait tenir des conversations et semblait très à l'aise avec des feutres dans les mains. D'un seul coup, il quitta sa chaise et courut vers Paolo pour lui tendre une feuille.

— Tiens ! C'est pour toi !

— C'est joli. Qui est-ce ?

— C'est toi et tonton Sungjae. Et ça c'est la maison de maman et moi, ça veut dire que vous pouvez venir quand vous voulez.

— C'est vraiment très gentil.

Il remercia Jake qui s'empressa de retourner s'asseoir dans le but de réaliser un énième dessin.

Les adultes terminèrent leur café tout en discutant de choses sans importance, même si Sungjae restait sur la réserve. Il était devenu étrangement silencieux et avait l'air perdu dans ses pensées, ce que Paolo ne trouva pas forcément inhabituel, mais plutôt inquiétant encore une fois. Il avait du mal à saisir ces changements d'humeur, mais puisqu'il n'avait pas toutes les explications en sa possession, ce n'était pas surprenant.

Si seulement Sungjae pouvait se confier et se libérer d'un poids qui semblait l'écraser, il pourrait peut-être lui venir en aide et l'épauler pour porter ce fardeau. Paolo était prêt à le soutenir de toutes ses forces.

Chapitre 12

Le soir fut vite arrivé. La journée avait été bien remplie, Paolo et Sungjae s'étaient tous les deux occupés de Jake pendant que Héléna était allée faire quelques courses. Le petit garçon était un vrai moulin à paroles, il racontait sa vie, ce qu'il faisait de ses journées à l'école, mais aussi les activités qu'il faisait avec sa mère. Ils avaient encore dessiné, puis joué au ballon dans le petit jardin et ensuite, Sungjae avait proposé de cuisiner des cookies. Paolo était surpris de voir son compagnon de voyage dans un autre élément. Il paraissait différent, pas forcément plus serein, mais tout de même heureux. Il n'avait pas fumé et la tristesse qu'il cherchait à dissimuler sous ses sourires radieux semblait ne plus trop peser sur son esprit. Il était on ne peut plus complice avec Jake, et ce dernier l'adorait. Il lui offrait des étreintes tendres et naturelles, il avait l'air totalement à l'aise avec lui.

Sungjae qui, d'habitude, faisait toujours preuve d'exubérance, était devenu doux comme un agneau, attentif et attentionné. Chaque geste, chaque mot, semblait d'un naturel déconcertant. Ce petit garçon le rendait bien différent et Paolo avait beaucoup de questions concernant leur relation. Il ignorait s'il avait le droit de les poser, mais il en mourait d'envie.

Une fois le dîner terminé, Jake alla se coucher seul tandis que les adultes s'étaient installés dans le salon pour regarder un film. Tout était calme, paisible, et dans le canapé, Sungjae s'était rapproché de Paolo pour poser la tête sur son épaule. Ça l'avait surpris qu'il se montre ainsi à son égard. Les moments comme ça, où ils profitaient simplement de la présence de l'autre sans penser au sexe, étaient rares, et d'autant plus face à une tierce personne. Paolo déglutit et observa la main de Sungjae qui, sans le vouloir, frôlait sa cuisse. Pouvait-il la lui saisir ? Lui permettrait-il de la serrer et même d'entrelacer leurs doigts ? Il ferma les yeux un court instant et les paroles d'Erik lui revinrent en tête. Était-ce une forme d'amour qu'il ressentait pour lui ou était-ce plutôt de l'admiration ? Après tout, Sungjae osait faire ce que lui ne serait jamais en mesure de faire. Partir et tout laisser derrière lui.

Il soupira lentement et dans un mouvement empli de doutes, il atteignit sa main pour la lui caresser avec délicatesse. Sungjae se détacha de l'écran pour le regarder, une pointe d'étonnement dans les yeux. Mais il ne dit rien. Il se cala davantage contre Paolo et prit l'initiative de serrer sa main dans la sienne. Paolo sourit, satisfait de constater que son ami avait compris et ne l'avait pas repoussé. Ils restèrent ainsi durant tout le film et quand le générique de fin arriva, Héléna éteignit la télévision tout en bâillant.

Elle se leva et posa les yeux sur ses invités, et plus précisément sur leurs doigts enlacés. Elle ne fit aucun commentaire et s'étira, les bras vers le plafond.

— Je vais me coucher, je suis crevée.

— On va y aller aussi, dit Sungjae en se redressant.

Il n'avait toujours pas lâché Paolo, et ce dernier était étonné. Il le suivit et ils rejoignirent la chambre d'ami à l'étage. Héléna leur avait donné deux épais oreillers et Paolo s'en réjouissait d'avance. Enfin il allait pouvoir dormir décemment.

— Si vous avez besoin de quoi que ce soit, vous faites comme chez vous surtout. Sungjae, tu sais où tout se trouve.

Il acquiesça et leva le pouce en l'air, puis la jeune femme s'en alla, les laissant seuls dans la chambre. Une fois la porte fermée,

Sungjae lâcha un long et profond soupir. Paolo arriva derrière lui et enroula les bras autour de sa taille pour poser le menton sur son épaule. Son camarade ne dit rien, il se laissa faire, profitant simplement de cette étreinte qu'il lui offrait.

— On va dormir ?

— Hm, avant j'ai envie de fumer.

Paolo inspira et expira, son souffle s'échoua dans le cou de son partenaire et lui provoqua un frisson.

— On peut pas juste aller se coucher ? demanda-t-il d'une petite voix.

— Paolo, j'veux pas baiser ici.

— J'ai pas parlé de ça. Je veux juste qu'on aille se mettre dans le lit et qu'on…

Il ne jugea pas utile de terminer sa phrase et, à son tour, il lâcha un soupir. Il défit son emprise sur Sungjae pour tourner les talons et s'installer au bord du lit, puis il retira son t-shirt et son bermuda avant de s'allonger. Il jeta un coup d'œil vers son camarade, il n'avait toujours pas bougé. Il restait immobile, face à la porte close.

— Laisse tomber, souffla Paolo.

Il se tourna sur le côté, dos à Sungjae, et à peine quelques secondes après, il sentit le matelas s'affaisser, puis le jeune homme se coller tout contre lui. Aussitôt, tous ses muscles se décontractèrent et un sourire étira ses lèvres.

— Tu devais pas fumer ?

— Si, mais je suis trop fatigué.

Paolo sentit une fragilité dans sa voix et il se retourna pour lui faire face.

— Je veux pas que tu me regardes comme ça, dit-il tout bas.

— Sungjae…

— Non, c'est trop difficile.

— Qu'est-ce qui est difficile ? Tu sais, tu peux me parler.

Sungjae secoua négativement la tête et Paolo posa une main sur sa joue. Il la caressa de son pouce, dans des mouvements lents et circulaires.

— C'est pas important. Et j'ai pas envie d'en parler de toute façon.

Une fois de plus, le contraste entre le comportement de Sungjae pendant la journée et celui qu'il affichait désormais était énorme. Il l'avait vu sourire, heureux et engagé avec Jake, ce qui rendait encore plus incompréhensible sa soudaine tristesse. Plutôt que d'insister, il déposa un baiser sur son front et décida de ne pas creuser davantage. Le temps de découvrir ce qui se cachait derrière le bonheur apparent de son camarade n'était pas encore arrivé. Il le serra contre lui, jouant avec ses cheveux et enroulant quelques mèches autour de son doigt.

— Il est trop mignon Jake, dit-il pour engager la conversation.

— C'est un amour.

— En plus, il a l'air d'être beaucoup attaché à toi.

Sungjae émit un son de gorge et leva les yeux vers Paolo. Ce dernier put comprendre à quel point lui aussi était attaché à Jake. Il ne l'expliqua pas, mais déceler cette vulnérabilité dans le regard de Sungjae lui provoqua un pincement au cœur. Il y avait encore tant de mystères qui l'entouraient, tant de choses qu'il s'efforçait de dissimuler.

— Je peux te poser une question ?

— Tu sais que j'suis pas fan des questions mais… vas-y.

Paolo replaça une mèche de cheveux derrière l'oreille de son vis-à-vis.

— Il t'appelle tonton, c'est un surnom ?

Sungjae déglutit bruyamment et détourna le regard. Un silence s'installa, lourd et oppressant, et la réponse se fit attendre. Paolo ne souhaitait pas se montrer insistant, il savait qu'il venait de mettre le doigt sur un point sensible. Qui était Sungjae pour

Jake ? Qui était Héléna pour Sungjae ? Pourquoi y avait-il tant d'énigmes dans sa vie ?

— C'est juste un surnom, finit-il par souffler.

— Hm, d'accord.

— Autre chose ?

Le ton de Sungjae était redevenu acerbe, sans doute pour montrer que même si Paolo avait d'autres questions, il n'y répondrait pas.

— Non, c'est bon.

— Du coup on peut dormir ?

— Oui, bien sûr.

Sungjae se détacha de lui pour retirer ses vêtements. Il garda ses bracelets, comme toujours, et ce détail frappa Paolo pour la toute première fois. Il se rendit compte qu'il en avait vraiment beaucoup, ils recouvraient tout son poignet.

— Tu les enlèves jamais ? dit-il en pointant les bijoux.

Sungjae fronça les sourcils.

— Non ? T'imagines le temps que ça me prendrait ?

Paolo émit un rire. S'il s'agissait de la véritable raison, il n'en serait même pas étonné. Et il préférait que ce soit ça plutôt que quelque chose de plus grave.

— Ça y est maintenant ou t'as prévu un interrogatoire en réalité ?

— Non, t'inquiète pas.

— J'aime mieux ça, soupira Sungjae en se laissant tomber dans le lit. Vraiment, vaudrait peut-être mieux qu'on baise parce que pendant ce temps-là au moins tu poses pas de questions.

Il vint se blottir contre Paolo, la tête sur son torse et ses doigts se baladant sur son ventre. Il descendit jusqu'à l'élastique de son sous-vêtement pour jouer avec, puis il le leva avec délicatesse. Paolo le stoppa.

— J'en ai terminé pour ce soir, t'as pas besoin de me divertir pour que j'arrête de te poser des questions.

— T'es sûr ? Tu veux pas que je m'occupe de ta queue un peu ?

— T'as dit que tu voulais pas baiser ici.

— Hm, t'as raison. En plus je suis fatigué et demain faut reprendre la route.

Il se redressa pour embrasser Paolo et ce dernier attrapa son visage en coupe. Ils partagèrent un long et langoureux baiser avant d'enfin éteindre la lumière pour espérer s'endormir rapidement.

***

Le lendemain matin, Paolo se réveilla sans la présence de Sungjae à ses côtés. Il cligna des yeux à plusieurs reprises avant de s'asseoir en tailleur sur le lit. Le radio-réveil indiquait qu'il était neuf heures. Il prit le temps de respirer lentement, de s'étirer, et surtout de penser au voyage qui l'attendait. Il n'était plus aussi impatient d'arriver à Half Moon Bay avec Sungjae. Quelque chose lui disait que cet endroit allait encore lui montrer une autre facette de son camarade, mais pas forcément une facette agréable et joviale. Il se demanda même si le comportement étrange de Sungjae n'avait pas un rapport avec cette destination.

Il secoua la tête et passa une main dans ses frisures qui partaient dans tous les sens. Il devait cesser de se prendre la tête pour le moment. Peut-être obtiendrait-il toutes les réponses à ses questions en temps voulu ?

Il décida de quitter le lit pour rejoindre le rez-de-chaussée qui semblait bien animé. Il arriva dans le petit salon, Jake était déjà occupé avec ses feutres, assis devant la table basse. Dès qu'il remarqua Paolo, il se leva pour se jeter sur lui et lui entoura les jambes de ses bras.

— Tonton Paolo !

Il lui ébouriffa les cheveux en riant.

— Ça va p'tit bonhomme ? Tu nous as fait quoi de beau ?

Jake lui attrapa la main pour le guider jusqu'à la table et il lui exposa ses quelques dessins.

— Celui-là c'est encore papa avec maman, et celui-là c'est papa et tonton Sungjae. Là j'ai fait une maison avec nous tous.

Il observa les feuilles, toutes plus colorées les unes que les autres. Il s'attarda sur le personnage qui représentait le père du petit garçon et il se demanda où ce dernier pouvait bien être. Jake en parlait beaucoup, mais Paolo n'avait pas d'informations le concernant. Il n'y avait aucune photo dans la maison, Héléna n'en parlait pas et à part lorsqu'il était question de ses dessins, le garçonnet ne le mentionnait jamais.

— Oh, Paolo ! Je t'avais pas entendu ! lança Héléna en arrivant dans le salon. J'ai fait du café et il y a aussi des brioches au miel.

— Merci, c'est super gentil.

Elle lui adressa un signe de la tête pour l'inciter à la suivre dans la cuisine où l'attendait une cafetière encore bien chaude et un vieux poste qui diffusait des informations. Il s'installa à table et Héléna lui donna une tasse, puis posa un gros pot de confiture.

— Jake t'avais déjà embarqué, sourit-elle.

— Oui, il avait l'air super fier de ce qu'il a fait.

Elle lui servit du café et au même instant, Sungjae sortit de la salle de bain accolée à la cuisine. Il eut un mouvement de recul en découvrant que Paolo était là. Il le salua brièvement et détourna le regard avant de lui aussi prendre du café. Son attitude était étrange, mais en y réfléchissant, pas tant que ça. La veille, dans la chambre, Sungjae s'était montré plutôt en demande. Pas sur le plan sexuel, plutôt affectif. Il s'était blotti contre Paolo, dans ses bras, et lui avait réclamé des baisers à n'en plus finir. Sans rien faire de plus. Et ça, c'était plutôt une nouveauté.

— T'as bien dormi ? demanda Sungjae sans même le regarder.

— Hm, oui. Et toi ?

Il se racla la gorge et acquiesça sans dire un mot. Héléna s'éclipsa dans le salon après avoir été appelée par son fils. Ils restèrent tous les deux là, assis face à face dans un silence oppressant. Mais le soupir de Paolo vint le briser.

— Qu'est-ce qui se passe ? demanda-t-il.

Sungjae releva la tête et haussa les sourcils.

— Comment ça ?

— Pourquoi tu me regardes à peine ? J'ai l'impression que… tu me fuis.

Son vis-à-vis déglutit. Il plongea un morceau de sucre dans son café et le mélangea machinalement.

— Non, c'est… c'est pas ça.

— C'est à cause d'hier soir, avant de dormir ?

— C'est mieux que t'oublies ce qui s'est passé.

— Sungjae, l'interpella Paolo en lui attrapant une main. C'est pas grave. On s'est juste embrassés et câlinés, je vois pas pourquoi tu te mets dans cet état.

— Parce que j'ai pas l'habitude de ça !

Il avait élevé la voix et Paolo avait sursauté. Il ne comprenait pas ce qui pouvait autant perturber Sungjae. D'accord, pendant les quelques jours qu'ils avaient passés ensemble, le sexe avait primé sur le reste, leurs échanges étaient toujours très physiques depuis le départ. Mais Paolo ne voyait pas de mal à vouloir un peu d'attention et d'affection, même si de la part de Sungjae, c'était plutôt inhabituel.

— C'était nul ?

— C'est pas la question, c'est simplement que c'est pas ce que j'attends d'une relation. Je veux pas m'engager.

— Je te demande pas de t'engager avec moi, ça a jamais été le cas d'ailleurs.

Il soupira à nouveau, mais ne rétorqua pas. Paolo pouvait comprendre qu'il souhaitait garder des distances émotionnelles, il était comme ça, sans attache, sans barrière. Il ne voulait pas s'imposer de limites et se sentir libre, et c'était bien pour cela qu'il vivait dans un van et qu'il voyageait constamment. Ce n'était sûrement pas contre lui.

— OK, je comprends, capitula-t-il. J'oublie ce qui s'est passé et c'est tout.

Il termina son café et se leva.

— Je vais aller chercher mes affaires et prendre une douche.

Il rejoignit la chambre et, une fois dans la pièce, il fixa le lit. Pourquoi Sungjae se montrait aussi sévère avec lui ? Ils ne s'étaient rien promis et il n'avait jamais espéré qu'ils se mettent en couple ou quoi que ce soit d'autre. Cette situation n'était que passagère, elle ne durerait pas éternellement et il le savait parfaitement. Il avait juste eu envie de le suivre, de goûter à cette liberté qu'il représentait et de profiter de ces instants sans se soucier du reste. Et aujourd'hui, voilà qu'il était embarqué dans quelque chose qui semblait lui échapper.

Il se reprit et extirpa des vêtements propres de son sac, puis il revint dans la cuisine où Héléna était elle aussi de retour.

Sungjae, quant à lui, restait avachi sur sa chaise, la tête basse.

— Je peux ? demanda-t-il en pointant la salle de bain.

— Oui vas-y, je t'en prie !

Il remercia la jeune femme et pénétra dans la pièce. Il allait en profiter pour reprendre une douche avant de quitter cette maison, même s'il s'était déjà lavé le soir d'avant. Il se déshabilla et se glissa sous l'eau qu'il venait d'enclencher. Elle était tiède, il se décontracta tout entier en la sentant couler de son crâne jusqu'à ses pieds. Il y resta quelques minutes sans bouger avant de se savonner, toujours aussi pensif et perturbé par l'attitude de Sungjae. Il semblait avoir apprécié ses attentions la veille, alors pourquoi rejetait-il tout en bloc maintenant ? Ça n'avait aucun sens. Ils pouvaient bien avoir des gestes plus tendres l'un envers l'autre sans pour autant vouloir une relation sérieuse et durable.

Il se rinça, essayant par tous les moyens de faire taire les questions qui tourbillonnaient dans sa tête. Il en avait tellement qu'il ne savait pas comment il allait faire pour être en mesure de ne pas les poser. Il allait devoir lutter, pour ne pas se mettre Sungjae à dos. S'il osait dépasser les limites qu'il avait fixées, il était capable de l'abandonner sur le bord de la route.

Une fois rafraîchi et habillé, Paolo sortit de la salle de bain. Il espérait voir Héléna et Sungjae dans la cuisine, mais ils n'étaient plus là. En revanche, leurs voix résonnaient depuis le salon. Son camarade avait l'air agacé alors il s'arrêta et tendit l'oreille. Il savait que ce n'était pas bien d'écouter leur conversation, mais il avait besoin d'intercepter la moindre information.

— Je comprends pas pourquoi tu lui as parlé comme ça, déplora Héléna. Paolo a l'air vraiment gentil et sincère avec toi, ça fait aucun doute qu'il te plaît et que tu lui plais.

— Il est canon et sympa, c'est sûr, mais ça changera rien au fait que j'ai pas besoin d'un sauveur.

— Tu as besoin de quelqu'un. Pas d'un sauveur, mais d'une personne qui va te rendre heureux.

— Je peux pas m'engager dans un truc sans avenir. Et de toute façon j'ai aucune envie de traîner quelqu'un derrière moi. J'ai besoin de personne.

Héléna lâcha un lourd soupir, Paolo fronça les sourcils. Il avait l'intime conviction qu'il allait en apprendre plus sur

Sungjae. Même si ce qu'il faisait était indiscret, il avait besoin de découvrir qui il était et pourquoi il se comportait ainsi.

— Pourtant, tu devrais t'entourer. Dans ces moments-là, on doit se serrer les coudes, compter les uns sur les autres. Toi, tu as juste fui.

— Parce que je devais réaliser tous les rêves qu'on avait lui et moi ! J'avais pas le choix que de l'emmener à tous les endroits qu'il aurait aimé voir ! Personne n'aurait eu le courage de le faire, de partir comme je l'ai fait !

Paolo déglutit. La voix de Sungjae était forte, mais tremblante, comme s'il était sur le point de s'effondrer. Il ignorait à qui il faisait allusion, mais il imaginait qu'il s'agissait sans doute d'un ami, ou même d'un petit ami ? Il essaya de réfléchir à toute vitesse, d'établir de possibles liens entre Héléna, Sungjae, et cette mystérieuse personne dont ils ne mentionnaient jamais le prénom.

— Et je t'en remercie, dit Héléna d'un ton paisible. Mais maintenant, tu pourrais enfin rentrer, non ? Tu manques à tes parents. Depuis combien de temps tu n'es pas retourné les voir ?

La réponse se fit attendre, alors elle continua la conversation.

— Je sais que c'est difficile, on a tous souffert dans cette histoire, mais il faut avancer Sungjae. Tu es bloqué dans le passé et ça te fait terriblement mal. Ça t'empêche de voir l'avenir.

— Mais quel avenir ?

— Celui qu'il aurait aimé que tu construises.

Un silence prit place, rapidement brisé par Jake qui revenait pour leur montrer un énième dessin. Paolo décida qu'il était temps pour lui de cesser de se cacher. Il inspira et expira profondément pour enfin avancer dans le salon, le sourire aux lèvres. Il feignit de n'avoir rien entendu, mais il garderait toutes ces bribes de conversation bien en tête.

Chapitre 13

Le moment était venu de reprendre la route. Sungjae et Paolo s'étaient à peine adressé la parole suite à leur altercation d'un peu plus tôt. Ils se trouvaient sur le pas de la porte avec leurs affaires, prêts à partir vers de nouveaux horizons, le cœur bien plus lourd qu'à leur arrivée à Sacramento. Paolo n'arrivait toujours pas à digérer la manière avec laquelle son compagnon lui avait parlé. Il s'était déjà montré dur envers lui, mais pas aussi agressif. Refaire un pas vers lui n'allait pas être facile, alors il espérait que Sungjae soit capable de s'excuser sans qu'il n'ait besoin de le supplier. Il n'avait aucune envie de se disputer avec lui et si la situation ne s'arrangeait pas, il serait forcé de repartir à Santa Cruz chez Salvatore. Pourtant, il était persuadé qu'il devait continuer ce périple, accompagner Sungjae jusqu'au bout, mais comment pouvait-il le faire si ce dernier se comportait ainsi ?

Et puis, la discussion qu'il avait entendue entre Héléna et lui tournait en boucle dans sa tête. Quelque chose de terrible était arrivé, quelque chose que Sungjae s'efforçait d'enfouir au plus profond de lui et qui pouvait expliquer ce besoin insatiable de s'évader par tous les moyens. Il voulait fuir la réalité en arpentant les routes et en fumant. Il cherchait à ne plus penser, à ne plus réfléchir, pour ne plus souffrir.

— Sungjae… l'interpella Héléna d'une voix douce.

Le concerné releva la tête et un petit sourire étira sa bouche.

— Tu reviens quand tu veux, d'accord ? Tu es le bienvenu ici, si tu as besoin d'un endroit où te reposer, si tu as besoin de parler, ma porte te sera toujours grande ouverte.

Il acquiesça, sans jamais lâcher son expression mêlée de joie et de nostalgie. Paolo se sentait impuissant et perdu face à cette scène. La tension était insoutenable. Jake s'approcha de Sungjae et enroula les bras autour de ses jambes.

— Tu vas me manquer tonton Sungjae.

Il déglutit, les larmes lui montaient aux yeux mais il s'efforça de les contenir. Il s'accroupit au niveau du petit garçon et lui saisit une main avec une bienveillance inouïe. Dans son regard, on pouvait lire qu'il était désolé, qu'il s'en voulait.

— Tu seras sage avec maman ?

— Toujours ! Mais tu vas revenir quand ?

— Je sais pas encore.

— Bientôt, hein ?

Sungjae ne répondit pas. Il se contenta de lui ébouriffer les cheveux avant de se redresser et Paolo se sentit comme écrasé par le poids d'une atmosphère bien trop lourde. C'était insoutenable, si bien qu'il avait presque hâte de remonter dans le van pour continuer la route qui les attendait. Malgré tout, il avait aimé ce court séjour chez Héléna, pouvoir profiter d'une soirée tranquille devant un film, d'une nuit agréable dans les bras de Sungjae, même si le lendemain n'avait pas été aussi sympathique à cause de leur pseudo-dispute.

— Paolo, prends bien soin de Sungjae. J'ai été heureuse de te rencontrer. Et ce sera un plaisir de te revoir.

— Tonton Paolo aussi tu vas me manquer ! intervint Jake.

— Toi aussi, mais j'aurai tes dessins pour penser à toi.

Le petit garçon sautilla sur lui-même avec entrain, satisfait de cette réponse. Paolo l'observa, le regard empli de questionnements mais aussi d'admiration pour ce petit être plein de joie de vivre. Il était insouciant, loin des tourments qui assaillaient Sungjae, loin de la réalité de ce monde qui pouvait se montrer cruel. Il avait l'impression de voir son compagnon de voyage lorsqu'il fumait, lorsqu'il oubliait tout ce qui l'entourait et qu'il retrouvait la liberté qu'il s'était construite grâce à des illusions.

Oui, maintenant Paolo comprenait aisément que cette liberté, Sungjae l'avait inventée de toutes pièces. Malheureusement, les fondations n'étaient pas solides et un jour, elle finirait par s'écrouler. Et il voulait être présent ce jour-là pour l'aider à sortir des décombres.

Jake leur fit un dernier câlin avant que Héléna lui dise qu'ils devaient vraiment partir et qu'ils reviendraient. Après d'autres salutations, Sungjae grimpa dans le van, Paolo à ses côtés, et il démarra pour sortir de l'allée de garage. Il klaxonna pour annoncer son départ, Jake sautillait encore sur le pas de la porte, agitant le bras avec frénésie.

Puis l'image de cette joyeuse maison s'effaça et le véhicule prit un tournant définitif dans une autre rue. Le silence régnait dans l'habitacle, jusqu'à ce qu'un lourd soupir ne vienne le briser. Paolo lança un regard vers Sungjae, ce dernier gardait les mains crispées sur le volant, fixé sur la route devant lui. Son visage ne démontrait aucune expression, il semblait vide. Vide de toute émotion.

— Et maintenant ? On va où ?

— On va s'arrêter à Stockton pour manger et y passer la nuit. Si tu veux, on peut trouver un motel.

— Il faut surtout que je lave des fringues, rit Paolo. Les miennes sont plus très fraîches.

Sungjae hocha la tête.

— On va s'occuper de ça alors.

— Est-ce que…

Paolo s'arrêta, se rendant compte qu'il allait poser une nouvelle question à son acolyte et que peut-être, il finirait par l'agacer.

— Quoi ?

— Rien, laisse tomber.

— Paolo, s'il te plaît.

Le véhicule s'arrêta à un feu et face à l'absence de réponse, Sungjae soupira tout en se laissant tomber en arrière contre l'appui-tête.

— Pourquoi t'es comme ça ? demanda-t-il.

— Comment ? répliqua Paolo, une pointe de surprise et d'énervement dans la voix. Ce matin tu m'as envoyé chier, je me suis senti minable et…

— J'suis désolé, l'interrompit-il. J'suis vraiment désolé. Je sais, j'me suis comporté comme un con, j'aurais pas dû.

Le van redémarra et arriva sur une route qui longeait le fleuve. Paolo observa le paysage défiler par la fenêtre, les rayons du soleil caressaient l'eau et la faisaient scintiller de mille feux. Il était pensif, mais surtout heureux que Sungjae prenne l'initiative de s'excuser.

— C'est bon, t'inquiète pas.

— J'veux pas que tu penses que j'suis un connard. J'veux dire… d'accord on baise et c'est génial, mais crois pas que je te considère comme un objet. T'es un mec bien, j'sais que tu me respectes et que tu penses pas qu'au cul avec moi. Et je te remercie pour ça.

Paolo baissa la tête pour dissimuler son sourire et ses joues qui s'étaient empourprées. Ce qu'il venait de dire lui allait droit au cœur. Il voyait enfin Sungjae baisser sa garde et se confier sur son ressenti. Il avait enfin accès à une petite partie de son intimité, autre que physique. Et là, il se sentait spécial. Il avait espoir qu'il continue à se dévoiler, à lui faire part de ses pensées, de ses joies, de ses peines. Il voulait qu'il lui fasse confiance, qu'il comprenne qu'avec lui, il n'avait pas besoin de se cacher, de jouer un rôle. Il pouvait être le véritable Sungjae, sans crainte. Paolo ne le jugerait pas et serait là pour lui accorder son soutien.

Mais ça, c'était peut-être un doux rêve. Malheureusement, il ne serait pas éternellement à ses côtés, l'Italie attendait son retour et il laisserait Sungjae reprendre sa vie comme s'il n'avait jamais été là.

— Merci de m'avoir dit tout ça. J'avais peur qu'on se prenne la tête.

— C'est ma faute, marmonna Sungjae. J'ai flippé.

— Pourquoi ça ?

— J'sais pas. J'ai l'habitude de voyager seul, de pas avoir d'attache et là… j'me retrouve avec toi, tous les jours.

Paolo fronça les sourcils. Voyager seul ? Pourtant, il avait dit à Héléna qu'il avait emmené quelqu'un visiter les lieux qu'il aurait aimé voir.

— À cause de toi, mes plans sont chamboulés !

Il ponctua sa phrase d'un rire cristallin.

— Tes plans ? Tu devais juste aller à Half Moon Bay, non ?

— Hm, ouais. T'inquiète pas, c'est rien. Et puis j'suis bien accompagné, franchement de quoi je me plains ?

— Arrête, je vais vraiment finir par mourir de gêne.

— Meurs de gêne si tu veux, mais t'es un mec bien Paolo. Et pas seulement au lit, même si au lit t'es une bête et que j'adore ça.

Sungjae rit à gorge déployée et lui tapota la cuisse. Il avait retrouvé le sourire qu'il semblait avoir perdu dès l'instant où ils étaient arrivés à Sacramento. Paolo ne pouvait pas être plus heureux, il aimait voir la joie animer son visage marqué par les épreuves qu'il avait dû affronter.

Ils roulèrent durant une heure trente avant que Sungjae ne s'arrête à l'entrée de Stockton, à une station-service. L'air était empli d'une chaleur étouffante, les températures n'avaient fait qu'augmenter au fil de la journée et malgré les boissons qu'ils avaient prévues, ils n'en avaient pas eu assez.

Ils descendirent du véhicule et Sungjae s'étira, il posa les mains dans le bas de son dos et grimaça.

— Tu voudras un massage ? proposa Paolo.

Son acolyte haussa un sourcil et esquissa un sourire malicieux.

— Si c'est avec finition, j'veux bien.

— Fini… quoi ?

Sungjae s'amusa de l'expression perdue de Paolo.

— Tu sais pas c'que c'est ?

Il secoua négativement la tête.

— Tu me masses, puis tu termines sur un truc plus sexuel. Genre tu me branles, ou tu me suces, au choix. Ça te dit ?

— Euh, oui ? Enfin…

Paolo secoua la tête, pris de court par cette proposition. Sungjae ne perdait pas une occasion de lui faire comprendre qu'il avait envie de lui et même s'il avait rapidement pris l'habitude, il était toujours un peu décontenancé devant son aplomb sans faille.

— Allez, j'vais fumer un peu et en attendant, t'as qu'à aller nous ravitailler en boissons.

Il l'observa contourner le van pour ouvrir la portière arrière et se servir dans le petit meuble en bois. Il sortit tout ce dont il avait besoin et commença à disposer son herbe et son tabac sur la feuille. Il allait se remettre à fumer, et ça l'embêtait de le voir à nouveau céder à cette tentation.

Paolo soupira et le laissa faire. Il n'avait pas le courage d'entrer une fois de plus en conflit, pas après ce qui s'était passé ce matin. Il avait conscience qu'il aurait dû intervenir, mais c'était au-dessus de ses forces. Il tourna les talons et rejoignit l'intérieur de la station-service.

Il repéra les grands réfrigérateurs et en scruta le contenu avec soin. Il se demanda ce qu'il pouvait prendre pour Sungjae, quels étaient ses goûts. Et il se rendit compte qu'il ne le connaissait que très peu. Il attrapa deux bouteilles d'eau et deux canettes de soda, au moins il ne se mouillait pas trop, et la prochaine fois il prendrait le temps de demander à Sungjae ce qu'il voulait. Il sourit tandis qu'il déposait ses articles devant le caissier. À bien y réfléchir, Sungjae était capable de lui balancer une cochonnerie plutôt qu'une véritable réponse.

Il paya les boissons et les rangea dans un sac en papier pour les transporter plus aisément.

Une fois hors du petit magasin, des voix fortes parvinrent jusqu'à lui, et l'une d'elles lui était familière. Il pressa le pas et aperçut Sungjae, adossé au capot de son van avec, face à lui, un homme un peu plus grand qui faisait de grands gestes. Il semblait menaçant, l'index pointé vers son compagnon de voyage. Paolo se hâta dans leur direction, soucieux de voir la situation dégénérer.

— Fous-moi la paix, j'rigole même pas, lança Sungjae.

— Mais tu te prends pour qui ?

L'homme s'approcha un peu plus de Sungjae qui, quant à lui, ne pouvait pas reculer davantage. Bientôt, il se retrouverait coincé entre cet inconnu et son véhicule.

— J'ai dit que j'étais pas intéressé, maintenant dégage.

Il tapota sa roulée pour faire tomber les cendres au sol avant d'à nouveau tirer dessus. Il envoya toute sa fumée au visage de son vis-à-vis.

— Pourtant t'as l'air d'être une belle trainée !

— Pas pour des mecs dans ton genre. T'es loin d'être mon type.

— Allez, l'encouragea l'homme en le saisissant par le poignet. On va s'amuser.

Paolo, essoufflé, arriva à leur niveau et sans même attendre, repoussa l'inconnu d'un geste brusque. Il l'obligea à lâcher Sungjae et s'interposa entre eux.

— Qu'est-ce que tu lui veux ? cracha-t-il.

— Oh j'ai compris, t'as déjà quelqu'un pour te faire ramoner.

Il détailla Paolo des pieds à la tête avant de pouffer de rire.

— Tout doux, j'voulais juste m'amuser avec ta salope.

— Qu'est-ce que t'as dit ?

Paolo laissa tomber le sachet contenant les boissons et sa mâchoire se serra. Constatant que la situation pouvait dégénérer très rapidement, Sungjae se redressa et empoigna le t-shirt de son compagnon.

— Laisse tomber, il allait partir.

— J'ai dit que je voulais m'amuser avec ta salope, répéta l'homme. Ça va, t'as bien entendu cette fois ?

Ni une, ni deux, Paolo se jeta sur l'inconnu pour lui coller son poing en pleine figure. Il l'attrapa par le col et lui asséna un deuxième coup sans plus de cérémonie. L'homme, déséquilibré, se retrouva sonné.

Paolo était animé par la colère et avait décidé qu'il ne lui laisserait aucun répit. Il continua de le frapper avec fureur, chaque coup porté était une réponse à l'insulte proférée à l'égard de Sungjae. Le visage de l'homme se couvrit rapidement de marques rouges et d'ecchymoses. Paolo n'avait plus aucun contrôle sur ses actions ; il était poussé par une envie folle de le voir cesser.

Cependant, la situation prit une tournure inattendue lorsque l'inconnu réussit à se dégager et contre-attaqua avec une force soudaine. Un coup de poing puissant atteignit Paolo en plein visage et il fut projeté en arrière. Sonné à son tour, il vacilla, tentant de reprendre ses esprits, mais se rua à nouveau sur l'homme. Il le fit tomber au sol et lui rendit la pareille. C'était à n'en plus finir. Tout s'était transformé en une violente altercation, où les coups s'échangeaient avec férocité.

Autour d'eux, des gens s'étaient agglutinés pour observer la scène et s'indigner. Certains parlaient d'appeler la police, et Sungjae prit peur. Il réalisa que l'intervention de Paolo avait provoqué une situation encore plus dangereuse, alors il se précipita vers lui pour lui saisir le bras et l'empêcher de continuer.

— Arrête ! Calme-toi !

Paolo se stoppa et se releva, il secoua la tête pour reprendre ses esprits. La colère flamboyait toujours dans ses yeux, mais il réalisa que la violence ne résoudrait rien. Il se recula lentement, mais restait néanmoins prêt à intervenir de nouveau si nécessaire. Il cherchait avant tout une issue rapide à cette confrontation. Il porta la main à sa bouche, le sang ruisselait de sa lèvre fendue.

— Fils de pute ! cria l'homme au sol.

— Paolo, faut qu'on se taille, et vite.

Sungjae le pressa pour qu'ils quittent rapidement les lieux, craignant que les choses ne s'enveniment davantage. Ils savaient tous deux que rester là-bas ne ferait qu'attirer plus de problèmes. Paolo prit une profonde inspiration, essayant de calmer son cœur qui battait la chamade et de maîtriser la colère qui bouillonnait encore en lui. Il jeta un dernier coup d'œil à l'homme étendu par terre, le visage tuméfié, proférant des insultes.

— T'as raison, on s'en va, murmura Paolo en essuyant le sang avec le dos de sa main.

Il laissa Sungjae le guider jusqu'au van dans lequel il grimpa après avoir ramassé le sac contenant les boissons. Le véhicule démarra, l'adrénaline commençait peu à peu à s'estomper, laissant place à la frustration. Paolo ne pouvait se défaire du goût amer de cette confrontation, sachant que les choses auraient pu tourner bien plus mal. Il rejouait les événements dans sa tête et se demanda s'il avait pris la bonne décision en ayant recours à la violence.

— Ça va ? demanda Sungjae après quelques minutes de silence.

— Ouais, ça va. Mais est-ce que toi ça va ?

— Oui, pourquoi ça n'irait pas ?

Paolo lâcha un long et profond soupir.

— Je sais pas, peut-être parce que ce mec t'a agressé, non ?

Sungjae laissa un rire concis s'élever dans le van.

— Agressé ? Arrête, il était juste un peu insistant, y'avait pas de quoi péter les plombs. C'était pas grave.

— Tu plaisantes là ? Donc je te défends et toi tu me dis que c'était rien ? Non mais tu te rends compte ?

Paolo ne comprenait pas comment Sungjae pouvait prendre tout ça à la légère. Il s'était fait insulter, quelqu'un lui avait manqué de respect, et il considérait ça comme quelque chose de normal.

— Paolo, des mecs comme ça j'en croise souvent. C'est pas le premier, et c'est pas le dernier.

— C'est pas pour autant que ce qu'il a fait n'est pas grave !

— J'suis plus fort que ce que j'en ai l'air. T'as aucune idée de ce que j'ai déjà subi, et j'ai toujours pas besoin d'un prince charmant sur son cheval blanc, j'suis pas une princesse en détresse.

La discussion ne mènerait à rien, et l'un comme l'autre le savait pertinemment. Ils resteraient campés sur leurs positions et ils n'avaient aucune envie d'aggraver les choses, surtout pas maintenant. Sungjae s'était excusé pour les mots durs qu'il avait eus ce matin même, c'était inutile de repartir dans une dispute sans intérêt. Ils ne trouveraient pas de terrain d'entente.

— Merci quand même d'être intervenu.

Paolo ne répondit pas, il se contenta d'un son de gorge avant de tourner la tête pour observer les rues de Stockton défiler.

— On va s'arrêter plus loin, à l'extérieur de la ville. J'irai acheter de quoi désinfecter tes blessures.

Sungjae roula encore quelques minutes jusqu'à sortir de Stockton. Le calme régnait dans le véhicule et Paolo regardait par la fenêtre, pensif. Il réfléchit un moment à ce qu'il venait de faire, à cet homme sur lequel il s'était jeté sans aucune hésitation, mais surtout à pourquoi il avait agi ainsi. Ça ne lui ressemblait pas. Il n'avait jamais été violent, il n'avait jamais eu un mot agressif envers qui que ce soit. Mais là, lorsqu'il avait entendu de quelle manière cet inconnu s'était adressé à Sungjae, quelque chose s'était déclenché en lui. Il n'avait pas été en mesure de se retenir plus longtemps, poussé par le besoin irrépressible de défendre celui à qui il tenait. Il n'avait pas hésité à en venir tout de suite aux mains.

— On va s'arrêter là.

Paolo sortit de ses réflexions quand le van arriva sur un parking peu entretenu, tout comme le bâtiment qui s'érigeait devant eux. L'enseigne du motel ne clignotait pas à intervalles réguliers et les murs décrépis laissaient imaginer que l'intérieur ne devait pas être en bien meilleur état. Mais Paolo ne dit rien, il se contenta d'acquiescer.

Sungjae se gara et coupa le moteur puis, sans un mot, il sortit du véhicule. Il le contourna pour arriver du côté passager et ouvrit la portière.

— Tu descends beau gosse amoché ?

Paolo lâcha un rire et le suivit. Ils récupérèrent leurs sacs, se dirigèrent vers l'accueil et, après avoir glissé trente dollars sur le comptoir, la jeune femme leur tendit une clé.

Ils rejoignirent leur chambre qui, comme l'avait imaginé Paolo, n'était pas des plus accueillantes. La moquette marron et les rideaux à carreaux semblaient imprégnés d'une odeur de tabac froid et les taches d'humidité au plafond démontraient à quel point le lieu était vétuste. Il grimaça en posant les yeux sur le lit double. Bien qu'il fut tiré à quatre épingles, la parure de draps présentait quelques trous et taches disgracieuses. Il aurait préféré dormir dans le van plutôt qu'ici.

Sungjae balança son sac sur le sol et se précipita dans la salle de bain.

— Bon, c'est pas le grand luxe, mais ça fera l'affaire !

Paolo grimaça à nouveau, il n'avait même pas remarqué que son camarade était déjà de retour.

— Quoi ? T'es pas content ?

— C'est pas ça…

— Hé ! J'ai pas payé trente putains de dollars pour que tu sois pas convaincu ! Tu sais ce que ça représente trente dollars pour moi ? Je vais devoir en fabriquer des bijoux pour rembourser ça.

— J'aurais pu payer si c'était le souci.

Sungjae lui tapota le torse avant de glisser la main sur son épaule. Il la remonta dans son cou, puis passa le pouce sur sa joue pour atterrir sur sa lèvre blessée. Il y déposa un bref baiser et se recula pour le fixer droit dans les yeux.

— T'as déjà donné de ta personne aujourd'hui. Et puis si vraiment tu veux faire une autre bonne action, je suis toujours d'accord pour le massage que tu m'as proposé.

Il lui décocha un clin d'œil et repartit chercher son sac pour en extirper d'autres billets. Il les secoua en l'air.

— J'vais te chercher de quoi soigner cette vilaine blessure.

— Sungjae, ça je peux…

— Tais-toi et laisse-moi faire.

— D'accord, capitula-t-il.

— Je reviens vite. J'espère que je vais pas trop te manquer. Et au pire, t'as toujours ta main.

Sungjae quitta la chambre, laissant Paolo décontenancé. Comment pouvait-il encore se comporter comme si tout allait bien ? Il soupira et se laissa tomber sur le lit en position allongée. Son regard vagabonda sur le plafond défraîchi, il avait l'esprit embrouillé par un tas de pensées qu'il n'arrivait pas à canaliser. Ces derniers jours n'avaient pas été faciles et plus le temps passait, plus Sungjae se montrait étrange. Il avait beau essayer de creuser, il avait la sensation de ne jamais aller assez profond. C'était comme s'il faisait un pas en avant, puis deux en arrière. Un mélange désagréable de colère et de frustration l'assaillait.

Sungjae semblait déconnecté de la réalité, et ce n'était pas seulement les conséquences de l'herbe. Parfois, Paolo avait l'impression qu'il était dans le déni. Qu'il oubliait volontairement une partie de sa vie, une partie de lui-même, un événement trop douloureux à supporter pour qu'il parvienne à complètement l'accepter et vivre avec. Il ferma les yeux et repensa à la discussion qu'il avait entendue chez Héléna. Quelque chose de terrible était arrivé, quelque chose dont Sungjae faisait abstraction et qu'il cherchait à fuir. Héléna n'était pas une simple amie, et Jake n'était pas seulement le fils de cette dernière. Sungjae était attaché à lui. Lorsqu'il le regardait, il souriait, mais ses yeux se remplissaient d'une mélancolie insoutenable. Il ne put s'empêcher de ressasser les mots qui s'étaient échangés, les réactions étranges de son camarade. Son expression joviale, sa façon d'être toujours dans l'excès, son regard qui parfois se perdait dans le vide, sa fragilité, son obsession pour la drogue et le sexe, ses bracelets si nombreux qu'ils devaient dissimuler une vérité trop lourde à assumer.

Sungjae était malheureux, c'était tout ce que Paolo arrivait à en conclure. Mais pour quelle raison ? Il ignorait s'il pouvait un jour la découvrir. Et cela lui faisait même peur. S'il devait repartir pour l'Italie sans savoir ce qui le tourmentait, il aurait une sensation d'inachevée.

— C'est bon !

Il sursauta et se redressa d'un bond, les yeux écarquillés, lorsque la porte s'ouvrit à la volée. Il posa une main sur son cœur qui battait à tout rompre, pas loin d'exploser.

— Oh, je t'ai pris en flagrant délit de branlette ? s'amusa Sungjae.

— Non, je… enfin tu vois bien que je suis habillé !

Il leva les yeux au ciel et se dirigea vers Paolo, un petit tube en main.

— Tu sais, tout ce qu'on peut faire habillé, tu serais surpris ! Allez, suis-moi dans la salle de bain que je m'occupe de ton cas.

Il se leva et Sungjae l'emmena avec lui. Il l'invita à s'asseoir sur le rebord de la baignoire et à l'aide d'un mouchoir en tissu préalablement humidifié, il tapota sa lèvre pour la nettoyer du sang qui avait séché. Paolo l'observa faire, subjugué par son air sérieux et les traits harmonieux de son visage. Il devait bien avouer que Sungjae était un jeune homme vraiment beau malgré le fait qu'il soit marqué par la vie. Il chercha un signe, quelque chose, n'importe quoi, qui aurait pu l'aider à découvrir ce qu'il cachait. Mais à part des cernes et des joues légèrement creusées, il ne décela rien. Ses yeux n'étaient plus aussi moroses, ils pétillaient même d'une étincelle d'euphorie.

— Attention, ça risque de picoter un peu.

Il déposa une noisette de crème sur son index avant de l'appliquer avec le plus grand soin sur la blessure de son vis-à-vis. Il avait légèrement sorti la langue en se concentrant sur sa tâche, et Paolo ne put se détacher de sa bouche. Il avait terriblement envie d'y goûter, de l'embrasser à en perdre la raison, de le serrer dans ses bras en lui répétant que tout irait bien.

Même s'il ne savait pas ce qu'il avait traversé, il avait envie d'être là pour lui.

— Quoi ?

Sungjae pencha la tête sur le côté et Paolo toussa pour se reprendre, déviant le regard vers un point aléatoire de la pièce.

— Rien. Merci de m'avoir soigné.

Il lui tapota le crâne avant de replacer ses frisures brunes.

— Avec plaisir. Du coup, comme j'ai payé la chambre et que je t'ai soigné, un massage avec finition devrait faire l'affaire.

Paolo sentit ses joues s'empourprer.

— Et j'ai réfléchi, j'veux bien que tu me suces pour finir en beauté, ça me ferait très plaisir.

Sungjae afficha un large sourire et quitta la salle de bain. Paolo expira tout l'air de ses poumons, puis alla se regarder dans le miroir. Il espérait que la blessure disparaîtrait assez rapidement. Il n'avait pas envie de retrouver son cousin avec une tête pareille, il allait se poser des questions. En pensant à Enzo, il se rendit compte qu'il ne l'avait toujours pas appelé. Il retourna dans la chambre et prit son sac banane pour en extirper quelques pièces de monnaie ainsi que le numéro de Salvatore qu'il avait écrit sur un bout de papier. Sungjae était allongé dans le lit défait, torse nu.

— Tu fais quoi ?

— Je vais passer un coup de fil à mon cousin, il doit s'inquiéter.

— Hm, et après tu t'occupes de moi ? Tu sais toute cette route c'est…

— Pas besoin de trouver des excuses, j'vais te le faire ce massage.

— Avec finition, se sentit obligé de préciser Sungjae.

Paolo pouffa de rire et acquiesça.

— J'ai compris, t'inquiète pas. Je risque pas de l'oublier vu le nombre de fois où tu l'as dit.

— Fais vite, j'ai hâte.

Il se mordit la langue et passa le plat de la main par-dessus son entrejambe.

Paolo s'empressa de quitter la chambre pour rejoindre la cabine téléphonique à proximité de l'accueil. Il composa le numéro et les sonneries s'enchaînèrent avant que quelqu'un ne décroche. La voix de sa tante retentit, elle le salua avec entrain, criant presque dans le combiné.

— Comment tu vas ? Tu manges bien au moins ? Tu as toujours de l'argent ?

Paolo acquiesça tout en riant. Nina semblait à la fois heureuse et inquiète. Elle lui posa des questions auxquelles il répondit tout en surveillant qu'il avait encore du temps avant de devoir refaire l'appoint en pièces pour continuer son appel. Puis elle finit par lui passer Enzo.

— Hé mec ! T'aurais pu appeler avant !

— Désolé, on a été pas mal occupés.

— J'imagine bien… Ça doit être mouvementé entre vous.

Paolo sentit qu'Enzo souriait d'une façon équivoque.

— Plus ou moins. On est pas en train de faire ça tout le temps non plus.

— Au moins une fois par jour, non ?

Il soupira et roula des yeux. Il n'avait pas appelé son cousin pour discuter de ses ébats.

— Bon, j'espère que tu fais pas de bêtises. T'es où là ?

Paolo lui expliqua rapidement les endroits où ils étaient allés, sans mentionner le fait qu'ils avaient failli tomber dans des émeutes ou encore qu'il s'était battu avec quelqu'un. Il ne voulait pas inquiéter Enzo car dans l'ensemble, leur périple s'était plutôt bien passé. Il avait vu du pays, il avait rencontré des gens, et pour le moment, il avait plus de bons souvenirs que de mauvais.

Il raccrocha finalement après avoir passé un long moment au téléphone. Il était soulagé d'avoir eu des nouvelles de sa famille et de constater que tout allait bien de leur côté. Il se dirigea vers la chambre en repensant à tous les moments partagés avec Sungjae depuis le début de leur voyage. Malgré les difficultés et les incertitudes, il se sentait chanceux d'avoir rencontré quelqu'un d'aussi spécial. Revenir à la réalité après ces quelques jours allait être compliqué. Comment allait-il gérer leur séparation une fois cette aventure terminée ?

En revenant dans la chambre, il trouva Sungjae allongé sur le ventre, complètement nu, les muscles de son dos et ses fesses rebondies bien visibles. La vue était tentante, et Paolo sentit son désir grandir. Il s'approcha et posa délicatement une main sur l'épaule de Sungjae, ce qui le fit légèrement sursauter.

— Désolé, j'voulais pas te faire peur.

— Hm, c'est rien. J'ai pris une douche pendant ce temps-là. Ce sera mieux pour…

— Ça te dérange si j'en prends une aussi ?

— Non, vas-y. Même si ton odeur de mâle m'excite à mort.

Paolo rit tout en secouant la tête.

— J'en ai pas pour longtemps et après je suis tout à toi.

Sungjae soupira et lui indiqua de quitter la chambre d'un geste de la main. Paolo obtempéra, lui aussi impatient de passer à la suite.

***

Maintenant lavé, Paolo sortit de la salle de bain pour revenir dans la chambre, une serviette nouée autour du bassin. Il prit un instant pour contempler son camarade qui n'avait pas changé de position, sa peau hâlée et son corps tout entier qui lui donnait envie de le dévorer. Il aurait pu rire de son tatouage d'abeille, mais il était bien trop focalisé sur la délicieuse sensation qui lui embrasait les reins.

Il se mordit la lèvre inférieure pour essayer de la réfréner, mais impossible. Sungjae le tentait, il éveillait en lui des désirs dont il n'avait même pas conscience avant. Mais surtout, il le rendait fébrile d'une tout autre manière. C'était au-delà du physique, c'était émotionnel, c'était spirituel, et cela exacerbait les sentiments qu'il ressentait lorsqu'ils se trouvaient l'un à côté de l'autre, lorsqu'ils s'embrassaient, lorsqu'ils couchaient ensemble. Même lorsqu'ils se touchaient à peine mais qu'ils plongeaient dans le regard de l'autre.

Paolo lâcha un soupir et s'approcha du lit. Il y grimpa à genoux, Sungjae tourna la tête vers lui et esquissa un sourire, les yeux mi-clos.

— T'es là… dit-il d'une voix endormie.

Il tendit une main pour toucher la cuisse de Paolo et la remonta lentement sous sa serviette.

— Hm, c'est moi qui m'occupe de toi ce soir.

Sungjae sourit encore plus largement.

— J'ai tellement hâte de sentir tes mains sur mon dos et…

Il gémit de manière équivoque, l'estomac de Paolo se tordit d'impatience. Il ne perdit pas plus de temps et grimpa sur les fesses de son camarade, les genoux de part et d'autre de son bassin. Il posa les mains sur ses omoplates et commença à les faire glisser de bas en haut.

— J'ai pas d'huile ou quoi que ce soit, ça va quand même ?

— Oui, t'en fais pas. J'avais bien une idée mais ce serait vraiment indécent.

Paolo se pencha vers l'avant, de manière à ce que sa bouche arrive à l'oreille de Sungjae.

— C'était quoi cette idée indécente ? susurra-t-il.

Son camarade lâcha un rire cristallin.

— T'aurais pu… non je peux pas dire ça !

Paolo fronça les sourcils, surpris que Sungjae fasse autant de manières avec lui. D'habitude, il était du genre direct, il était honnête et n'avait pas peur de choquer les autres. Alors pourquoi, tout à coup, il semblait embarrassé par les pensées qui lui traversaient l'esprit ? Pourquoi ne pouvait-il simplement pas lui faire part de ses désirs sans aucun filtre, comme il l'avait toujours fait ?

— Allez, dis-moi tout.

Sungjae tenta de se redresser comme il put pour capter le regard de Paolo.

— Tu vas pas me gicler dessus, on est d'accord ?

Un silence s'installa durant quelques secondes avant que Paolo n'éclate de rire. Il était à mille lieues de s'attendre à ça et pourtant, il aurait dû s'en douter. Il imagina la scène et rit de plus belle, mais il se rendit compte que son partenaire ne semblait pas aussi amusé par la situation.

— Désolé, je…

— Non, t'inquiète ! l'interrompit Sungjae en se tournant comme il put pour atterrir sur le dos. C'était stupide de proposer un truc pareil !

Il tenta de repousser Paolo avec de grands gestes, mais ce dernier lui attrapa l'avant-bras pour le calmer. Leurs regards s'ancrèrent l'un dans l'autre avec une intensité sans pareille.

— Sungjae, excuse-moi.

— C'est pas la peine de…

Paolo ne lui laissa pas l'occasion de rétorquer. Il appuya sur son épaule pour qu'il s'allonge et il lui happa la bouche pour l'embrasser sans aucune retenue, imposant sans attendre sa langue entre ses lèvres. Il alla caresser celle de Sungjae, sans pudeur, avec avidité et passion. Il adorait le sentir fondre dans ses baisers, le sentir lâcher prise entre ses bras, sentir qu'il acceptait l'amour qu'il lui portait, bien qu'il s'agisse d'un sentiment que Sungjae semblait refuser. Oui, dans ces moments, Paolo se croyait enfin important, spécial, et il se sentait plus fort que jamais. Il avait l'impression qu'il pouvait tout affronter, qu'il pouvait aider son compagnon de voyage à surmonter les épreuves, même s'il ignorait encore tout ce par quoi il était passé. Mais dans le fond, ce n'était pas ça qui comptait. Peu importe ce que Sungjae avait enduré, il était là, et il était prêt à lui venir en aide pour supporter le fardeau qui pesait sur ses épaules. Il se montrait inébranlable, mais Paolo était persuadé qu'il luttait si intensément depuis des années qu'il finirait par s'écrouler dans peu de temps. Sungjae disait n'avoir besoin de personne et c'était peut-être vrai, mais il avait besoin d'une chose : d'affectation.

— Je suis désolé, je voulais pas me moquer de toi, dit-il contre ses lèvres.

Sungjae déglutit bruyamment et Paolo lui colla un autre baiser.

— C'était ridicule…

— Non, c'était pas ridicule. J'ai juste pas compris, et je dirais que c'était plutôt… surprenant.

Paolo sourit pour tenter de rassurer son partenaire. Il n'avait jamais vu Sungjae aussi incertain, et ça lui faisait de la peine. Il n'arrivait pas à le cerner, quelque chose avait changé en lui depuis ce court séjour chez Héléna. Il n'était pas plus serein, mais sans aucun doute un peu plus fragile encore. Et cette fragilité, Paolo la trouvait à la fois belle et inquiétante.

D'une main habile, Sungjae atteignit sa serviette pour la défaire. Il la tira et la balança par terre, un air malicieux vint métamorphoser son expression incertaine. Cette fois, Paolo comprit qu'il était redevenu le jeune homme entreprenant et sans pudeur. Il le vit dans ses yeux, il le sentit dans les caresses qu'il entreprit sur son sexe, dans son sourire euphorique et dans la chaleur de son corps. Il se laissa aller sous les douces attentions qu'il lui procurait, appréciant son toucher expert. Il savait comment le satisfaire.

Paolo soupira de bien-être, transporté par les va-et-vient sur son membre de plus en plus tendu. Mais alors que le plaisir grimpait en lui, il réalisa qu'il n'avait pas donné à Sungjae ce qu'il désirait tant. Il l'arrêta dans un geste empreint de douceur et entrelaça leurs doigts avant de venir déposer un baiser sur son front.

— J'ai promis que je m'occuperai de toi, susurra-t-il.

— Oui, mais oublie. J'ai envie de te toucher.

Sungjae fit une nouvelle tentative pour saisir son sexe, mais Paolo l'en empêcha.

— Laisse-moi m'occuper de toi.

— Paolo, tu t'occupes déjà de moi.

Sa voix s'était mise à trembler de manière presque imperceptible.

— S'il te plaît, sembla l'implorer Sungjae. Je veux qu'on passe un bon moment ensemble et que tu me prennes vite.

— Et si je veux prendre mon temps ? Et si je veux que tu profites et que tu te détendes ? T'en as besoin.

Sungjae fronça les sourcils.

— Comment peux-tu savoir de quoi j'ai besoin ?

La main de Paolo se glissa contre sa joue et il la lui caressa avec lenteur et bienveillance. Il observa Sungjae, un sourire empli d'une inquiétude qui ne passa pas inaperçue. Il lui avait maintes fois répété de ne pas le regarder de cette manière, mais c'était plus fort que lui.

— Je mérite pas ta pitié, Paolo. Et j'en veux même pas.

— S'inquiéter c'est pas avoir pitié, tu devrais déjà commencer à faire la part des choses.

— Quelle différence ? Je connais ce regard, c'est celui que les gens posent sur toi quand ils ne savent pas comment agir face à ta peine. Quand ils n'imaginent même pas à quel point tu peux souffrir. Ils te regardent comme ça, parce qu'ils sont impuissants et à mille lieues de comprendre.

— Je ne demande qu'à comprendre.

Sungjae inspira et expira avant de tourner la tête. Il voulait fuir ce regard trop oppressant, ce regard qu'il détestait et qui, sans doute, lui rappelait ô combien il avait mal.

Paolo se résigna. Il ne pourrait pas soutenir davantage son camarade tant qu'il ne lui dirait pas la vérité. Tout ce qu'il était en mesure de faire était d'être présent pour lui apporter un semblant de bonheur. Il se pencha pour lui embrasser la mâchoire, puis descendit dans son cou. Il y déposa de petits baisers humides et, petit à petit, Sungjae se détendit. Il poussa quelques soupirs qui se transformèrent en gémissements lorsqu'il atteignit son sexe pour le masturber légèrement. Paolo ne savait pas comment s'y prendre autrement pour le soulager du fardeau qu'il portait. Il essayait de lui parler, mais cela ne fonctionnait pas. Et il préférait encore qu'ils couchent ensemble plutôt que de voir Sungjae enchainer les joints. C'était moins nocif, moins destructeur. Car c'était ça, Sungjae cherchait à se détruire, à annihiler qui il était.

— Paolo…

Le concerné releva la tête.

— Baise-moi.

— J'y viens. Tu me laisses un peu de temps ?

— Hm, j'suis pressé.

— Je vais te prendre mais d'abord je veux te faire du bien, d'accord ?

Sungjae lâcha un petit rire et lui tapota le haut du crâne.

— T'es un mec bien.

— T'en doutais encore ? plaisanta Paolo.

— Non, je l'ai su dès qu'on s'est rencontrés. Toi, t'es pas comme les autres. Tu prends des risques pour moi, t'as pas hésité à changer tes vacances pour me suivre alors que tu me connaissais même pas. T'as pas hésité à tabasser ce gars tout à l'heure, quitte à te prendre des coups. Tu te comportes comme on s'est jamais comporté avec moi, parce que même si tu me regardes parfois d'une manière que je déteste, j'ai l'impression de pas juste être un bout de viande ou un mec à plaindre.

— Non, t'es bien plus que ça.

Sungjae ferma les yeux un court moment avant de les rouvrir.

— Mais j'ai quand même très envie que tu me baises.

Paolo sourit. Il était touché par ce que son camarade venait de lui dire. Il avait la sensation d'accéder à une autre facette de lui, plus émotionnelle et moins physique. Certes, il y avait toujours une tension indéniable entre eux, une tension sexuelle qui avait besoin d'être apaisée, mais Sungjae était tellement plus que ça… Et là, il avait ouvert son cœur, même s'il ne disait pas tout, qu'il ne donnait pas davantage d'explications, Paolo sentait qu'il était en train de lui accorder sa confiance. Sungjae était un jeune homme spécial, difficile à comprendre et à atteindre sur le plan sentimental, mais il ne perdait pas espoir.

D'un commun accord, leurs souffles se mêlèrent pour ne faire plus qu'un et leurs lèvres se retrouvèrent. Elles se caressaient avec douceur et avidité, brûlantes d'un désir qui ne faisait qu'accroître. Paolo fit glisser une de ses mains jusqu'aux fesses de Sungjae pour lui en empoigner une qu'il serra avec force. Il souleva son bassin pour l'amener à la rencontre du sien et ensemble, ils lâchèrent un gémissement de satisfaction qui se perdit dans leur baiser. Il recommença, leurs membres se heurtant à chaque mouvement, et ils furent obligés de mettre un terme à leur échange tant les plaintes de plaisir fusaient de leurs bouches. Paolo posa le front contre celui de Sungjae tout en ondulant, et ce dernier écarta les jambes pour qu'il puisse aisément se glisser entre celles-ci. Il les remonta sur ses hanches et s'agrippa à ses biceps, le souffle déjà court.

— J'ai envie de toi.

— Et qu'est-ce que tu veux que je fasse ?

— Prends-moi, Paolo.

Son estomac se souleva et son cœur loupa un battement. Il était toujours aussi excité lorsque Sungjae lui parlait ainsi. Il aimait sa franchise, même si ses mots pouvaient parfois être crus. Il aimait qu'il soit lui-même.

— Tu veux rien d'autre ?

— Non, juste ta queue en moi.

Paolo vint l'embrasser avant de lui présenter ses doigts.

— On a pas pris la vaseline dans le van, dit-il.

Sungjae le regarda et, sans le lâcher des yeux, attrapa son poignet et lui lécha avidement les doigts.

— T'inquiète pas, ça va facilement rentrer maintenant.

Son petit air provocateur excita davantage Paolo. Il s'occupa de Sungjae avec le plus grand soin et s'étonna une fois de plus des gémissements qu'il poussait seulement avec deux doigts en lui. La tête basculée en arrière, les yeux mi-clos, le dos arqué, il semblait apprécier les attentions de son partenaire et il ne manquait pas de lui en demander toujours plus d'une voix brisée par le plaisir. Il attrapa le poignet de son amant et instaura la cadence de lui-même. Paolo se sentait presque spectateur de la scène, déconcerté par l'appétit de Sungjae. Il le voyait se tordre d'envie sous lui, réclamant qu'il le comble d'une autre façon.

— Putain… Prend-moi, j'en peux plus…

Impossible de résister. Sa voix, son expression, son corps en demande… Paolo avait terriblement envie, même besoin, de ne faire plus qu'un avec lui. Il ôta ses doigts et vint saisir son érection pour la positionner juste au bord de l'orifice de son partenaire. Il le fixa, cherchant l'autorisation tacite dans ses yeux vitreux. Sungjae hocha légèrement la tête alors, d'un léger coup de reins, il le pénétra. La sensation fut si intense qu'ils retinrent leur souffle jusqu'à ce que Paolo entre jusqu'à la garde.

— T'es franchement… un bon coup… soupira Sungjae.

— Et toi alors…

Paolo passa un bras sous l'un des genoux de son amant afin de lui soulever une jambe, puis il alla s'emparer de sa bouche. En un rien de temps, la chambre fut remplie des bruits de leurs peaux se heurtant avec force, de leurs effusions de bonheur et des mots qu'ils s'échangeaient pour s'encourager l'un l'autre. Sungjae ne cessait de dire à Paolo ô combien il le trouvait bon au lit, ô combien il adorait le sentir en lui. Il voulait qu'il y aille plus fort, plus vite, qu'il lui fasse perdre la tête. Et Paolo ne se fit pas prier pour lui donner ce qu'il désirait.

Les minutes s'écoulèrent, toutes plus intenses les unes que les autres. La température ne fit que grimper, encore et encore tandis que les deux corps sur le lit ne faisaient plus qu'un.

Sungjae s'accrochait à Paolo comme si sa vie en dépendait, et Paolo le serrait de toutes ses forces alors qu'il tentait de garder un rythme soutenu. Et ce fut de plus en plus compliqué. Il sentait son partenaire se crisper, ses doigts se contracter dans ses omoplates tandis que lui-même perdait pied. Une boule ardente grandissait dans son bas-ventre, prête à exploser.

— Paolo, t'es… continue de me baiser…

Le concerné se mordit la lèvre et enfouit le visage dans le cou de son amant. D'une main, il saisit les draps à sa portée tout en se concentrant sur sa tâche. Il voulait faire plaisir à Sungjae, lui permettre d'atteindre la délivrance. Il voulait sentir son corps trembler sous lui, ravagé par l'orgasme, entendre sa voix fluette lui caresser les tympans.

Il décida de se redresser et de lui saisir les jambes pour les lui basculer sur ses épaules. Sans relâche, il continua ses coups de reins tout en contemplant son amant. Il adorait le voir prendre du plaisir grâce à lui. Il adorait voir tout le bien qu'il lui procurait transformer son visage. D'un geste désespéré, Sungjae tendit le bras pour lui saisir le poignet.

— Tu veux que j'arrête ? s'inquiéta Paolo.

— Non, non, surtout pas… J'vais… j'vais jouir…

Paolo inspira et expira bruyamment avant de reprendre ses mouvements avec bien plus d'intensité. En quelques secondes à peine, Sungjae fut libéré de la tension qui s'était accumulée en lui. Un cri puissant retentit dans la chambre et tout s'arrêta. Paolo se retira et se laissa tomber sur son partenaire. Il déposa de petits baisers dans son cou et sur ses épaules.

— À toi maintenant, lança Sungjae, à bout de souffle.

Paolo l'arrêta quand il sentit qu'il cherchait à se redresser.

— J'ai pas besoin.

— Mais…

— Vraiment, c'est pas important.

— J'ai pas l'habitude de laisser mes plans cul dormir sur la béquille.

Un rire amusé échappa à Paolo.

— Hm, bizarre, j'aurais pensé le contraire. C'est pas toi qui t'es endormi avant même qu'on couche ensemble le premier soir ?

— Simple erreur de parcours. Alors permets-moi de te montrer à quel point j'adore te voir jouir.

— OK, d'accord, capitula Paolo. Mais d'abord reste un peu comme ça.

Sans rien dire, Sungjae se laissa entraîner dans les bras de son amant. Ils demeurèrent ainsi un moment, sans parler, juste à profiter de leur présence. C'était tout ce dont ils avaient besoin avant de continuer.

Chapitre 14

Les premiers rayons d'un soleil puissant vinrent baigner la chambre du motel. Paolo fronça les sourcils et tourna la tête vers la gauche avant d'ouvrir les yeux. Il tomba directement sur Sungjae qui dormait à poings fermés, le visage paisible. Il fut obligé de sourire, incapable de se détourner de lui, de la douceur qu'il dégageait lorsqu'il était assoupi. Il adorait contempler le visage de son compagnon de voyage, ce visage qui pouvait s'avérer empli de joie, puis mélancolique à peine quelques minutes plus tard. Que cachait-il ? Qui était-il ? Le saurait-il un jour ?

Il n'avait que peu de temps devant lui pour découvrir réellement qui était Sungjae, et plus les jours passaient, plus il s'inquiétait de ne pas réussir. Au départ, il l'avait suivi parce qu'il le trouvait sympathique et qu'il avait aimé leur nuit ensemble. Désormais, il restait à ses côtés car quelque chose le tracassait et qu'il sentait que ça n'allait pas.

Il approcha une main pour venir lui caresser la joue avec tendresse. Il la glissa dans ses cheveux, puis redescendit sur sa mâchoire pour finir sur son épaule. Il observa sa clavicule saillante, son torse lisse où les suçons de ses précédentes conquêtes avaient fini par s'estomper. Paolo lui en avait fait quelques-uns, mais ils n'étaient pas aussi tenaces. Il l'avait marqué avec bienveillance, il avait peur de le voir se briser entre ses bras et, même si Sungjae lui assurait pouvoir encaisser beaucoup de choses, il voulait être doux avec lui.

Il avait besoin de cette tendresse.

Il s'avança vers lui pour déposer un bref baiser au coin de sa bouche. Et quand il se recula, il sursauta en voyant les yeux de Sungjae grands ouverts.

— Hm, profiteur.

Paolo déglutit et s'excusa, mais Sungjae vint se blottir contre lui. Il enfouit le visage dans son cou, colla son torse contre le sien et lui saisit le bras pour qu'il l'enroule autour de sa taille. Ils étaient encore nus, aucun d'eux n'avait pris la peine de se rhabiller après leur nuit mouvementée.

Comme s'ils allaient se quitter aujourd'hui, ils s'étreignirent avec force, comme si leurs chemins allaient se séparer mais qu'ils souhaitaient s'imprégner l'un de l'autre.

Paolo inspira à pleins poumons, le nez frottant les cheveux de son amant. Il voulait rester ainsi encore longtemps, ne jamais quitter ce lit et cette chambre, bien que ce ne fut pas le plus bel endroit où il soit allé. Mais il s'en fichait. Il voulait rester dans les bras de Sungjae, et le garder contre lui. Que cette étreinte dure une éternité. Il avait la sensation d'être là où il devait être.

— J'adore… soupira Sungjae contre sa peau humide.

— Tu adores quoi ?

— Être comme ça, près de toi.

Le cœur de Paolo loupa un battement. La veille, Sungjae avait eu des mots durs envers lui, et cela l'avait profondément affecté. Il avait compris qu'il ne souhaitait pas s'attacher à lui, même s'il l'appréciait et qu'il aimait ce qu'ils faisaient. Et aujourd'hui, voilà qu'il semblait de nouveau en demande d'amour.

Paolo était heureux de le voir si affectueux, mais il avait peur que tout ceci ne dure qu'un court instant. Bien trop court à son goût. Peut-être que dans quelques minutes, ou quelques heures, Sungjae regretterait ses gestes et redeviendrait froid et distant. Peut-être qu'il dirait que ce n'était qu'une erreur, qu'ils devaient oublier ce rapprochement qu'il voyait comme un moment d'égarement. Et Paolo avait besoin de savoir ce qu'il pensait réellement de leur proximité. Il devait le savoir maintenant.

Il toussa pour s'éclaircir la voix, il se mit à faire courir ses doigts le long de la colonne vertébrale de son partenaire. Il remonta jusqu'à sa nuque, puis descendit à la naissance de ses fesses pour ensuite faire le chemin inverse. Sungjae frissonna et se cala un peu plus contre lui.

— Est-ce que... t'apprécies vraiment ?

Il hocha la tête.

— J'veux dire, tu vas pas encore trouver que c'est trop ? Tu vas pas me fuir une fois qu'on aura quitté ce lit ?

— Non. J'ai bien réfléchi, et j'pense qu'il faut profiter du temps qu'il nous reste.

Paolo reprit son souffle. Sungjae n'avait pas besoin de se braquer, d'avoir peur qu'ils s'attachent l'un à l'autre car de toute façon, ce voyage aurait une fin. Il ne devait pas s'en faire, il repartirait vite pour l'Italie et leur histoire resterait un souvenir agréable.

— T'as raison. Et ça me fait plaisir que t'aies changé d'avis.

— Ce que t'as fait pour moi hier... j'crois que c'est ça qui m'a fait cogiter. Et franchement, je suis bien dans tes bras. Ça me fait du bien.

Un sourire s'immisça sur les lèvres de Paolo. Il était on ne peut plus enchanté de l'entendre prononcer ces mots. Il avait eu une petite influence sur Sungjae, et c'était une sorte de victoire à ses yeux. Son partenaire était toujours sûr de lui, indépendant, et vivait sa vie comme il l'entendait. Il avait dit à Héléna ne pas vouloir s'attacher, n'avoir besoin de personne, et surtout pas d'un sauveur. Il ne voulait pas d'amour, pas de tendresse, il voulait des histoires sans lendemain, des nuits d'ivresse. Pourtant, là, il admettait avoir envie d'un peu d'affection. Il admettait qu'il appréciait ça.

— Et toi, est-ce que ça te fait du bien ?

— Oui, beaucoup. T'imagines pas à quel point ça me rend heureux.

Sungjae se détacha légèrement de son partenaire pour le fixer droit dans les yeux, les sourcils froncés.

— Tombe pas amoureux de moi quand même !

Paolo pouffa de rire avant de venir le serrer dans ses bras de toutes ses forces.

— Reste comme ça et arrête de dire des conneries, dit-il tout bas.

Sungjae ne rétorqua pas et le silence revint dans la chambre.

Les minutes s'écoulèrent sans qu'aucun d'eux ne brise le calme ambiant. Paolo ne cessa de réfléchir encore et encore, cherchant une autre raison au changement de comportement de Sungjae que celle qu'il avait évoquée. L'altercation de la veille avec l'homme l'avait fait réfléchir, mais il était certain qu'il n'y avait pas que ça. Les paroles de Héléna étaient peut-être en cause également. Et même s'il n'était que de passage, il pouvait donner à Sungjae l'amour qu'il méritait. Il n'avait pas besoin de le verbaliser, il pouvait simplement agir. Ce serait tout aussi fort, mais peut-être moins déchirant au moment de se dire au revoir.

Paolo ferma les yeux un court instant. Non, ce n'était pas parce qu'il ne disait rien qu'il serait moins triste de repartir. Son cœur était déjà attaché à ce jeune homme qu'il connaissait à peine, et il ignorait pourquoi. Comment, en si peu de temps, il en était arrivé là ? À ressentir toutes ces choses étranges qu'il n'avait jamais ressenties auparavant ?

— Faut qu'on trouve une laverie, lança Sungjae en se redressant d'un seul coup.

Paolo soupira discrètement. Il aurait aimé que ce moment dure encore, mais son compagnon semblait en avoir décidé autrement. Peut-être s'était-il une fois de plus rendu compte qu'il allait trop loin en s'ouvrant à lui.

— Hm, pour quelqu'un qui aimait être dans mes bras, tu t'en vas bien vite.

Sungjae, encore assis sur le lit, pencha la tête sur le côté. Il sembla prendre conscience des paroles de Paolo et lâcha un petit rire qui sonna terriblement embarrassé.

— J'y suis bien mais on a encore des choses à faire. Et c'est pas en restant à poils dans cette chambre miteuse qu'on va avancer.

Il se leva, exposant sans vergogne son corps à la vue de son amant.

— Je sais que t'aimes ça, dit-il en écartant les bras, mais toutes les bonnes choses ont une fin. Et j'vais devoir me rhabiller, alors profite des quelques secondes qu'il te reste à voir mon cul.

Paolo força un sourire, mais il percevait à quel point Sungjae était gêné, à quel point il voulait changer de conversation et rendre l'atmosphère moins étrange. Ce n'était que de la poudre aux yeux. Derrière tout cela, Paolo discernait bien plus de choses qu'il ne souhaitait le laisser penser. La fragilité de Sungjae était de plus en plus visible au fil des jours qui s'écoulaient. Peu à peu, sa carapace se fissurait et il tentait par tous les moyens de la garder intacte, mais la situation lui échappait. Alors il continuait à se protéger comme il pouvait.

— T'inquiète pas, tu le reverras bientôt, déclara Sungjae en remettant son short en jean.

À son tour, Paolo quitta le lit pour s'habiller. Il préférait ne rien dire, ne faire aucune remarque. C'était inutile d'en rajouter, son compagnon de voyage lui paraissait déjà bien assez incommodé comme ça. Et ça ne lui ressemblait pas. Depuis la veille, dans cette chambre, Sungjae lui avait dévoilé une autre facette de sa personnalité. Il avait eu en face de lui un jeune homme incertain, qui avait perdu toute la confiance qu'il avait, qui essayait de beaucoup parler pour cacher un inconfort indéniable.

— On va se prendre un truc à manger et trouver un endroit où laver nos fringues.

En deux temps, trois mouvements, ils sortirent de la chambre et Sungjae s'en alla rendre les clés tandis que Paolo attendait près du van.

Cette ambiance était anormale, il n'aimait pas ça. Sungjae n'avait pas fumé au réveil, comme s'il avait oublié, comme si cela ne faisait pas partie de ses habitudes. Que se passait-il dans sa tête en ce moment ? Pourquoi était-il si énergique d'un seul coup ? Il semblait pressé. Pressé de partir pour rejoindre Half Moon Bay.

Pressé de fuir.

Il sortit de l'accueil, un sourire placardé au visage. Un sourire si faux que Paolo ne fut pas en mesure de le lui rendre. Le vent était en train de tourner, Sungjae avait encore changé. Il l'avait déjà trouvé différent dès lors qu'ils étaient arrivés chez Héléna, mais cette fois, c'était pire. Il était persuadé qu'il faisait semblant d'aller bien, qu'il faisait tout pour ne pas l'inquiéter.

— C'est bon, on peut reprendre la route.

— Attends.

Paolo lui saisit le poignet d'un geste bienveillant et le guida pour lui faire face.

— Est-ce que tout va bien ?

Sungjae haussa les sourcils avant de l'analyser de bas en haut.

— Pourquoi ça n'irait pas ? Il fait beau, j'suis avec toi et on va rejoindre l'endroit où je dois aller.

— Parce que tu…

Il marqua une pause, conscient que ce qu'il comptait dire, Sungjae pouvait mal le prendre et se braquer.

Il expira lourdement et secoua la tête. Il ne pouvait pas initier un nouveau conflit qui ne mènerait à rien. Depuis hier, il savait que les choses étaient tendues entre eux, qu'un rien pouvait tout faire exploser. Et pourtant, il avait l'impression que malgré cela, leur lien s'était renforcé. C'était plus que physique. Plus que du sexe. Et Paolo avait peur de cette connexion qui s'était établie. Alors si lui avait peur, il n'imaginait même pas ce que Sungjae devait ressentir par rapport à cela. S'il avait aussi mal réagi la veille, c'était parce qu'il était terrifié à l'idée de s'attacher.

— Laisse tomber, j'veux pas passer pour le lourd de service. Et j'veux pas que tu t'énerves.

— J'vais pas m'énerver.

— La condition pour que je te suive c'était que je pose pas de questions, et j'crois que j'ai pas su la respecter alors ça sert à rien d'en rajouter.

Ils se fixèrent un instant qui sembla durer une éternité. Dans le regard de Sungjae, il put lire de la gratitude. Il le remerciait silencieusement pour avoir compris le malaise qui le rongeait, la crainte de trop se dévoiler. Il ne voulait pas que Sungjae se sente forcé à parler s'il n'en avait pas envie. Il était tiraillé entre la curiosité de découvrir ce qu'il dissimulait et le désir de respecter son mutisme. Passer à côté de quelque chose de grave l'embêtait, mais il ne pouvait pas entrer dans sa vie et exiger qu'il étale absolument tout ce qui le hantait.

— On y va ? demanda Paolo.

— Oui, sourit Sungjae. On y va.

Chapitre 15

Le soleil de début d'après-midi baignait la côte de Half Moon Bay d'une lueur dorée. Le vent salé de l'océan s'engouffrait par les fenêtres entrouvertes du van, caressant les cheveux de Sungjae qui se tenait fermement au volant. Il avait roulé plus de deux heures pour arriver ici, après un arrêt pour déjeuner et se vider la vessie, mais en cet instant précis, alors que le paysage côtier se déployait devant eux, une pointe de nostalgie imprégna son visage caressé par les rayons lumineux et chauds.

Paolo était assis à côté de lui, silencieux. Il observait l'expression songeuse de son ami. Il le connaissait suffisamment maintenant pour savoir que quelque chose le troublait, mais il savait aussi qu'il préférait garder ses pensées pour lui. Alors, plutôt que de rompre le silence, Paolo laissa ses propres émotions se mêler à l'atmosphère paisible qui régnait dans le van. Il trouvait cette ambiance reposante bien qu'il fut un peu nerveux quant à ce que Sungjae pouvait ressentir. Il s'était retenu de le questionner, de lui demander s'il allait bien, s'il pouvait faire quelque chose pour lui. Il aurait aimé se rendre utile, être une oreille attentive, mais son compagnon de voyage ne voulait pas de ça. Paolo se montrait disponible, mais jamais il n'obligerait Sungjae à se confier.

Ils roulèrent lentement à travers la petite ville côtière, captivés par les maisons aux couleurs vives qui bordaient la rue principale. Des fleurs sauvages de couleurs éclataient sur les trottoirs et leurs pétales se balançaient gracieusement au gré du vent. L'endroit était vivant, agréable, et Paolo sourit en sentant la brise balayer ses frisures brunes.

Finalement, le véhicule s'arrêta devant une petite laverie automatique, dissimulée entre deux bâtiments en bois colorés. Paolo observa les drapeaux flottant au loin, annonçant la présence d'une compétition de surf à proximité. L'air était vibrant d'une énergie indéniable, mais il y avait quelque chose de distinct dans la façon dont Sungjae respirait l'atmosphère de la ville.

— On est enfin arrivés, murmura Sungjae d'une voix tremblante, rompant le silence qui s'était installé. Half Moon Bay.

Il se tourna vers Paolo, un sourire empli de mélancolie et les yeux vitreux.

— J'ai tant attendu d'y être, chuchota-t-il.

Il était sur le point de craquer. Sa voix était incertaine, et ses mains toujours cramponnées au volant se crispèrent davantage. Paolo le vit déglutir pour ravaler les larmes qui menaçaient de couler et, dans un élan de courage, il vint lui caresser la cuisse. Il voyait à quel point cet endroit lui tenait à cœur, mais à quel point il le faisait également souffrir. Alors plutôt que de prononcer des mots qui n'arrangeraient rien, il préféra montrer qu'il était là, avec lui.

Sungjae secoua la tête et renifla. Il ouvrit la portière et descendit du van, les épaules légèrement voûtées, comme s'il portait un lourd fardeau sur celles-ci. Il alla chercher le sac de vêtements sales à l'arrière et Paolo le suivit. Ils se dirigèrent vers la laverie. À l'intérieur, le bruit des machines à laver et des sécheuses tournant à plein régime résonnait. Une jeune femme était assise sur une des chaises en plastique tandis qu'un petit garçon — sans doute son fils — jouait sur le sol avec des figurines.

Sungjae déposa le sac de linge sur une table et commença à trier les vêtements, ses gestes étaient méthodiques, presque hypnotiques.

Paolo l'observa avec attention. Il percevait toute la tension qui émanait de lui, toute la tristesse qui le dévorait à petit feu, mais qui semblait se faire d'autant plus vorace depuis qu'ils étaient arrivés ici. Sungjae s'approcha de la machine à laver et commença à charger les vêtements, Paolo essaya de détendre l'atmosphère en engageant une conversation.

— J'suis content d'être ici avec toi.

— Hm, moi aussi.

— Tu sais, le fait que ce soit un endroit que tu veuilles à tout prix voir et que tu acceptes que je t'y accompagne, ça me fait vraiment plaisir.

— C'est pas un endroit que je veux à tout prix voir, rectifia-t-il.

Paolo fronça les sourcils. Décidément, cette destination soulevait énormément de questions.

— Alors… pourquoi ?

Sungjae marqua une pause, le regard fixé sur un vieux t-shirt qu'il tenait entre ses mains. Il semblait hésitant, comme s'il cherchait les mots justes pour exprimer ce qu'il ressentait.

— Je te l'ai dit, j'ai fait une promesse à quelqu'un.

Paolo sentait que Sungjae s'était encore une fois fermé, il ne partagerait pas facilement ses émotions les plus profondes. Alors il se contenta de poser une main sur son épaule pour le rassurer. Il n'en demanderait pas plus.

Sungjae mit les dernières affaires dans la machine et la referma avant de démarrer le lavage. En attendant, ils allèrent s'installer sur les chaises mises à disposition et Paolo se porta volontaire pour aller chercher des boissons au distributeur. Lorsqu'il revint avec deux canettes en main, il remarqua que

Sungjae observait le petit garçon avec attention. Il reprit place à ses côtés et lui tendit sa boisson.

— Jake te manque ?

Sungjae releva la tête et cligna des yeux.

— C'est… ouais, avoua-t-il avant de boire. On l'a quitté seulement hier mais j'ai l'impression que ça fait si longtemps.

— J'ai cru comprendre que tu le voyais pas souvent. C'est parce que tu voyages beaucoup ?

— Hm, oui. J'aurais aimé le voir plus que ça, mais c'était compliqué. J'avais besoin de partir à l'aventure. Tu sais, une vie comme ça, enfermé entre quatre murs, ça m'intéresse pas.

Paolo sourit et lui tapota la cuisse. Il essaya de repenser à ce que Sungjae lui avait dit, mais aussi aux éléments qu'il avait obtenus la veille en surprenant la conversation qu'il avait eue avec Héléna. Il était parti de chez lui, il avait quitté ses parents depuis des années, et il n'était pas revenu. Il ne les avait pas vus depuis tout ce temps. Il avait fui une situation, sans doute un drame, et il n'avait toujours pas réussi à le surmonter. Il se souvint aussi qu'il avait parlé d'une autre personne, une personne qu'il avait emmenée à travers le pays. Mais qui ? Qui était cet être mystérieux à qui il semblait si attaché, mais dont il n'arrivait même pas à prononcer le nom ?

Sungjae prit une profonde inspiration et bascula la tête en arrière.

— Tu sais, commença-t-il d'une petite voix, la personne à qui j'ai fait cette promesse, elle m'a dit un jour que la mer était un endroit où elle pouvait se ressourcer, être libre et trouver la paix intérieure. Elle rêvait de venir ici et de surfer.

Paolo ne masqua pas sa surprise face aux révélations de son camarade. Il n'avait rien demandé et pourtant, il osait se confier. Peut-être en ressentait-il le besoin maintenant qu'ils étaient arrivés à destination ?

— Mais ça fait des années que je crois plus à ce qu'elle m'a dit. La mer, c'est un endroit sauvage et sans pitié, qui peut tout te prendre en une fraction de seconde. J'aurais préféré ne jamais faire cette promesse. Je déteste la mer. Je déteste à quel point elle est égoïste. Je déteste être ici autant que j'en suis soulagé.

— Cette promesse… tu l'as faite avant que la mer te prenne ce à quoi tu étais attaché ?

Il hocha la tête et reporta son attention sur l'enfant qui s'amusait calmement près de sa mère.

— Vivement qu'on se casse, je déteste cette ville.

Paolo ne répondit pas, c'était inutile et de toute façon il ne savait plus quoi dire. Il ressentait une peine immense pour Sungjae, et il l'admirait aussi. Petit à petit, il rassemblait les pièces du puzzle. Certaines étaient lumineuses, d'autres plus sombres. Il se demandait à quoi il ressemblerait une fois qu'elles seraient toutes en sa possession.

Ils attendirent que la machine se termine avant de remettre les vêtements dans le sac. Sungjae proposa de reprendre le van pour trouver un endroit où passer la nuit, ils feraient sécher le linge eux-mêmes. Ils roulèrent un peu avant d'arriver à Poplar Beach. Sungjae se gara dans l'herbe, à proximité de la grande butte qui donnait sur la plage. Il positionna le véhicule de façon à ce qu'ils puissent voir la mer depuis le lit de fortune.

— La vue est folle, lança Paolo.

— Hm, imagine-toi regarder la mer pendant que j'te pompe, ça serait bien non ?

Il manqua de s'étouffer et Sungjae se mit à rire. Il lui asséna une petite tape dans le dos suivie d'un coup d'épaule, un sourire malicieux étirant ses lèvres.

— Me dis pas que t'en as pas envie. Monsieur Insatiable.

— J'suis pas insatiable ! se défendit Paolo.

Sungjae fit mine de réfléchir.

— La nuit dernière me prouve le contraire. Trois orgasmes, deux fellations et un nombre incalculable de positions différentes.

Paolo détourna le regard. Comment nier la vérité ? Ce n'était pas qu'il n'était pas assez satisfait par ce qu'il faisait avec Sungjae, mais il prenait beaucoup de plaisir avec lui. Et de ce fait, il avait envie de recommencer, encore et encore.

— Parce que toi t'aimes pas ce qu'on fait peut-être ?

— Si, carrément. J'te jure que je simule pas quand je gueule avec toi.

— Je suis flatté.

— Tu peux l'être.

Sungjae lui décocha un clin d'œil et ils continuèrent à rire ensemble. Ils sortirent du van et étendirent leurs vêtements sur l'herbe, les laissant sécher au gré du vent.

Ils s'installèrent dans le lit, coffre ouvert, face à l'océan scintillant sous les rayons du soleil qui finiraient par disparaître, remplacés par de gros nuages gris. Paolo s'allongea et posa la tête sur les genoux de Sungjae qui passa lentement les doigts dans ses cheveux. Tout était encore calme et paisible, mais pour combien de temps ?

***

La pluie martelait violemment le toit du van tandis que les éclairs illuminaient le ciel sombre. Paolo se réveilla en sursaut, son cœur battant la chamade. L'atmosphère était lugubre et il réalisa immédiatement que quelque chose n'allait pas.

Il passa une main hasardeuse sur son visage trempé de sueur et regarda autour de lui, les yeux plissés pour tenter de voir quelque chose dans la pénombre. Il tapota la place à côté de lui, cherchant désespérément Sungjae, mais il n'était pas là. Les alentours étaient plongés dans une obscurité oppressante, éclairés sporadiquement par des éclairs aveuglants. Il appela son camarade, mais sa voix fut étouffée par le grondement assourdissant du tonnerre. La peur l'envahit alors qu'il essayait d'obtenir une réponse, mais seul le vent hurlant lui répliquait.

Avant qu'ils ne s'endorment, ils avaient senti que le temps tournait et il avait assisté à un spectacle aussi impressionnant que terrifiant. La mer était agitée, déchaînée par la tempête qui faisait rage. Les vagues tumultueuses se brisaient contre le rivage et déferlaient avec une puissance effrayante, menaçant de tout engloutir sur leur passage.

Paolo déglutit et saisit une lampe de poche qui se trouvait dans un compartiment du van. Sungjae ne répondait pas à ses appels effrénés, cela signifiait qu'il n'était pas à proximité. Il tourna une fois de plus la tête vers la plage, de puissants éclairs fendaient le ciel. Il ne pouvait pas imaginer Sungjae seul dans cette tempête, exposé à la furie d'un océan survolté. Les mains tremblantes, il alluma la lampe de poche et brava la pluie pour faire le tour du van. Le vent rugissant et la pluie torrentielle engloutissaient sa voix qui tressautait d'angoisse. Il tendit l'oreille, essayant de percevoir une réponse, mais rien.

Sous le déluge, Paolo se posta au bord de la butte pour scruter la plage à la recherche d'un indice, d'une présence. Au loin, un éclair illumina brièvement les ténèbres. Son regard se fixa sur la silhouette familière qui se tenait plus bas. Autour de Sungjae, les éléments se déchaînaient, mais il avançait vers l'océan.

— Non, non, non !

Le cœur de Paolo fit un puissant bond dans sa poitrine. Il savait qu'il devait agir rapidement, avant que les forces de la nature s'en prennent à son compagnon.

Il prit une profonde inspiration et se précipita vers la plage, ignorant les trombes d'eau qui s'abattaient sur lui. Le vent fouettait ses cheveux et son visage, la tempête était violente, comme si elle cherchait à l'empêcher d'atteindre Sungjae. Ses pieds nus glissaient sur le sable mouillé alors qu'il se frayait tant bien que mal un chemin, guidé par les éclairs qui déchiraient le ciel. Le souffle coupé, la peur s'emparait de lui à l'idée que l'eau puisse emporter Sungjae. Il s'agrippa à sa propre résolution et se lança tête baissée vers l'immense étendue salée.

Un mélange d'amour et de peur teinta ses yeux lorsqu'il vit son ami avancer plus profondément dans la mer.

— Sungjae ! hurla-t-il, la voix étranglée par le vent. Reviens ici ! C'est dangereux !

Dans la brume, il le vit se retourner, les cheveux collés à son visage ruisselant d'eau. Alors il se mit à courir du mieux qu'il put.

Il manqua de tomber à plusieurs reprises mais il tint bon, l'adrénaline pulsant dans ses veines. Il ignora les dangers qui le guettaient, la peur qui risquait de le submerger. Il devait faire quelque chose, et vite. Il ne devait pas lâcher Sungjae des yeux. Sa lampe torche tomba et l'eau glaciale enveloppa immédiatement ses mollets, elle pouvait le déséquilibrer à tout moment. Prudemment, il avança, ses muscles se tendirent sous la pression. Il ne se posait plus de questions, il devait simplement sauver Sungjae.

Après de longs efforts, Paolo l'atteignit enfin et il constata qu'il ne luttait même pas contre les vagues, comme s'il souhaitait qu'elles l'entraînent avec elles loin du rivage. L'expression fermée sur le visage de son ami le déchira. Il rassembla tout son courage pour faire fi des forces qui s'opposaient à lui pour saisir fermement le bras de Sungjae et le tirer vers lui.

— Lâche-moi ! cria Sungjae en se débattant.

Les vagues se soulevaient autour d'eux et Paolo ne put ignorer les larmes qui ravageaient son visage et qui se mêlaient à la pluie. Mais il était déterminé à ne pas laisser Sungjae l'abandonner.

— Laisse-les ! Laisse les vagues m'emporter !

— Non ! Tu vas sortir de là !

— Laisse-moi crever, putain !

Paolo fut frappé par ces mots si puissants, emplis d'une détresse qu'il n'avait encore jamais vue chez son camarade. Il le tira encore, le cœur déchiré par sa peine, et le prit dans ses bras, le serra fermement contre lui malgré ses protestations. Il pleurait sans retenue, secoué de puissants sanglots.

— J'veux partir, j'veux m'en aller d'ici !

— Je te laisserai jamais mourir, tu m'entends ! J'suis là, j'suis là pour toi !

Ses bras épuisés s'agrippèrent désespérément à Sungjae pour le guider vers la surface avec une détermination féroce. Leurs corps étaient ballotés, leur souffle coupé par l'assaut incessant des vagues. Paolo était de plus en plus éreinté par le combat qu'il menait, mais une force inébranlable l'animait. Il refusait d'abandonner Sungjae. Jamais.

Il parvint finalement à le hisser hors de la mer. Tous deux épuisés, ils frissonnaient sous les éclairs zébrant le ciel. Ses forces s'amenuisant, Paolo s'effondra sur le sable, haletant, et il tenta de reprendre son souffle tout en vérifiant l'état de Sungjae. Son ami toussait violemment et frissonnait de froid. Il le serra dans ses bras pour le réchauffer et le rassurer.

— Ça va ? Je suis là, t'es en sécurité maintenant, murmura Paolo, sa voix entrecoupée par l'émotion.

Sungjae, encore tremblant, tourna les yeux vers lui, la reconnaissance brûlait dans son regard. Il acquiesça d'une voix presque inaudible. La pluie continuait de tomber, mais le tonnerre commença à s'estomper progressivement, annonçant la fin de l'orage. Paolo serra Sungjae contre lui, il sentait leur souffle s'accorder dans un rythme apaisant. Doucement, il l'aida à se relever et le soutint comme il put. Leurs jambes vacillaient, les muscles endoloris par l'effort colossal qu'ils venaient de fournir.

Ensemble, ils marchèrent péniblement vers le van qui se dressait solitaire en haut de la butte, témoin silencieux de la scène terrifiante qui venait de se dérouler.

Le retour au véhicule fut un calvaire, chaque pas dans le sable fut de plus en plus difficile. Leurs vêtements collaient à leur peau, alourdis par l'eau qui les imprégnait. Mais la détermination de Paolo était plus forte que tout.

Enfin, après quelques minutes qui semblèrent durer une éternité, ils se réfugièrent dans le véhicule. Paolo chercha des serviettes, il en posa une sur le matelas et invita Sungjae à s'y installer. Il s'agenouilla devant lui et l'aida à se déshabiller lentement. Il l'enroula dans une autre serviette et essaya de le sécher du mieux qu'il put. Puis, avec précaution, il retira enfin les bracelets qui, jusqu'alors, dissimulaient ses douloureux secrets. Son cœur se serra en découvrant les cicatrices qui marquaient son poignet droit. Sungjae baissa la tête, ses épaules secouées de sanglots silencieux. La honte et la douleur se lisaient dans ses yeux. Avec délicatesse, Paolo prit son poignet dans une main, caressant les cicatrices du bout des doigts. La douleur et la détresse étaient inscrites dans chaque marque, comme des souvenirs indélébiles.

— Sungjae… souffla Paolo, sa voix teintée d'une infinie tristesse. Pourquoi ? Pourquoi tu ne m'as rien dit ?

— J'avais peur… peur que tu me juges, que tu me vois comme quelqu'un de brisé. Que tu me vois comme un fou.

Paolo s'installa à ses côtés et le prit délicatement dans ses bras, l'enveloppant de chaleur et de réconfort. Il caressa doucement son dos et déposa des baisers sur sa tempe.

— Sungjae, je ne te jugerai jamais, murmura-t-il avec une tendresse infinie.

— J'suis un taré, un putain de taré ! Je sais même pas comment j'ai réussi à survivre jusqu'ici. Je suis qu'une merde, un barjot, j'suis juste…

— Arrête, l'interrompit-il. Tu as survécu jusqu'ici parce que la folie dans ton esprit t'a rendu plus fort.

Sungjae laissa échapper un sanglot, ses émotions le submergeaient. Il s'accrocha à son compagnon, à la recherche de consolation. Paolo resserra son étreinte autour de lui, comme pour le protéger de tous les maux du monde.

— Tu n'as pas à affronter ça seul.

Sungjae sanglota de plus belle. Il ne pouvait plus résister à l'aide qui lui était offerte, à cette chaleur agréable, à ce soutien qu'il savait sans faille.

— J'ai tellement peur. Peur de ce que je ressens à l'intérieur, de ce que je suis. J'ai l'impression d'être complètement cassé, d'être irréparable.

Paolo essuya doucement ses larmes.

— Tu n'es plus seul, Sungjae. On va te réparer.

Les mots de Paolo résonnèrent dans le van pour le remplir d'espoir. Les vagues de l'océan s'étaient apaisées, tout comme la tempête qui faisait rage depuis tant de temps à l'intérieur de Sungjae. Les éclairs avaient laissé place à un ciel étoilé, annonçant une nouvelle aube.

Sungjae se blottit contre son amant.

— Merci d'être là pour moi. Merci d'être qui tu es.

Ils restèrent enlacés, bercés par le bruit de la pluie qui tombait désormais doucement sur le toit du van.

Chapitre 16

Pendant le reste de la nuit, Paolo n'avait pas fermé l'œil. L'orage s'était dissipé, la pluie avait fini par cesser, mais il s'était efforcé de rester éveillé. Il avait gardé Sungjae dans ses bras, tout contre lui, avec la peur au ventre. Il était terrifié à l'idée qu'il tente de s'en aller à nouveau, à l'idée de le voir disparaître dans la mer. Il s'était finalement endormi après avoir pleuré toutes les larmes de son corps. Paolo avait le cœur en miettes.

Sungjae était complètement brisé, anéanti, il se croyait foutu, irréparable. Mais lui, il ne pouvait pas y croire. Il voulait l'aider, lui montrer qu'il pouvait continuer à vivre, à sourire, à illuminer le monde de sa présence. Il n'avait peut-être pas toutes les informations concernant le drame auquel il avait dû faire face, mais il savait que son compagnon de voyage pouvait s'en sortir. Il était fort malgré ses blessures, malgré cette folie qui le tourmentait. S'il avait survécu toutes ces années, ce n'était pas pour rien.

Paolo resserra son étreinte sur le corps nu de son amant. Il enfouit le nez dans ses cheveux et inspira à pleins poumons son parfum. Il était là. Il était bel et bien là. Et il ne le laisserait pas partir.

Il ferma les yeux et déglutit. Les images sordides de cette nuit tournaient en boucle dans son esprit. Il le revoyait marcher sur le sable, en direction de la mer. Puis les vagues déchaînées qui cherchaient à l'engloutir, à l'arracher à cette réalité qui le faisait souffrir. Il revoyait son visage éteint, ses yeux larmoyants et sans aucune émotion. Il l'entendait dire qu'il voulait mourir. Et il l'enlaça encore plus fort. Il repensa au douloureux secret que ses bracelets dissimulaient, à ces marques blanches qui ornaient son poignet. Il avait tellement souffert pour en arriver là.

— Tu m'étouffes…

Paolo se recula d'un petit bond, surpris par la voix encore endormie de Sungjae. Il planta le regard dans le sien et un sourire empreint d'un mélange de tristesse et de bienveillance se dessina sur son visage.

— Désolé.

— Je vais pas m'envoler, t'as pas besoin de me tenir comme ça.

Sungjae tenta de se défaire de l'emprise de Paolo, mais ce dernier l'en empêcha. Ils se fixèrent intensément durant des secondes, le temps semblait s'étirer.

— Tu me regardes encore de cette façon ?

— Comment je pourrais te regarder autrement ? J'ai eu si peur. Si peur de te perdre.

Sungjae baissa la tête pour se coller tout contre son partenaire. Paolo sentit son souffle sur sa peau, ses mains se crisper dans son dos, son corps en demande d'attention. Son cœur en demande d'amour. Il avait vu Sungjae dans son pire aspect, dans une détresse si immense qu'il avait l'impression d'avoir vécu un véritable cauchemar. Face à lui, il avait eu une porte grande ouverte vers la mort. Et ça l'effrayait. Mais il avait aussi de la peine. Comment quelqu'un pouvait en arriver là ? Comment une personne comme Sungjae, qui respirait la joie de vivre, avait pu cacher une telle souffrance ? Il était prêt à commettre l'irréparable, il avait dû vivre des moments atrocement douloureux.

— J'suis désolé, bredouilla Sungjae contre lui.

Paolo planta une main dans ses cheveux et déposa un baiser appuyé sur le haut de son crâne.

— T'as pas à t'excuser.

— J'sais pas ce qui m'a pris et… j'voulais pas te mettre dans une situation pareille. Je t'ai mis en danger.

— Arrête. C'est fini maintenant. T'es là avec moi, et j'te lâcherai pas.

Sungjae lâcha un rire.

— T'es un pot de colle.

— Et je le serai encore plus maintenant, murmura-t-il.

Il prit une profonde inspiration et serra davantage Sungjae. Il était bien là, près de lui, dans ses bras. Il sentait son cœur battre, il sentait son souffle chaud s'échouer sur sa peau. Il ne voulait plus le lâcher de si tôt, il voulait qu'ils restent ainsi encore longtemps. Mais ils ne pouvaient pas.

— Je voudrais me rhabiller…

Paolo acquiesça et le laissa se détacher de lui, même s'il n'en avait pas envie.

Nu comme un ver, Sungjae sortit de sous les draps pour s'installer sur le bord du lit. Paolo le suivit et l'observa enfiler de nouveaux vêtements. Ses gestes étaient lents, apathiques. Il voyait à quel point il était affaibli, à quel point il avait mal. Chaque mouvement était une épreuve insurmontable. Il avait envie de l'aider, mais il craignait d'en faire trop, d'empiéter sur son espace vital. Il ne voulait pas l'infantiliser, il n'était pas sûr qu'il apprécierait.

Une fois habillé, il revint prendre place sur le lit et y posa également ses bracelets afin de les remettre.

— Ils étaient trempés… dit Paolo.

Il esquissa un sourire malgré la tristesse qu'il ressentait en voyant le poignet amoché de Sungjae.

— Hm, t'as pas à être gêné de me les avoir retirés.

— Peut-être que t'avais pas envie que je voie ça, je veux pas te mettre mal à l'aise.

Sungjae pouffa de rire et commença à remettre ses nombreux bracelets tressés.

— Tu sais, tu m'as vu sur le point de crever, alors ça c'est rien du tout. J'aurais préféré que tu voies mes cicatrices plutôt que… ce qui s'est passé cette nuit.

Un lourd silence prit place dans le van tandis que Sungjae continuait de recouvrir son avant-bras avec précaution. Paolo le scrutait, sans rien dire, mais l'esprit tourmenté de dizaines de questions auxquelles il ne pourrait pas répondre seul. Et des réponses, il en avait besoin. Si ce n'était pas maintenant, il espérait que Sungjae soit en mesure de se confier à lui dans les jours à venir. Il ne pouvait pas rester dans le flou, il ne pouvait pas imaginer repartir pour l'Italie dans l'ignorance la plus totale. Il avait été sur le point d'assister à un drame, il avait besoin de comprendre.

— Il s'appelait Sungmin, c'était mon frère et il est mort il y a cinq ans.

Paolo se redressa, les yeux écarquillés devant la soudaine déclaration de son compagnon de voyage. Il ne dit rien, mais il posa une main sur sa cuisse en signe de compassion. Il pouvait lui parler, il l'écouterait. Il était prêt à tout entendre, à tout découvrir. Cet instant, ces confidences, il les avait attendus. Il regrettait un peu d'avoir cherché à savoir ce que Sungjae dissimulait, mais maintenant qu'il était sur le point de tout lui dire, il se sentait soulagé d'avoir attendu qu'il choisisse le bon moment. S'il avait décidé de tout garder pour lui malgré ce qui s'était produit, Paolo aurait respecté son silence.

— Il surfait beaucoup, il adorait ça. Et un jour, alors que la mer était déchaînée, il y est allé. Sa tête a heurté des rochers, et ça lui a été fatal.

— J'suis vraiment désolé pour tout ça, marmonna Paolo, la voix brisée par l'émotion.

Sungjae ravala sa salive et renifla. Les larmes lui montaient, mais il battait des cils pour tenter de les contenir.

— J'ai pas… j'ai pas réussi à surmonter ça. Il était tout pour moi. J'avais aucune honte de me confier à lui, il me jugeait jamais. C'était un grand frère exemplaire, c'était mon modèle, c'était mon seul ami.

Paolo en eut le cœur un peu plus meurtri. Sungjae avait dû se sentir abandonné et terriblement seul. Il avait perdu celui qui le comprenait, celui qui était son confident. Sa peine ne pourrait jamais disparaître, c'était le genre d'événement tragique dont on ne se remettait jamais. Il comprenait désormais la réaction étrange qu'il avait eu lorsqu'il lui avait annoncé faire du surf. Il comprenait pourquoi Sungjae regardait la mer avec autant de nostalgie. Il comprenait pourquoi il cherchait à fuir cette réalité bien trop cruelle.

— J'suis parti peu de temps après, parce que j'étais incapable de rester chez moi alors que tout me rappelait ce qui était arrivé. Quand je rentrais et que sa porte de chambre était ouverte, mais qu'il n'y avait personne. Quand j'étais à table avec mes parents, et qu'il n'y avait qu'une chaise vide face à moi.

Sungjae serra les poings, ses bracelets avaient tous repris leur place initiale.

— On avait des rêves tous les deux, on voulait voyager, on voulait prendre la route, aller à des concerts, s'amuser, profiter de la vie. On était insouciants, et ce jour-là, j'ai perdu cette insouciance avec mon frère.

— Et venir ici, ça faisait partie de vos projets ?

— Je lui ai fait une promesse, celle de partir à Half Moon Bay avec lui.

— Et tu as tenu cette promesse.

Il acquiesça et s'essuya les joues d'un revers de la main. Paolo l'aida. Il épongea les larmes qui continuaient de couler, même s'il souhaitait faire bien plus que ça. Il aurait pris sa peine s'il en avait eu la possibilité.

— Il est avec toi, dans ton cœur.

Sungjae secoua négativement la tête, un sourire collé au visage. Il se pencha vers le petit meuble en bois pour en ouvrir la porte. Il retira quelques affaires avant de sortir une urne funéraire. Paolo fit de grands yeux ronds. Il ne s'attendait pas à ça et il se sentit même embarrassé pour il ne sut quelle raison. Peut-être que s'il avait su que Sungjae se baladait avec les cendres de son frère, il n'aurait pas fait certaines choses dans ce van.

— Il était avec moi tout ce temps.

La conversation qu'il avait eue avec Héléna faisait sens désormais. Il avait emmené Sungmin à tous les endroits qu'il aurait aimé voir. Il avait réalisé leurs rêves, et Paolo trouvait ça courageux d'avoir entamé un tel périple. Sungjae avait dû en baver. Toutes ces années loin de chez lui, sans personne avec qui discuter de ce drame, sans personne avec qui partager sa peine…

Il reposa l'urne où il l'avait trouvée.

— Au fait, qui est vraiment Héléna ?

— Sa copine. Et Jake est leur fils. Sauf que malheureusement, il a jamais connu son père.

Paolo hocha lentement la tête pour assimiler cette nouvelle information.

— Tonton Sungjae c'est pas juste un surnom, avoua-t-il enfin. J'suis vraiment son oncle.

— Mais est-ce qu'il sait…

— Héléna a essayé de lui expliquer avec des mots d'enfants, mais j'crois qu'il réalise pas encore vraiment tout ce que ça signifie. C'est déjà dur pour nous de comprendre, alors pour un gamin de cinq ans… Il sait qu'il a un père, un père qui aurait été formidable avec lui, mais c'est abstrait pour lui.

— Ça doit être tellement dur pour vous tous.

Il saisit la main de Sungjae dans la sienne pour la serrer de toutes ses forces. Il avait tellement mal au cœur pour toutes les personnes touchées par cette tragédie. Il n'imaginait pas à quel point c'était douloureux, mais il compatissait. Toute une famille avait volé en éclats. Des avenirs détruits, des vies changées à jamais. Tous les mots bienveillants ne pouvaient rien y changer et pourtant, Paolo les prononçait quand même. Parce qu'il ne pouvait faire que ça. Il pouvait dire à Sungjae qu'il était là s'il avait besoin, qu'il était prêt à l'écouter, qu'il était prêt à le soutenir.

— Quand j'suis parti de chez moi, j'avais deux certitudes : que j'irais à chaque endroit qu'on avait prévu de visiter, et que je le rejoindrais pour de bon.

— Sungjae…

Paolo resserra sa poigne, terrifié à l'idée de le voir partir une nouvelle fois.

— Mais… tu…

Sungjae ferma les yeux et fut secoué par d'intenses sanglots. Aussitôt, son camarade l'attrapa dans ses bras pour l'étreindre aussi fort qu'il put. Il le garda près de lui, une main plongée dans sa chevelure afin qu'il repose la tête contre son épaule.

— T'es arrivé et t'as chamboulé tous mes plans…

Paolo expira lentement, les yeux embués de larmes. Il prenait conscience du rôle qu'il venait de jouer. S'il n'était pas parti avec Sungjae, ce dernier aurait mis fin à ses jours.

— J'étais complètement désorienté avec toi. Je savais plus comment m'en sortir, comment partir… Je fume moins depuis que t'es là, et avant je le faisais pour pas penser à ce qui m'attendait, pour atténuer la douleur. Ça me permettait de patienter jusqu'au jour où j'avais prévu de me foutre en l'air.

Ses pleurs ne cessèrent pas. Plus il parlait et plus il lâchait toute la tristesse enfouie au fond de lui.

— Je te laisserai jamais partir, murmura Paolo. Je te permettrai pas de partir.

— Ça je l'ai su à la première seconde où j'ai croisé ton regard, avoua-t-il entre deux sanglots. Et peut-être qu'en fait, je voulais pas vraiment crever. Peut-être que c'est pour ça que j'ai accepté que tu viennes avec moi.

Paolo ne put que sourire. Sungjae aurait pu refuser, partir sans rien lui dire et ainsi éviter de l'avoir dans les pattes pour pouvoir agir en toute tranquillité. Mais il ne l'avait pas fait. Il avait accepté qu'il le suive. Qu'il le sauve. Son instinct de survie avait été plus fort que le reste et pour cela, Paolo le trouvait fort et brave. Il avait dû renoncer à ce qu'il avait prévu depuis des années. Et ça le touchait.

— Merci, Paolo.

— Me remercie pas, c'est normal ce que j'ai fait.

— Non, pas pour ça. Merci d'avoir croisé mon regard sur la plage, merci d'être venu vers moi et d'avoir cru en moi.

— T'es formidable Sungjae. Tout ce que t'as traversé… t'es la personne la plus forte que je connaisse.

Entre les larmes, Sungjae lâcha un rire. Il se blottit contre son compagnon avant de venir déposer un tendre baiser sur ses lèvres. D'un commun accord, ils se détachèrent l'un de l'autre pour se fixer droit dans les yeux. Ils échangèrent un sourire, la vision embuée et le cœur battant à tout rompre.

— Je crois que…

— Non Paolo, l'interrompit-il. Ne le dis pas.

— Pourquoi ? Tu sais même pas ce que je veux dire.

— Si j'le sais très bien. Et j'veux pas que tu le dises. Je veux pas qu'on souffre tous les deux.

Paolo acquiesça, il comprenait où Sungjae voulait en venir. Ils allaient finir par se quitter, par retrouver leurs vies respectives, et les sentiments allaient s'atténuer. Ils ne s'oublieraient pas, mais ils seraient loin l'un de l'autre. Alors pour le moment, ils devaient simplement profiter du temps qu'il leur restait pour être heureux à deux.

— Qu'est-ce qu'on fait maintenant ? demanda Paolo.

Sungjae prit une grande inspiration et entrelaça leurs doigts.

— J'ai encore quelque chose à faire ici. Et après, je pourrai enfin rentrer à la maison.

***

Paolo proposa à Sungjae d'aller manger quelque chose. Les événements de la veille leur avaient creusé l'estomac et ils devaient reprendre des forces avant de continuer leur voyage. Il ignorait ce qui les attendait, il ignorait ce que Sungjae avait prévu de faire ensuite, mais il était sûr d'une chose : il ne le laisserait pas continuer sans lui. Il voulait être à ses côtés, le soutenir, lui montrer qu'il avait désormais quelqu'un sur qui compter.

Il avait dû se sentir terriblement seul durant toutes ces années de cavale. Il ne pouvait même pas imaginer à quel point il avait dû pleurer le soir, dans son van, sans personne à qui parler. Il avait sans doute fait des rencontres, ça il en avait la certitude, mais ce n'était qu'éphémère, des pansements qu'il appliquait sur ses plaies sans jamais les soigner réellement. Paolo avait décidé qu'il serait celui qui guérirait ses blessures. Elles ne disparaîtraient jamais, il en avait parfaitement conscience, mais il voulait au moins les adoucir.

Sungjae ne se remettrait jamais de ce drame. Au mieux, il apprendrait à vivre avec les souvenirs heureux de son frère, mais la perte de ce dernier resterait une souffrance profondément ancrée en lui. Il l'avait tant aimé, tant admiré. Ils avaient des rêves, et tout était parti en miettes en une fraction de seconde. Paolo comprenait pourquoi il s'était enfui, pourquoi il avait cherché un moyen de s'évader. Il avait quitté sa maison et s'était enfermé dans une routine qu'il pensait rassurante. Il avait mis en place un plan qui incluait sa propre fin.

Voyager pour son frère, fumer et s'envoyer en l'air pour patienter jusqu'au jour où il arriverait au terme de son voyage. Au terme de sa vie.

Et quand Paolo le voyait sourire aussi joyeusement qu'à cet instant, il ne pouvait pas imaginer qu'il ait décidé d'en finir pour de bon. Mais avec toutes les pièces du puzzle qu'il avait ramassées, il savait que ce sourire — bien que rayonnant — n'était qu'une façade. Il donnerait tout pour voir le vrai bonheur à travers le visage de son compagnon.

— Tu vas prendre quoi ? demande Sungjae alors qu'ils s'étaient installés à la table d'un *diner*.

Paolo fronça les sourcils et examina la carte accrochée au mur sur sa gauche.

— Un double cheeseburger avec des frites et un milkshake à la vanille.

— Eh ben ! T'as des enfants à nourrir ou c'est comment ? s'amusa Sungjae.

— Je suis affamé, c'est tout.

S'il ne mangeait pas dans les minutes à venir, il était capable de tomber dans les pommes.

— Et toi ? Tu t'es décidé ?

— Hm, j'sais pas. Une omelette.

— C'est tout ?

Sungjae haussa les épaules, l'expression neutre, mais une petite moue se dessinant sur ses lèvres.

— Je paye, alors prends ce que tu veux, lui dit Paolo.

— Non, j'insiste c'est pas à toi de…

Il lui saisit la main et la serra de toutes ses forces pour le faire taire.

— Écoute-moi bien. Je veux que tu prennes des forces, t'en as besoin. Alors tu vas me faire le plaisir de commander quelque chose de gras et de copieux.

Sungjae laissa filer un rire tout en hochant la tête.

— OK, j'imagine que j'ai pas le choix !

Paolo sourit. Il adorait entendre le rire de son camarade, ce son cristallin qui paraissait tellement naturel et sincère. Il se demanda s'il riait de bon cœur, s'il restait encore en lui une petite part de spontanéité. Il ne pouvait pas croire que tout était faux, que tout n'était qu'une façade, un masque, un rôle qu'il jouait à merveille. Il devait bien rester une part de lui-même, et il repensa à ces instants passés en compagnie de Jake. Ce petit garçon était important pour Sungjae, et avec lui, Paolo l'avait senti totalement honnête. Même s'il essayait de dissimuler sa peine, il s'était montré sensible, accessible. Il n'avait pas eu besoin d'être celui qu'il n'était pas, il avait pu abandonner les faux-semblants. Et cela devait être à la fois difficile et libérateur.

— Sungjae, je peux te poser une question ?

Le concerné afficha un petit sourire résigné.

— Enfin, je voudrais pas paraître indiscret, se reprit-il.

— Tu sais, maintenant tu peux me poser toutes les questions que tu veux. Tu sais les pires choses me concernant, j'ai absolument plus rien à te cacher.

Paolo cligna des yeux, les paroles de Sungjae le touchaient en plein cœur. Il avait envie d'être la personne à qui il pouvait tout dire, même s'il préférait qu'il le décide de lui-même, pas seulement parce qu'il l'avait sauvé d'une fin tragique.

— T'as dit à Jake que tu savais pas quand t'allais revenir…

— Hm, oui. Parce que je pouvais pas lui dire que je comptais plus jamais revenir.

Ils se fixèrent longuement. Désormais, Paolo pouvait remettre chaque phrase de Sungjae en contexte. Il avait eu tant d'occasions de comprendre qu'il voulait en finir, mais jamais il n'avait pensé à ça. Maintenant tout était bien plus clair.

— Je sais, tu vas me trouver égoïste.

— Non, absolument pas.

Sungjae pencha la tête sur le côté, les sourcils froncés.

— T'as souffert. C'est pas égoïste que de plus réussir à avancer et de vouloir que tout s'arrête. Personne n'a le droit de te dire ça, ou même de penser ça.

— T'es la première personne qui trouve que se flinguer c'est pas égoïste, dit-il d'un ton amusé.

— Parce que dans cette situation, les autres pensent à eux avant de penser à toi. C'est eux qui sont égoïstes. Toi tu penses au mal que tu ressens, à une manière de te soulager de ça. C'est pas juste pour te supprimer toi, c'est pour supprimer tout ce qui te fait souffrir. C'est pas la meilleure solution, c'est même pas la solution en fait, mais qui n'a pas envie d'aller mieux quand tout va mal ?

— Putain… souffla Sungjae en détournant le regard.

Il se mit à fixer le comptoir plus loin, les yeux emplis de larmes tandis que le serveur arrivait avec leur commande. Il déposa les deux cheeseburgers sur la table ainsi que les milkshakes avant de leur souhaiter un bon appétit. Paolo saisit une serviette en papier qu'il tendit à Sungjae, ce dernier l'attrapa et s'essuya les joues. Il était incapable de se retenir.

— C'est juste une poussière, dit-il.

Il renifla et lâcha un faible rire.

— J'suis ridicule.

— Non, t'es humain.

— Pourquoi je chiale autant d'un coup alors que j'ai réussi à me retenir toutes ces années ?

— Faut que t'évacues tout ça, c'est normal.

Il se moucha une dernière fois avant d'attraper son cheeseburger pour croquer dedans à pleines dents. Les yeux toujours vitreux, il mâcha lentement et ne put retenir d'autres larmes de perler sur ses joues déjà rougies. Paolo lui sourit. Il le trouvait merveilleux, il le trouvait fort. Il était là, face à lui, en train de pleurer et de manger comme si personne ne l'observait curieusement. Et il continuait, il se fichait des regards posés sur lui. Il profitait juste de ce moment pour relâcher toute la pression accumulée, toute la peine qu'il s'efforçait de garder au plus profond de lui. Cette peine qui l'avait rongé, abîmé, qui lui avait fait croire qu'il n'était rien.

— J'sais pas quoi te dire.

— Y'a rien à me dire. Juste te voir comme ça, devant moi, en train de manger, ça me suffit.

— Merci.

Paolo sourit de plus belle. Il voulait seulement que Sungjae retrouve un peu de bonheur. Un véritable bonheur. Pas un de ceux qu'il se créait en fumant trop, mais quelque chose d'authentique qui lui permettrait d'avancer, même si pour cela il devait slalomer entre les obstacles.

Ils terminèrent leur déjeuner et passèrent dans une petite épicerie pour acheter des boissons. Paolo ignorait ce qui allait se passer désormais. Allaient-ils rester là un moment ? Allaient-ils reprendre la route ? Si Sungjae avait atteint son point d'arrivée, inutile de continuer ce périple. Et puis, il semblait avoir envie de rentrer chez lui. Chez ses parents. Il ne savait pas s'il allait l'accompagner cette fois, et en imaginant l'éventualité d'une séparation, Paolo eut le cœur douloureux. Il n'était pas prêt à quitter Sungjae. Il voulait le garder près de lui encore un peu, le prendre dans ses bras, lui dire qu'il était là et que maintenant tout irait bien.

— À quoi tu penses ?

Il sursauta lorsque le coude de son camarade lui heurta les côtes.

— Rien, c'est pas important.

Sungjae se planta devant lui pour l'arrêter.

— Paolo, dis-moi ce qui va pas.

Un soupir lui échappa et il détourna le regard. Il ne voulait pas faire de manières pour si peu, il ne trouvait pas ça très judicieux alors que Sungjae avait bien failli disparaître cette nuit. Ses questions et ses craintes semblaient bien dérisoires face à la peine de son compagnon. Il esquissa un sourire forcé et lui assura que tout allait bien.

— T'es perdu et t'as peur de ce qui va se passer après, n'est-ce pas ?

Il fit de grands yeux ronds, toujours surpris par cette façon qu'avait Sungjae de tout comprendre sans qu'il n'ait besoin de s'exprimer.

— J'ai pas raison ?

— Si. Mais t'inquiète pas c'est…

— J'veux que tu viennes avec moi.

Paolo eut un mouvement de recul.

— Comment ça ?

— Je veux que tu viennes chez mes parents à Los Angeles. Je sais pas si j'aurai la force d'y retourner comme ça, j'ai besoin de ton soutien. J'ai besoin de toi.

Il lui fallut un certain temps pour analyser la demande de Sungjae. Il désirait qu'ils continuent ce voyage ensemble, et il admettait avoir besoin de lui. C'était une première.

Ses lèvres s'étirèrent en un large sourire tandis qu'il acquiesçait. Il lui restait quelques jours en Californie, et il ne pouvait pas laisser passer une telle occasion. Même s'il appréhendait quelque peu d'assister aux retrouvailles entre Sungjae et ses parents, il était touché qu'il lui demande d'être là. Mais il ne voulait pas leur voler ce moment, il resterait en retrait autant que possible.

Ils se remirent en route pour rejoindre le van et, tout en marchant, Sungjae vint lui caresser la main avec discrétion lorsqu'elle touchait accidentellement la sienne.

— Hm, je dois bien leur présenter le gars qui me fait tourner la tête.

Paolo pouffa de rire avant de redevenir plus sérieux.

— Attends, quoi ?

Sungjae lui jeta un bref regard.

— Me fais pas répéter, t'as très bien compris.

— Oui, mais qu'est-ce que ça veut dire ?

— Tu me plais. Genre, tu me plais vraiment beaucoup.

Paolo resta abasourdi par ses paroles. Il n'aurait jamais cru qu'il puisse lui dire ces quelques mots. Il allait repartir dans peu de temps et il lui faisait une sorte de déclaration, puis voulait le présenter à ses parents comme un petit ami ? Il secoua la tête, il devait se reprendre. Il lui plaisait, c'était un fait, mais de là à mettre un nom sur leur relation…

— Surtout réponds pas, j'suis pas du tout mal à l'aise actuellement, ironisa Sungjae.

Alors qu'ils arrivaient à proximité du van, Paolo lui attrapa la main pour l'arrêter.

— Tu me plais aussi.

— Je sais, rit-il.

— Non mais tu me plais, pas juste physiquement.

— Hm, t'es dans l'excès là.

Paolo lui serra davantage la main.

— Non pas du tout. Tu me plais tout entier, à l'extérieur comme à l'intérieur.

— Surtout à l'intérieur…

Ils ne purent s'empêcher de ricaner à cette remarque.

— Sérieusement, Sungjae. J'ai jamais aimé quelqu'un comme je t'aime toi.

— Je t'avais dit de pas le dire ! Comment je fais maintenant ?

— Tu fais avec.

— Non, tu comprends pas. On va se quitter dans pas longtemps, tu peux pas dire que tu m'aimes et partir comme ça. C'est pas juste de faire ça.

Sa voix s'était atténuée et son regard baissé. Paolo sentait à quel point Sungjae était encore fragile, et il ne voulait pas lui faire de mal. Mais il avait besoin d'être sincère. Il avait dit qu'il lui plaisait, il se devait de lui avouer le fond de sa pensée. Il ne pouvait pas garder les sentiments qu'il ressentait. Il ne pouvait pas faire comme si son cœur ne battait pas la chamade lorsqu'il était près de lui. Comme si ses yeux ne brillaient pas quand il l'observait. Comme si ses lèvres ne s'étiraient pas machinalement quand il le câlinait. Sungjae lui faisait ressentir tant de choses dont il ne pouvait faire abstraction.

— J'veux que tu saches que t'es aimé.

— C'est difficile…

— M'en empêche pas, s'il te plaît. T'es prêt à me présenter à tes parents, ça veut dire beaucoup pour moi.

— Pour moi aussi mais… j'ai peur du moment où tu vas partir.

— Moi aussi ça me terrifie. Mais j'veux profiter de ces instants avec toi, plus que comme un plan cul.

— Ça fait bien deux ou trois jours que t'es plus un plan cul, mais que j'avais pas le droit de l'admettre.

Ils échangèrent un sourire et entrèrent dans le van. Sungjae se laissa tomber sur le lit et Paolo le rejoignit. D'un commun accord, ils se blottirent l'un contre l'autre pour ensuite s'embrasser comme ils ne s'étaient jamais embrassés. Leurs souffles se mêlaient, leurs lèvres se frôlaient, entamant une danse à la fois chaste et sensuelle. Le désir s'était tu pour céder sa place à une sensation nouvelle, à un amour qui se permettait enfin d'exploser librement.

— Paolo ?

Le concerné se recula légèrement et fronça les sourcils. Le ton de Sungjae l'inquiétait. Il était de nouveau empreint de nostalgie et de tristesse.

— Oui ?

— Avant de quitter Half Moon Bay, je dois faire ce que Sungmin aurait voulu que je fasse.

— C'est-à-dire ?

— Je vais jeter ses cendres dans la mer. On a besoin de retrouver notre liberté, tous les deux.

— Tu as raison, dit Paolo en replaçant une mèche de cheveux derrière l'oreille de Sungjae.

— Et après, je rentrerai.

Chapitre 17

Sungjae inspira à pleins poumons, l'air marin lui emplit les narines et lui gonfla la poitrine. Paolo l'observait attentivement. Il se trouvait près de lui, mais légèrement en retrait. Ils s'étaient postés en haut de la falaise de Poplar Beach, la mer était calme et le ciel commençait à se colorer de belles teintes orange et roses. Sungjae tenait fermement l'urne de son frère contre son torse, les yeux perdus dans l'horizon, l'expression impénétrable. Cela faisait une bonne dizaine de minutes qu'il était là, sans rien dire, sans rien faire. Il avait sans doute besoin de temps avant d'oser mettre un point final à ce périple. Il n'avait pas prévu qu'il se finirait ainsi.

Il baissa la tête et Paolo l'entendit renifler. Il fit un pas pour se retrouver un peu plus près de lui et d'un geste empli de bienveillance, il lui caressa affectueusement le dos. Il voulait l'encourager, il était là pour le soutenir s'il s'effondrait une fois qu'il aurait fait ce qu'il avait à faire. Il ne le laisserait pas tomber, il pouvait pleurer sur son épaule, crier s'il avait envie, qu'importe, il ne serait pas seul.

Une larme coula à l'intérieur de l'urne quand il en ôta le couvercle. Le vent se leva soudain, comme pour lui souffler que le moment était opportun, comme pour lui montrer le chemin. Il pouvait y aller. Il pouvait laisser les cendres s'envoler, la nature était avec lui pour les emporter jusqu'à l'eau qui s'étendait devant lui à perte de vue.

— Il aimait tant la mer, murmura Sungjae. Et moi je l'ai tant haïe.

Il tourna la tête vers Paolo, le regard embué de larmes qui menaçaient encore de couler. Il lui déclara un triste sourire, un de ces sourires qui signifiait « Je suis là ».

— Elle me l'a pris, peut-être parce qu'elle aussi elle l'aimait finalement. Et je crois que c'est important qu'il y retourne.

— Fais ce qui te semble être la meilleure chose, lui dit Paolo.

Sungjae fit un petit signe de la tête. Oser agir ainsi devait être une terrible épreuve pour lui, mais il était déterminé à faire ce que Sungmin aurait souhaité. Il avait tant de fois répété qu'il était tombé amoureux de l'océan, qu'il l'aimait d'une manière singulière et que cet amour ne ternirait jamais. Sungjae ne pouvait pas le garder avec lui aussi égoïstement. De toute façon, il serait toujours là. Il serait dans ses pensées, il serait dans ses rêves, dans son cœur. Il serait dans chacun de ses gestes. Il serait à jamais présent, à chaque fois qu'il tournerait la tête vers la mer, à chaque fois qu'il longerait la côte dans son van avec la fenêtre ouverte. Il serait dans les embruns, dans le vent, dans chaque vague ou grain de sable. Il verrait son frère partout où il irait.

— Merci d'avoir été la personne la plus importante de ma vie. J'espère que tu seras bien là-bas, tu as le droit de te reposer maintenant. J'espère quand même que tu m'oublieras pas.

Sungjae ferma les yeux et serra la mâchoire. Il ravala sa salive et renifla comme il put, mais il fut incapable de lutter contre les sanglots qui vinrent le secouer. Il serra encore l'urne contre lui, sentant la présence de son frère l'entourer. Le poids de la perte était toujours aussi lourd, mais il était prêt à le libérer, à le laisser retourner là où il appartenait. À laisser les vagues l'emporter pour de bon.

Paolo observa Sungjae avec une tendre empathie, il savait que ces instants étaient d'une profonde intimité et qu'il était privilégié d'y assister. Il resta silencieux, conscient que les mots étaient totalement superflus dans un moment comme celui-là. Il continua de caresser doucement le dos de Sungjae pour lui transmettre sa chaleur et son soutien, même dans le silence.

Le vent marin souffla plus fort et caressa son visage mouillé. Le moment était venu. Sungjae prit une profonde inspiration et leva l'urne au-dessus de sa tête, offrant un dernier adieu à son frère. Les cendres s'envolèrent dans les airs pour se disperser dans le vent, se mêlant aux nuances du crépuscule. Les larmes de Sungjae coulaient librement maintenant. Son cœur était empli de souvenirs, de moments partagés et d'un amour fraternel indéfectible. Il sentait que ce geste final était une étape essentielle pour accepter la réalité et trouver la paix.

Une fois les cendres éparpillées, Sungjae resta immobile, les yeux fixés sur l'horizon. Il ressentait un mélange de soulagement et de tristesse, mais aussi une profonde connexion avec l'élément qui avait tant compté pour son frère. Paolo approcha lentement et l'enveloppa de ses bras pour le tenir fermement contre lui.

— Je suis là, chuchota-t-il.

Ils restèrent là, à contempler l'océan ensemble. Leur relation s'était renforcée, et cette épreuve-ci n'avait fait qu'accentuer les sentiments que Paolo éprouvait pour Sungjae. Mais tous deux avaient appris qu'ils pouvaient se soutenir mutuellement, qu'ils pouvaient être là l'un pour l'autre dans les moments de joie comme dans les moments de peine.

Après un moment, Sungjae se détacha doucement de l'étreinte de Paolo. Il fouilla dans sa poche et en sortit un petit sachet contenant de l'herbe séchée. Il enroula ses doigts autour du sachet, sentant son cœur battre un peu plus vite. Paolo l'observa curieusement, interpellé par cette décision qu'il avait un peu de mal à comprendre.

— C'est le dernier, dit-il.

Cette fois, Paolo acquiesça. Il savait que fumer ce joint serait symbolique à bien des égards. Ce serait la dernière fois que

Sungjae se laisserait emporter par cette fumée apaisante, la dernière fois qu'il laisserait ses problèmes s'évaporer temporairement dans un nuage de douceur. C'était aussi un moyen pour lui de dire adieu à une partie de lui-même, de laisser derrière lui la colère et le chagrin qui l'avaient tant tourmenté.

Il regarda Paolo pour chercher l'approbation dans ses yeux, celui-ci lui offrit un sourire compatissant et hocha légèrement la tête. Il avait compris l'importance de ce geste. Avec une douceur inégalée, il vint saisir la main de Sungjae, plein de solidarité et d'encouragement.

Sans un mot, ils s'installèrent sur la falaise, dos à l'océan. Sungjae sortit un petit briquet de sa poche et alluma le joint, la flamme dansante illumina brièvement son visage marqué par la souffrance qu'il avait endurée. Il prit une longue bouffée et le poison pénétra ses poumons pour se mélanger à l'air marin. Alors qu'il expirait lentement, les volutes de fumée s'élevèrent vers le ciel étoilé. Il ferma les yeux et laissa les sensations se répandre dans son corps. Une étrange sérénité se souleva en lui, comme si chaque bouffée était un instant de connexion avec son frère, une manière de lui dire au revoir une fois de plus. Pour de bon.

Dans le silence de la nuit, Sungjae murmura à voix basse :

— Pour toi, Sungmin. J'te promets que je vivrai à fond désormais, que je profiterai de chaque instant et que je trouverai la force d'avancer. J'te laisse partir, mais ça veut pas dire que je t'oublie. Tu seras dans mon cœur pour toujours, espèce d'idiot.

La nuit était maintenant tombée et le joint consumé, alors ils se levèrent pour reprendre leur route. Ils se préparaient à quitter la falaise de Poplar Beach quand Sungjae jeta un dernier regard à l'horizon. Il sentait la présence de son frère dans chaque brise qui effleurait son visage. La vie serait différente sans Sungmin, mais il était prêt à avancer car il portait en lui l'amour et les souvenirs qui les avaient liés à jamais. Il se rappelait toutes ces années où ils avaient grandi l'un à côté de l'autre, des secrets échangés et des aventures vécues ensemble. L'océan était devenu le témoin de leur complicité, et maintenant, il devenait le gardien des souvenirs précieux qu'ils avaient créés.

Sungjae et Paolo descendirent de la falaise. Main dans la main, la présence de l'autre était comme une ancre dans ce monde tourbillonnant. Ils rejoignirent le van, Sungjae replaça l'urne vide dans le meuble et grimpa face au volant. Il poussa un long et profond soupir.

— Ça va aller ? demanda Paolo, une main trouvant le genou de son compagnon.

— Ça va aller.

— Sungjae…

— Hm ?

— T'es la personne la plus forte et la plus folle que je connaisse. Et je t'admire sincèrement.

Il afficha un large sourire.

— Je le prends vraiment comme un compliment.

— C'est un compliment ! se défendit Paolo.

Sungjae lâcha un rire.

— Donc t'es prêt à reprendre la route avec le mec le plus timbré que tu connaisses ?

— Y'a rien qui me ferait plus plaisir.

Ils échangèrent un sourire complice, puis Sungjae démarra le véhicule pour reprendre la route à travers la pénombre. Ils finirent par quitter Half Moon Bay, non pas sans un pincement au cœur. Paolo n'oublierait jamais ces deux jours passés, ces deux jours qui avaient tout changé. Il était reconnaissant de les avoir vécus, bien qu'ils furent douloureux. Mais il avait vu qui était Sungjae, il avait découvert ses tourments, ses démons les plus profonds. Il avait pu l'épauler et le soutenir alors qu'il était sur le point de s'effondrer.

Le van roula pendant près d'une heure pour s'arrêter à une station-service. Sungjae en profita pour faire le plein de carburant et pendant ce temps-là, Paolo entra dans la petite épicerie pour trouver de quoi grignoter. Il s'arrêta également devant les grands réfrigérateurs, la chaleur de l'été asséchait leur gosier, ils avaient besoin de s'hydrater correctement s'ils ne voulaient pas s'évanouir.

Il retrouva Sungjae avec deux canettes de bière bien fraîches et des sandwichs.

— De l'alcool ! Encore une nuit torride en prévision. Qu'est-ce que tu comptes me faire cette fois ?

— Rien de spécial, pourquoi ?

Une moue se dessina sur le visage de Sungjae et ils montèrent à l'arrière du van. Ils s'installèrent en tailleur sur le lit, face à face. Leur proximité était réconfortante, et l'affection que Paolo ressentait pour son compagnon de voyage le submergea. Il ne put s'empêcher de le regarder avec une lueur d'amour dans les yeux. Les mots se bousculaient dans sa tête, mais il n'était pas sûr de savoir comment les exprimer. Il n'était même pas sûr d'avoir le droit de les exprimer.

— Pourquoi tu me regardes comme ça ?

Paolo sourit.

— Pour une raison que j'ai pas le droit de donner.

Sungjae leva les yeux au ciel, il savait parfaitement où il voulait en venir.

— Je fais ça pour nous protéger.

— Tu penses que c'est pour nous protéger, mais même si on se sépare à la fin, on saura tous les deux que ce qu'on ressentait l'un pour l'autre c'était… fort. Se terrer dans le silence sera pas suffisant pour nous protéger.

— Alors dis-le.

Après un long silence, il prit finalement une profonde inspiration et saisit la main de Paolo dans la sienne.

— Sungjae, souffla-t-il doucement. Je vais te dire ce que j'ai jamais dit à qui que ce soit, mais je t'aime.

Le concerné leva les yeux vers lui, les sourcils légèrement froncés. Un sourire tendre éclaira son visage.

— Et je t'aime aussi, répondit-il tout simplement.

Paolo sentit un poids s'envoler de ses épaules. Il avait pris le risque de dévoiler ses sentiments, et savoir que Sungjae les partageait lui donnait encore moins envie de quitter les États-Unis. Mais ce n'était pas le moment de pleurer en pensant à son départ. Il avait encore quelques jours pour profiter de ce que ces vacances lui offraient. Ils se rapprochèrent et leurs lèvres se frôlèrent dans un doux baiser. Un mélange de douceur et de passion contenue, comme une promesse silencieuse de ne jamais s'oublier.

Chapitre 18

Les rayons du soleil matinal filtraient à travers les rideaux à carreaux.

Paolo serra Sungjae un peu plus fort contre lui, comme pour s'assurer qu'il était bel et bien présent, qu'il n'était pas en train de rêver. Il n'avait que très peu dormi cette nuit encore, soucieux de voir son compagnon de voyage se volatiliser. Il avait dû fermer les yeux une petite heure quand le jour commençait à peine à chasser l'obscurité. Il veillait sur Sungjae, il voulait le regarder dormir, contempler son visage paisible et harmonieux. Il voulait s'assurer qu'il ne ferait plus rien d'insensé. Il avait bien trop peur de le perdre et maintenant qu'ils s'étaient avoué leurs sentiments, Paolo avait bien du mal à le lâcher. Il l'avait gardé dans ses bras toute la nuit, sentant son cœur battre lentement en rythme avec le sien. Son souffle chaud s'échouait sur sa peau et c'était suffisant pour s'attacher un peu plus à lui.

Ils n'avaient pas couché ensemble cette nuit. Ils s'étaient juste serrés l'un contre l'autre, puis ils avaient partagé de longs et langoureux baisers avant que Sungjae ne ferme les yeux. Il était épuisé. Physiquement et mentalement. Il avait besoin d'un repos bien mérité après tout ce temps passé à souffrir. Et Paolo était heureux qu'il ait pris la décision de rentrer chez lui.

Sungjae ne lui avait jamais parlé de ses parents, mais il était certain qu'ils seraient ravis et soulagés de revoir leur fils. Il n'imaginait pas le vide atroce qu'ils devaient ressentir. Ils avaient déjà perdu un enfant, il ne pouvait pas en perdre un deuxième.

Il analysa son compagnon de voyage et ne résista pas à l'envie de venir l'embrasser au coin des lèvres. Étaient-ils plus que des amis désormais ? Ça en avait tout l'air. Sungjae ressentait la même chose pour lui, il avait osé prononcer ces mots si forts : « Je t'aime », lui qui ne souhaitait aucune forme d'attachement quelques jours auparavant.

Paolo inspira à pleins poumons, il était terriblement bien là, dans ce van, près de Sungjae. Il aurait tout donné pour que le temps s'étire, pour que jamais il ne soit obligé de quitter la Californie. Mais il devrait revenir à la réalité. Une réalité bien trop douloureuse qu'il voulait oublier encore un peu.

Son amant se mit à gigoter tout en grognant dans son sommeil, puis il vint se blottir davantage contre son torse. Une main confiante se glissa dans son dos, jusqu'à la naissance de ses fesses. Puis elle passa la barrière de son bermuda en coton pour aller le caresser avec fermeté. Paolo gloussa sous les pressions que Sungjae exerçait sur son postérieur.

— Ça va, beau cul ? demanda-t-il, la voix encore enrouée.

— Hm, oui, ça va. T'as bien dormi ?

Sungjae se recula légèrement et hocha la tête, les yeux mi-clos et un sourire radieux étirant ses lèvres.

— Dans tes bras, toujours.

Paolo en eut les pommettes brûlantes. Il avait l'habitude de cette franchise, mais quelque chose avait changé. Chaque mot que Sungjae prononçait avait une saveur toute particulière, une signification qui le faisait sourire jusqu'aux oreilles. Ils étaient sincères, ils étaient forts.

— Toi par contre, vu les cernes que tu te payes, t'as pas dû beaucoup dormir.

— Pas grave, je dormirai sur la route.

— T'es pas obligé de me surveiller.

— Je te surveille pas, je prends soin de toi.

Sungjae se pencha pour l'embrasser avec passion. Il glissa ses lèvres sur celles de son vis-à-vis avant de venir les lui lécher lentement dans l'espoir qu'il les entrouvre. Leurs langues se retrouvèrent pour se caresser dans des mouvements las, presque nonchalants. Rapidement, leurs mains vinrent se mêler à la danse, se posant partout où elles le pouvaient. Paolo gémit dans l'échange quand Sungjae effleura son ventre, tendant dangereusement vers son pubis duquel il frôla les poils.

— Arrête…

Il lui attrapa le poignet et amena sa main vers sa bouche. Il lui embrassa les doigts et Sungjae ondula tout contre son corps.

— J'ai envie de toi, murmura-t-il.

Il plongea le visage dans le creux de son cou et déposa de légers baisers humides, jusqu'à descendre sur son épaule qu'il mordilla. Paolo bascula la tête en arrière et lui lâcha la main. Il s'empressa de la faire redescendre là où elle se trouvait précédemment.

— Sungjae… faut qu'on reparte…

— T'as pas envie d'une petite branlette avant ?

Paolo ne put que grogner d'impatience lorsque les doigts de Sungjae se glissèrent sur son sexe. Il ne l'empoigna pas pour autant et cela le frustra davantage. Il adorait quand Sungjae le touchait, il adorait sentir ses mains expertes sur son corps, sur son membre, et à bien d'autres endroits.

— Alors ? Tu résistes ou t'admets que t'as envie que je te touche ?

— Pourquoi tu fais ça ?

— Parce que je sais que t'aimes ça. Et moi aussi j'aime ça. J'aime trop te faire du bien et entendre à quel point ça te plait.

Sa voix s'était affaiblie tandis qu'un sourire malicieux étirait ses lèvres. Il continua à le titiller sans rien faire de concret et Paolo s'empara de sa bouche sans une once de délicatesse. Ils s'embrassèrent à en perdre haleine et Sungjae en profita pour débuter des va-et-vient sur son membre.

— Attends, lui dit Paolo en se détachant pour reprendre son souffle. J'veux te branler aussi. Mais après on reprend la route, d'accord ?

— Promis. J'ai juste envie d'un peu de sexe avec mon mec.

Paolo en eut l'estomac sens dessus dessous.

— Ton…

— Mon mec, affirma Sungjae. Tu veux que je dise quoi d'autre ?

— Je sais pas… T'es prêt à ça ?

Il acquiesça d'un mouvement de tête sans jamais cesser ses mouvements sur le sexe de son partenaire.

— J'suis prêt à beaucoup de choses avec toi. Mais pour l'instant, permets-moi de me concentrer sur ma mission.

***

Le souffle court et tout transpirant, Paolo se laissa retomber sur le dos. Sungjae, à ses côtés, en fit tout autant avant de lâcher un rire que son compagnon trouva adorable. Il lui lança un regard empli d'amour et fut obligé de sourire. Le voir si heureux le comblait de bonheur. Il n'imaginait même pas le perdre. Il n'imaginait même pas le quitter. Il voulait profiter de chaque instant, de chaque minute, chaque seconde. Le moindre moment en sa compagnie était précieux.

— Faut qu'on s'essuie.

— Faudrait qu'on prenne une douche aussi, ajouta Paolo.

— Ça risque de devoir attendre qu'on arrive chez mes parents.

Sungjae se redressa pour attraper une serviette posée sur le meuble en bois. Il s'essuya rapidement la main et le ventre, puis prit soin d'en faire tout autant à son petit ami.

— Tu penses qu'on va mettre combien de temps ?

— Avec mon bolide… au moins huit heures.

Paolo écarquilla les yeux. C'était un sacré trajet, mais il était prêt à le faire avec Sungjae si c'était pour s'assurer qu'il rentre bien chez lui. Et puis, ils n'allaient pas se quitter si tôt.

— On passe par Santa Cruz, tu pourrais revoir un peu ton cousin.

— C'est vrai ?

Sungjae hocha la tête.

— On peut s'arrêter une journée, et si vraiment tu veux rester avec lui…

— Non ? s'indigna Paolo. Je veux aller jusqu'au bout avec toi. Et puis tu m'as demandé de t'y accompagner. En fait, non, on s'arrête pas à Santa Cruz, on trace jusqu'à Los Angeles. T'as déjà perdu assez de temps comme ça.

— Je sais, mais c'était au cas où t'avais envie que ça s'arrête là.

Il attrapa Sungjae dans ses bras et l'embrassa tendrement. D'un geste empreint de bienveillance, il replaça une mèche de cheveux derrière son oreille.

— J'ai envie que ça s'arrête jamais, murmura-t-il.

— Quel dragueur…

— J'suis honnête, c'est tout.

Sungjae lui asséna un coup de poing sur le torse avant de quitter le lit.

Il ramassa ses vêtements éparpillés çà et là pour les enfiler. Paolo prit une grande inspiration pour ensuite l'imiter. Ils devaient reprendre la route mais avant, il devait aller acheter quelques petites choses à manger en chemin. Sungjae l'accompagna et ils prirent deux cafés au distributeur avant d'arpenter les rayons de la supérette. Ils retournèrent dans le van avec des victuailles et avant que Sungjae ne mette le contact, Paolo se tourna vers lui.

— Simple question, il y a combien de temps pour aller jusqu'à Santa Cruz ? demanda-t-il d'une voix douce.

Il n'avait absolument aucune notion des distances. Il connaissait bien quelques endroits en Californie, mais il n'était pas assez calé pour savoir de telles informations.

— Deux heures.

— C'est si près de Half Moon Bay ?

— Oui.

— T'avais vraiment des choses à faire avant d'y arriver ou c'était juste un moyen de me tester ?

Sungjae sourit et se mordit la lèvre inférieure.

— Perspicace, dit-il. Un peu des deux. En fait, je pensais que t'en aurais marre de ma gueule et que t'aurais envie de repartir avant que j'arrive là-bas. Mais comme t'es tombé amoureux de moi…

Il leva les yeux au ciel sans lâcher son air malicieux, il était bien décidé à taquiner Paolo sur ses sentiments. Mais il n'avait pas prévu que celui-ci entre dans son jeu. Ou peut-être n'était-il pas en train de jouer ?

— Comment j'aurais pu ne pas tomber amoureux de toi ?

Les joues de Sungjae prirent des couleurs.

— Allez, on arrête ça et on y va.

Il tourna la clé pour démarrer et fit une manœuvre pour sortir du parking afin de reprendre la route.

— Pourquoi tu fuis la conversation ? Tout à l'heure t'as dit que j'étais ton mec…

— Oui, mais on a pas dit qu'on était amoureux l'un de l'autre.

— Tu m'as dit que tu m'aimais hier, je vois pas ce que ça change.

Sungjae augmenta le volume de la musique.

— C'est con, je t'entends pas ! dit-il en pointant son oreille.

Paolo ne put s'empêcher de rire. Il l'avait pris de court, mais il savait que c'était de bonne guerre. Sungjae s'ouvrait peu à peu, mais il lui fallait quand même un temps d'adaptation. Il ne pouvait pas trop exiger de lui, il avait déjà fait énormément d'efforts, et un pas conséquent vers un début de guérison. Il lui faudrait bien plus qu'une journée pour tout encaisser, pour se remettre sur pieds après des années de mal-être et d'errance, à la recherche d'une paix qu'il n'avait pas encore trouvée. Il pensait la toucher du bout des doigts, mais Paolo était arrivé dans sa vie et avait balayé toutes ses certitudes. S'il n'avait pas suivi Sungjae, la fin aurait été tragique.

Chaque minute qui passait, il se surprenait à le contempler avec admiration, une admiration tout autre de celle qu'il ressentait pour lui au départ.

Le van fila sur les routes, la musique se perdant dans le vent chaud qui s'engouffrait par les fenêtres ouvertes. Paolo gardait une main sur la cuisse de son petit ami, son regard jonglait entre les paysages et le visage radieux de Sungjae à ses côtés. Il avait encore du mal à réaliser ce qu'il avait fait de ses vacances. Il avait décidé de quitter Enzo qui lui avait tant manqué pour suivre un parfait inconnu. Mais il ne regrettait pas sa décision. Il savait qu'il avait fait le bon choix, il avait écouté son cœur avant d'écouter sa raison. Il se sentait bien là, sur ce siège passager, à voyager à travers la Californie, mais aussi à travers l'histoire d'un jeune homme brisé par les aléas de la vie.

Les minutes défilèrent, puis les heures. La nuit les enveloppa au fur et à mesure qu'ils se rapprochaient du but. Paolo était à la fois impatient que Sungjae rentre enfin chez lui et nerveux à l'idée de s'immiscer dans ce moment intime. Il n'avait aucune idée de la façon avec laquelle il serait accueilli par ses parents. Seraient-ils heureux de le revoir ? Lui en voudraient-ils d'être parti si longtemps ? Il se rendit compte que Sungjae n'avait jamais rien dit à leur sujet, alors il ne savait pas à quoi s'attendre. La route était longue, elle paraissait même interminable. Ils auraient dû partir plus tôt, mais ils avaient préféré traîner au lit. Paolo ne pouvait rien refuser à son petit ami, surtout pas si ce dernier voulait un peu d'attention ou d'affection. Il voulait qu'il se sente bien, qu'il sourie, qu'il soit heureux. Il ferait n'importe quoi pour lui.

Son petit ami.

Paolo lança un bref coup d'œil vers celui-ci et afficha un sourire satisfait, un peu niais. Il l'aimait, même si cela faisait peu de temps qu'il le connaissait. Il aimait toutes les choses qui faisaient qu'il était lui. Il aimait sa force et sa fragilité, il aimait sa franchise et ses incertitudes, il aimait qu'il soit sauvage et qu'il soit tendre. Il aimait son côté libre autant que son côté torturé.

— J'en ai marre, se plaignit Sungjae.

— Je t'aurais bien proposé de prendre ta place mais…

— Hors de question, l'interrompit-il. Il n'y a que moi qui ai le droit de le toucher comme ça.

De ses deux mains, Sungjae empoigna le volant et le caressa avec exagération.

— Comme il n'y a que moi qui ai le droit de toucher à ça.

Il se pencha et atteignit l'entrejambe de son compagnon pour la lui toucher avec insistance avant de se replacer dans son siège. Il lâcha un rire, mais Paolo distingua avec aisance qu'il était on ne peut plus nerveux.

— Ça va aller ? demanda-t-il.

— Oui, pourquoi ça n'irait pas ?

Il faisait toujours bonne figure, il savait parfaitement quand porter un masque pour que tout semble aller pour le mieux. Mais Paolo n'était pas dupe, il avait compris le petit jeu de Sungjae et il savait désormais déceler quand il mentait.

— T'as pas besoin d'essayer de cacher ce que tu ressens. Pas avec moi.

— J'ai pas envie de paraître désespéré, rit-il.

— T'as le droit de ressentir plein de choses, ça te rend pas plus faible. Et si tu me parles, si tu te confies sur ce qui te fait peur, je pourrai d'autant plus comprendre et être présent pour toi.

Sungjae acquiesça.

— Tu comprends déjà tout.

Paolo profita qu'ils se trouvent sur une route droite pour saisir la main de son petit ami.

— J'suis là, d'accord ?

— D'accord. Et merci.

Ils échangèrent un regard complice et Sungjae dut récupérer sa main pour passer une vitesse. Ils continuèrent à rouler dans la pénombre et dans le silence. Ils passèrent par Santa Clarita, à quelques pas de leur point d'arrivée, et le stress monta d'un cran. L'un comme l'autre ne tenait plus en place.

Enfin, les lumières de Los Angeles étincelaient au loin et l'excitation monta en eux. La ville des anges, le foyer de Sungjae, et l'endroit où Paolo allait rencontrer pour la première fois les parents de son petit ami. Ce dernier lui avait avoué être partagé entre la joie de les revoir et l'appréhension de ce moment si important.

Dans le silence tendu du van, Sungjae se racla la gorge pour briser l'atmosphère pesante.

— Faut que j'te prévienne d'un truc, dit-il d'un ton solennel.

Paolo fronça les sourcils. Un autre secret ? Il n'aimait pas vraiment la manière qu'avait Sungjae de parler, ça l'inquiétait.

— Ma mère est un peu… unique en son genre.

— Plus unique que toi ? demanda-t-il avec un rire.

Sungjae hocha la tête.

— Elle est un peu excentrique, mais c'est juste sa façon d'être. Te laisse pas trop impressionner, dans le fond elle est adorable.

— Je comprends de qui tu tiens alors.

— T'as même pas idée, souffla-t-il.

Paolo sourit et étreignit doucement la main de Sungjae pour le rassurer. Il n'avait pas à s'en faire, il n'était pas là pour juger ses parents, ou pour juger sa vie. Sa personnalité devait forcément venir de quelque part, rien d'étonnant à ce que sa mère lui ressemble.

— Mon père est plus réservé, mais c'est un gars en or lui aussi.

— T'en fais pas, j'suis sûr que tout va bien se passer.

Ils échangèrent un nouveau regard, un sourire, avant de se concentrer à nouveau sur la route qui les conduisait chez les parents de Sungjae. Ils traversèrent le cœur de la ville, admirant les lumières scintillantes et l'énergie spéciale de Los Angeles. Paolo était subjugué par chaque maison, chaque rue, chaque détail qu'il réussissait à capter. Il avait de la chance d'être là. Il avait de la chance d'avoir entrepris ce périple aux côtés de Sungjae.

Après quelques détours dans les quartiers résidentiels, ils arrivèrent finalement devant une charmante maison aux volets colorés et aux lanternes accrochées dans l'arbre qui trônait fièrement devant. La tension dans l'air était palpable alors qu'ils se garaient sur le trottoir à proximité de la propriété. Paolo sentait son cœur battre la chamade, mais il puisa du courage dans l'étreinte rassurante de la main de Sungjae.

— Nous y voilà, soupira-t-il.

— Sungjae, avant de sortir…

— Oui ?

— Sache que je suis là, quoi qu'il arrive. Et sache que je t'aime.

Paolo le regarda, plein d'espoir. Il voulait que les retrouvailles se passent bien.

— Moi aussi je t'aime. Et ça va aller.

— Bien sûr que ça va aller.

Ils sortirent du van, se tenant côte à côte, et s'approchèrent de la porte d'entrée.

Sungjae prit une profonde inspiration. Il ne le montrait pas, mais il avait grandement besoin de calmer ses nerfs. Il était assailli de souvenirs douloureux, il entendait les rires du passé résonner dans cette rue si calme à cette heure. Il regarda la route et se souvint de ces moments de joie qu'il avait passés en compagnie de Sungmin, tous deux sur leur vélo à fendre le vent, à faire la course comme deux gamins. Il sourit. Désormais, ces souvenirs devraient vivre en lui, grâce à lui. Il devait faire face à cette étape de sa vie.

Il leva la main pour frapper à la porte, mais avant qu'il ne puisse le faire, celle-ci s'ouvrit brusquement. Une femme se tenait là, les bras ouverts, le visage rayonnant de joie. Elle émit un cri de surprise et de bonheur en voyant son fils.

— Sungjae, mon bébé ! Tu es enfin de retour ! s'exclama-t-elle en le serrant dans ses bras avec force.

Les larmes aux yeux, Sungjae se laissa enlacer par sa mère. C'était comme si les années de silence s'étaient évaporées en un instant. Un poids se leva de ses épaules, et la chaleur de l'amour familial l'enveloppa tendrement.

— Maman, je suis rentré.

Sungjae enlaça tendrement sa mère.

Dans ce geste, Paolo put voir toute la tristesse mais aussi tout le bonheur que son compagnon éprouvait de retrouver sa maison, sa famille, cette vie qu'il avait quittée du jour au lendemain sans se retourner. La femme qu'il avait devant lui semblait apaisée, les yeux clos et un doux sourire étirant ses lèvres. Elle serrait son fils, son enfant, celui qui lui avait tant manqué, avec un amour débordant. Soulagée et heureuse, comme si toutes ces années sans nouvelles s'étaient instantanément effacées.

Paolo ne pouvait pas imaginer à quel point il avait dû lui manquer. Il déglutit et fit le parallèle avec ses propres parents qui n'avaient jamais eu ce genre de geste à son égard. Peut-être lorsqu'il n'était encore qu'un enfant, mais il ne se souvenait même plus de la sensation de leurs bras autour de lui.

La femme se recula, les mains cramponnées aux épaules de Sungjae et elle scruta son visage, toujours avec cette même étincelle qui animait son regard. Elle lui sourit et vint lui caresser la joue, estompant avec soin les larmes qu'il avait laissées couler.

— Tu es si beau mon fils.

Sungjae pouffa de rire et retourna vers sa mère pour la serrer à nouveau dans ses bras. Elle se laissa porter et répondit à son étreinte, lui caressant le dos avec bienveillance alors qu'elle répétait qu'il lui avait terriblement manqué.

— Oh mais rentrons, ton père est dans son atelier au sous-sol, il va être ravi !

Elle posa les yeux sur Paolo et le détailla des pieds à la tête, les sourcils froncés.

— Maman, je te présente Paolo. C'est… un ami.

Paolo eut un petit pincement au cœur, mais il comprenait que Sungjae ne le présente pas comme son petit ami. Leur relation était encore toute nouvelle et ce n'était pas vraiment la peine d'assommer sa mère avec cette information.

Sans jamais le lâcher du regard, elle acquiesça. Un énième sourire illumina son visage.

— Bienvenue chez nous, Paolo ! dit-elle avec entrain. Allez venez, on va se mettre à l'intérieur pour discuter !

Elle attrapa l'avant-bras de son fils et le tira dans le hall d'entrée. Là, Paolo découvrit une décoration plutôt psychédélique. Les murs au papier peint coloré étaient recouverts de tableaux en tous genres, des peintures aux formes géométriques, des paysages, ou encore des portraits. Sur le guéridon, des papiers s'étaient accumulés entre deux trousseaux de clés, des pinceaux et des tubes de peinture. Sur la gauche, l'escalier qui menait à l'étage était recouvert d'une moquette vert pomme. Il retint une grimace, tout était tellement… trop. Mais Sungjae avait mentionné le fait que sa mère était spéciale, et cela ne devait sans doute pas s'arrêter à son style vestimentaire ou à sa personnalité. Mais pouvait-il vraiment être surpris ? Sungjae était lui-même déroutant, il n'en attendait pas moins de celle qui l'avait mis au monde.

Après s'être déchaussés, ils avancèrent dans la grande pièce à vivre, et cette fois, Paolo ne sut plus où donner de la tête. L'endroit était immense, mais bien encombré.

Sur la droite, une table en rotin blanche entourée de chaises du même style se perdait sous d'imposants cartons. Il tourna la tête à gauche, vers le salon, et cligna des yeux à plusieurs reprises quand il remarqua les tableaux plus qu'équivoques accrochés autour de la cheminée. Des corps nus enlacés, d'autres dans des positions suggestives. Des peintures érotiques. Il fit rapidement le tour de la pièce pour se rendre compte qu'elle en était tapissée.

— Ça va ? demanda Sungjae en s'approchant de lui.

Paolo sursauta et hocha la tête. Il devait tenter d'oublier ces œuvres d'art, même si elles semblaient l'observer avec insistance. La mère de Sungjae s'était éclipsée il ne savait où.

— Oui, ça va. Je suis heureux pour toi.

— Je suis heureux aussi. C'est… c'est étrange d'être là.

Paolo baissa les yeux vers la main de son compagnon et, d'un geste timide, il la lui saisit pour la serrer. Il voulait montrer qu'il était là pour le soutenir, qu'il était à ses côtés pour le rattraper s'il flanchait. Il pouvait compter sur lui, il ne l'abandonnerait pas. Sungjae le remercia d'une voix basse, avec un sourire qui laissait transparaître toute la gratitude qu'il pouvait avoir envers lui.

— Regarde, notre Sungjae est de retour !

La femme revint dans la pièce, tirant son mari par la main pour le planter devant leur fils. L'homme lui tapota le bras avant de l'enlacer avec force. Il lui frotta le dos dans des mouvements énergiques.

— Tu nous as manqué, dit-il.

Sungjae ne répondit pas, mais le soupir qu'il laissa échapper fut un soupir de soulagement. Paolo, spectateur de ces retrouvailles émouvantes, ressentait tout l'amour qu'ils avaient les uns envers les autres. Leur relation était magnifique, ils avaient l'air soudés et complices malgré toutes ces années sans se côtoyer. Il avait le cœur qui battait la chamade devant tant d'émotions, et il aurait pu pleurer lui aussi.

— Mais allons nous installer dans le salon ! intervint la femme. Je vais vous préparer une infusion. Est-ce que vous avez faim ? J'ai préparé des biscuits cet après-midi. Je sais qu'il est tard pour ça mais…

— Non, t'en fais pas, une tisane c'est parfait.

Elle acquiesça et, toute guillerette, disparut dans une pièce adjacente.

Le père de Sungjae les invita à prendre place dans un des canapés en cuir marron et usé par le temps. Paolo s'y installa. Il observa Sungjae et son père discuter de choses et d'autres, de la pluie et du beau temps. Il ne comprenait pas tout car il leur arrivait de glisser quelques phrases en Coréen, mais c'était comme s'ils ne s'étaient jamais quittés. Puis il laissa son regard vagabonder çà et là, sur les tableaux des plus spéciaux qui décoraient les murs. Sur le porte-encens au-dessus de la cheminée où un bâton était en train de se consumer pour laisser un parfum agréable embaumer les lieux. Sur la table de salon où était disposée une lampe de sel, mais aussi plusieurs ouvrages. L'un d'eux attira son attention et il battit des cils en lisant le titre *Yoga Kamasutra : secrets et techniques d'une sexualité épanouie*. L'image de couverture ne permettait aucun doute sur le contenu de ce livre, et Paolo s'en détourna bien vite. Décidément, cette famille était très à l'aise avec le sexe, et il comprenait mieux pourquoi Sungjae n'avait pas de tabou.

— Au fait, je me suis pas présenté ! Je suis Taesung.

L'homme se pencha pour tendre une main vers Paolo, celui-ci hésita un instant avant de la lui saisir pour la serrer.

— Je suis Paolo, un ami de Sungjae.

— Mon fils a réussi à se faire un ami, sourit-il en tournant la tête vers le concerné. Tu es devenu sociable, j'suis fier de toi.

Sungjae roula des yeux, mais ne prit pas la peine de rétorquer. Au même instant, sa mère revint dans le salon avec un plateau qu'elle posa sur la table, juste à côté des livres. Elle présenta un mug à chacun des deux jeunes hommes, puis en confia un à son mari.

— Allez-y, buvez. C'est un mélange d'orties, de pensées sauvages et de gingembre, c'est parfait pour purifier l'organisme.

Paolo acquiesça et but une première gorgée qui le réchauffa instantanément.

— Oh oui, c'est un peu aphrodisiaque aussi.

Cette fois, il manqua de s'étouffer avec la boisson, Sungjae lui tapota le dos en riant.

Un silence agréable régnait dans l'atmosphère, comme si tout le monde était soulagé, comme si tout était rentré dans l'ordre. Malgré toute l'étrangeté de cette famille et de cette maison, Paolo se sentait bien. Ce foyer était rempli d'amour et de bienveillance, c'était un endroit paisible, où il faisait bon vivre. Un endroit empli de souvenirs joyeux et qui ne laissait aucune place à la mélancolie. Et pour cela, il comprit la raison pour laquelle Sungjae avait fui. Il en avait eu besoin pour faire son deuil comme il se devait, à sa manière. Il n'avait pas été en mesure de rester là, dans un endroit gorgé d'images d'un frère qui ne reviendrait pas, d'un passé heureux qui n'aurait plus de présent, plus de futur. Quand il observait ses parents, il voyait des personnes joyeuses et pleines de vie, des personnes qui affrontaient les épreuves et qui étaient capables de surmonter n'importe quoi. Il avait dû y avoir des désaccords sur leur manière de vivre ce drame, mais chacun avait sa propre façon de réagir face à l'adversité.

— En fait, commença Sungjae pour briser le silence, Paolo n'est pas juste mon ami.

Il posa une main sur la sienne et le cœur de Paolo se mit à tambouriner avec force dans sa poitrine.

— J'avais deviné, sourit la femme. Il y a une alchimie palpable entre vous.

— Oh… Vraiment ?

— Sungjae, tu es mon fils, je vois ces choses-là. Et puis, je travaille tous les jours avec des couples, je sais repérer les petites attentions, les petits regards et les sourires dont vous n'avez même pas conscience. Par exemple toi, Paolo, tu penches légèrement la tête sur le côté quand Sungjae parle ou quand tu le regardes. Tu es attendri par la moindre petite chose qu'il fait.

Il sentit ses pommettes s'empourprer, il ne s'en rendait même pas compte.

— Et toi, dit-elle en pointant son fils. Tu clignes lentement des yeux, et ta main cherche toujours la sienne. Ce sont des gestes imperceptibles pour vous, mais ils sont bien là et signifient beaucoup.

Sungjae se racla la gorge et se leva.

— Est-ce qu'on peut aller dans ma chambre ? Enfin, il est tard et…

— Oui bien sûr ! Elle n'a pas bougé de place et j'ai changé les draps en début de semaine, vous pouvez y aller sans problème. Et puis si vous avez besoin d'une douche, n'hésitez pas.

— Merci maman. On se parlera un peu plus demain.

— Oui, oui ! Nous avons tout le temps pour ça.

Sungjae jeta un regard en direction de son petit ami pour l'inciter à le suivre. Il se leva aussitôt, salua et remercia ses hôtes, puis le suivit à travers la pièce et le hall d'entrée pour rejoindre l'étage.

Cette fois, il fut étonné de voir des photos sur une commode du palier. Il y reconnut Sungjae, puis devina que l'autre jeune homme à ses côtés était Sungmin. Ils se ressemblaient comme deux gouttes d'eau, et s'il n'avait pas mentionné le fait qu'il était son grand frère, il aurait pu penser qu'ils étaient jumeaux. Sungjae ne prêta pourtant pas attention à tous les clichés et il s'arrêta devant une porte entrouverte. Il inspira à pleins poumons et Paolo vint lui saisir la main pour lui donner du courage.

— C'est ta chambre ? demanda-t-il.

Il hocha la tête.

— Ça me fait tout drôle.

— Je me doute. Si je peux faire quoi que ce soit…

Sungjae pivota légèrement vers son compagnon. Il lui déclara un sourire empli de gratitude avant de se pencher pour déposer un chaste baiser au coin de ses lèvres.

— Tu sais que t'es parfait ?

Paolo gloussa d'embarras et de satisfaction. Il était tellement content d'être là, avec Sungjae, chez ses parents. Il n'avait, à aucun moment, imaginé qu'un événement comme ça se produirait. Tout comme il n'avait pas imaginé que ses vacances prendraient cette tournure. Et pourtant, il devait l'avouer, malgré les épreuves qu'il avait dû affronter avec Sungjae, il était en train de vivre les meilleurs instants de sa vie. Des instants où il se sentait bien. Des instants qu'il voulait ne jamais voir se terminer.

— Bon, allez, s'encouragea Sungjae.

De sa main libre, il poussa la porte face à lui, celle-ci s'ouvrit dans un grincement. Il appuya sur l'interrupteur et la pièce se retrouva bien vite baignée de lumière. Il expira lentement par la bouche et Paolo resserra l'étreinte sur sa main. La chambre de son petit ami était assez grande, le lit double en face était tiré à quatre épingles et des posters de groupes de musique étaient accrochés aux murs. Tout semblait comme figé dans le temps.

Ils avancèrent à l'intérieur et Sungjae déglutit.

— Rien n'a bougé.

Sa voix était empreinte d'une mélancolie mêlée de joie. Il était de retour chez lui, dans son espace, après cinq longues années de cavale à travers les États-Unis. Paolo ne pouvait que ressentir à quel point il était apaisé.

— Tes parents ont dû attendre que tu reviennes avec impatience.

Sungjae se mordit la lèvre inférieure tout en acquiesçant. Puis il baissa la tête, se retrouvant secoué par de puissants sanglots qu'il ne parvenait pas à contrôler. Aussitôt, Paolo le prit dans ses bras pour l'inviter à se blottir contre lui. Il le serra aussi fort qu'il put, soucieux de lui montrer une fois de plus qu'il était présent et qu'il le soutiendrait s'il avait peur de rechuter.

Chapitre 19

Sungjae resta un long moment dans sa chambre à observer chaque détail qui la composait. Il souriait en se remémorant de vieux souvenirs heureux, en contemplant d'anciens clichés qu'il avait précieusement gardés dans un tiroir de son bureau. Et Paolo l'écoutait attentivement, passionné par ses anecdotes. Il était vraiment parti du jour au lendemain, sur un coup de tête, et ce coup de tête avait duré cinq longues années. Il n'avait pas donné de nouvelles à ses parents, seule Héléna avait eu l'opportunité de le voir et d'attester qu'il était encore bien vivant.

Assis en tailleur sur son lit, il soupira et se pencha vers Paolo. Il laissa son front reposer sur une de ses épaules avant de venir chercher sa main. Il entrelaça leurs doigts et profita de sa présence réconfortante.

— J'ai cru ne jamais revenir… murmura-t-il.

Paolo sourit tristement et de sa main libre, il alla caresser la chevelure de son petit ami.

— Et pourtant t'es là.

— Oui, je suis là.

Il pouffa de rire et se serra un peu plus contre Paolo.

— Et en fait, je me sens bien ici. Enfin, maintenant ça va mieux. Je crois que j'avais besoin de partir tout ce temps, c'était nécessaire.

Un silence s'installa avant qu'il ne se redresse.

— J'ai cru que je devais partir définitivement, mais j'me suis trompé, continua-t-il. Je devais juste prendre du recul et me libérer de toute la tristesse et de toute la colère qui me rongeaient. Je devais pas disparaître, j'avais pas le droit.

— C'est fini maintenant.

— Oui, mais… imagine si tu m'avais pas empêché d'aller jusqu'au bout ? Imagine si on s'était pas rencontrés ? Je serais sans doute mort à l'heure qu'il est. J'aurais infligé une autre perte à mes parents.

— Mais c'est pas le cas. T'es là, avec moi, chez tes parents, et t'es encore plus fort que tu ne l'étais déjà.

Sungjae acquiesça et renifla. Il remercia encore une fois Paolo pour tout ce qu'il avait fait, d'avoir croisé son regard sur la plage, d'avoir insisté pour le suivre. De l'avoir sauvé de lui-même. Ils s'enlacèrent et s'échangèrent quelques baisers avant de décider qu'ils devaient peut-être prendre une douche avant de se glisser sous les draps propres.

Sungjae fut le premier à y aller et pendant ce temps-là, Paolo resta sur le lit. Il regarda les vieux posters délavés par le soleil, les photographies que son petit ami avait laissées sur la couverture. Il s'imagina à quoi avait ressemblé sa vie, avant la mort de son frère. Il l'imaginait souriant et heureux. Entier. La douleur et la peine ne disparaîtraient jamais. C'était horrible à quel point tout pouvait basculer du jour au lendemain. Paolo prenait conscience de l'importance de la vie, de l'importance de profiter de chaque instant. Car en un souffle, tout pouvait s'envoler.

Pourquoi les gens se compliquaient-ils la vie alors qu'elle était si fragile ? Pourquoi s'empêchaient-ils de faire ce qu'ils désiraient alors qu'ils pouvaient tout perdre en une fraction de seconde ?

Il secoua la tête. Il ne voulait plus faire partie de ces personnes-là, de celles qui ne s'écoutent pas et suivent les normes qui leur sont imposées. Il ne voulait plus être prisonnier de tout ça. De la société. Des désirs de ses parents.

Perdu dans ses pensées, il ne remarqua même pas Sungjae revenir. Il ne le réalisa que lorsqu'il sentit le matelas s'affaisser. Il releva les yeux vers lui, son visage semblait apaisé.

— Ce sont des souvenirs précieux. Je suis content d'avoir pu les retrouver, dit-il.

Paolo tendit la main et effleura l'une des photographies.

— Ils sont magnifiques. Ils doivent être si importants pour toi.

— Toi aussi tu fais partie des souvenirs importants pour moi.

Paolo posa sa tête sur l'épaule de Sungjae, le regard rempli d'amour.

— Hm, je t'aime.

Un sourire tendre se dessina sur les lèvres de Sungjae.

— Arrête de dire des trucs pareils et va te laver.

Il le repoussa d'un geste plaisantin et Paolo l'attrapa dans ses bras pour le serrer aussi fort qu'il put.

— Tu m'en empêcheras plus, murmura-t-il. Je t'aime.

— Tu m'agaces…

Même si en apparence il semblait réfractaire à ces gestes, Sungjae se laissa faire. Paolo lui donna quelques baisers appuyés avant d'à son tour rejoindre la salle de bain.

Il soupira d'aise sous l'eau tiède qui coulait sur son corps. Il ferma les yeux et bascula la tête en arrière, plaquant ses mèches ondulées sur son crâne. Il fit craquer ses cervicales douloureuses, résultats de ces derniers jours passés à voyager et à dormir dans des endroits peu confortables. Mais il ne regrettait rien. Il se sentait grandi de ce périple qui l'avait mené jusqu'à Los Angeles, chez les parents de Sungjae. Il était heureux d'avoir pu rencontrer ces gens adorables, bien qu'un peu étranges.

Il pouffa de rire, son petit ami n'était pas leur fils pour rien.

Il rinça le reste de mousse et s'enroula dans une serviette pour se sécher. Une fois qu'il eut passé un nouveau sous-vêtement ainsi qu'un t-shirt, il remit un peu d'ordre dans la salle de bain et rejoignit Sungjae dans sa chambre. Il était debout devant la fenêtre et semblait perdu dans ses pensées tandis qu'il observait la rue.

D'un pas lent et discret, Paolo s'approcha de lui. Il enroula les bras autour de sa taille et cela eut pour effet de le faire sursauter.

— C'est juste moi, dit-il tout bas.

Sungjae se détendit aussitôt et son petit ami déposa un tendre baiser sur sa tempe.

— Tu sens bon, déclara Paolo après un instant de silence.

— Ça t'excite ?

— Hm, c'est pas correct chez tes parents.

Sans attendre, Sungjae fit volte-face pour planter le regard dans celui de son compagnon. Ses yeux étaient soudain devenus sombres, emplis d'un désir profond qu'il ne parviendrait pas à taire.

— À quoi tu pensais déjà ? demanda-t-il en laissant une main courir sur le torse de Paolo.

— Rien ! C'est toi qui penses tout de suite que je te fais des avances.

— C'était pas le cas ?

Son index glissa sur le ventre de son petit ami pour rapidement atteindre son entrejambe. Paolo déglutit et jeta un coup d'œil derrière lui, vers la porte de la chambre encore ouverte. Même si les parents de Sungjae savaient désormais qu'ils n'étaient pas que de simples amis, il n'avait aucune envie qu'ils les voient dans ce genre de situation. Il se racla la gorge et attrapa la main de son partenaire.

— Tu aimerais ?

Sungjae haussa un sourcil, un sourire en coin étirant sa bouche.

— J'adorerais.

Paolo baissa la tête et se mordit la lèvre inférieure. Une agréable sensation venait d'exploser dans son bas ventre, une chaleur exquise qui lui embrasait déjà les reins et ne manquait pas d'éveiller peu à peu son sexe.

— Je vais fermer la porte, dit-il.

Il se détacha de Sungjae et s'empressa de leur offrir un peu plus d'intimité. Il attendit que son petit ami allume la lampe de chevet pour éteindre le plafonnier. Dans une démarche qui se voulait naturellement sensuelle, Paolo s'approcha de lui pour empoigner ses hanches avec fermeté. Sungjae enroula les bras autour de son cou, sans jamais laisser tomber son air malicieux et son regard transpirant l'impatience.

— T'es grave beau, lança-t-il.

Paolo eut un mouvement de recul, pris de court par ce compliment auquel il ne s'attendait pas. Passée la surprise, il se pencha vers lui et leurs souffles se mêlèrent pour s'étouffer lorsque leurs lèvres se retrouvèrent. Paolo en eut les yeux qui se révulsèrent. C'était comme un soulagement, une bénédiction. Il aimait tant se retrouver ainsi, près de l'homme pour qui il était tombé, près de celui qu'il voulait protéger du monde. Il y était devenu accro et même s'il adorait ce sentiment de plénitude quand il était à ses côtés, il était également terrifié à l'idée que tout se termine. Mais ce n'était pas le moment pour penser à tout ça, il préférait se laisser emporter par l'ivresse d'un échange de plus en plus langoureux.

Il s'agrippa au t-shirt de Sungjae pour le tirer et l'emmener vers le lit. Il s'y laissa tomber, assis sur le rebord du matelas, sans rompre le baiser qu'ils partageaient. Sungjae se courba pour l'embrasser de plus belle et imposa sa langue entre les lèvres déjà humides et gonflées de Paolo. Mais ils furent interrompus par des coups sur la porte.

Comme s'il se sentait coupable, Paolo se positionna en tailleur sur le lit et replaça ses cheveux ainsi que son t-shirt froissé.

— Oui ? demanda Sungjae.

La porte s'ouvrit doucement sur sa mère qui arborait un petit sourire désolé.

— Navrée de vous déranger, mais je voulais seulement vous souhaiter une bonne nuit.

— Merci maman, bonne nuit à toi aussi.

— J'espère que les effets de la tisane ne vont pas vous tenir éveillés toute la nuit.

Elle ponctua sa phrase d'un rire, puis elle leur adressa un signe de la main avant de quitter la chambre. Sungjae laissa filer un lourd soupir tout en prenant place sur le lit, aux côtés de son petit ami. Ils restèrent silencieux durant quelques minutes avant que leurs regards ne se croisent à nouveau.

— On finit ce qu'on a commencé ? proposa-t-il.

Paolo acquiesça et il n'en fallut pas plus à son compagnon pour se jeter sur sa bouche et la happer avec avidité. Sungjae lui intima de s'allonger, ce qu'il s'empressa de faire, puis il grimpa à califourchon au-dessus de lui. Ses mains aventureuses passèrent sous son t-shirt pour lui toucher le ventre, puis remonter sur ses pectoraux qu'il malaxa tout en l'embrassant. Paolo lui agrippa les hanches et ondula sous lui, désireux d'attiser un peu plus le feu qui se déclarait en chacun d'eux. Il pouvait sans aucune difficulté sentir le sexe de Sungjae s'éveiller au contact du sien. Il gémit dans le baiser quand une première vague de bien-être le submergea. Il ne pouvait rien faire à part se trémousser sous son partenaire dans l'espoir de soulager l'horrible tension à laquelle il était en proie.

— Tu bandes tellement, souffla Sungjae contre ses lèvres.

Paolo se contenta d'un son guttural, puis il cala une main dans la nuque de Sungjae pour l'inciter à l'embrasser encore et encore. Il avait terriblement envie de passer à la vitesse supérieure et en même temps, il adorait tout ce qu'ils faisaient avant de ne faire plus qu'un. Il adorait les mains expertes de Sungjae sur son membre, ses baisers qui couvraient chaque parcelle de sa peau, sa bouche qui venait l'envelopper pour le déguster. Mais il avait besoin d'autre chose, de nouvelles sensations. Alors quand les doigts de Sungjae cheminèrent entre leurs deux corps pour atteindre ses testicules, Paolo se cambra, cherchant à lui faire comprendre ce qu'il désirait. Il bascula le bassin vers le haut et Sungjae se recula pour l'observer curieusement.

— Qu'est-ce que tu veux ?

Paolo déglutit.

— Ce que tu m'avais fait une fois…

— Tu veux que j'te doigte ?

Les pommettes brûlantes, il acquiesça. Il devait avouer qu'il avait beaucoup aimé ce qu'ils avaient fait lors de leur première nuit passée ensemble au motel. Il avait aimé sentir les doigts de Sungjae s'insinuer en lui, même s'il s'était ensuite trouvé un peu gêné. Cette idée était tellement excitante qu'il avait envie de recommencer, et peut-être même d'aller plus loin. Mais oserait-il faire ça ici, chez les parents de son petit ami ?

— T'es pas obligé si…

Sungjae écrasa l'index sur sa bouche.

— Je veux te les mettre.

Paolo se sentit encore plus embarrassé par sa demande. Sungjae, quant à lui, arborait toujours un petit sourire à la fois fier et tendre. Il ne jouait plus.

Son regard s'assombrit davantage et il revint à la charge, embrassant son petit ami à en perdre haleine. Il attrapa son visage en coupe tandis que son bassin remuait de plus en plus vivement contre celui de Paolo. Il attisait leur désir l'un pour l'autre, il attisait cette flamme qui ne demandait qu'à se propager pour les consumer.

— Sungjae… s'il te plaît…

— Tu les veux tant que ça ? Pour un mec qui était gêné de s'être pris des doigts, t'es plutôt gourmand en fait.

Paolo lâcha un gémissement qui, à ses propres oreilles, lui parut totalement désespéré. Mais il s'en fichait. Il voulait Sungjae, il le voulait plus que tout, et il savait qu'il n'avait aucune honte à avoir. Avec lui, il pouvait être lui-même. Il n'avait pas besoin de jouer un rôle, de se cacher, d'être parfait et de tout contrôler. Il pouvait seulement laisser parler ses envies, se dévoiler tel qu'il était, sans aucune crainte.

— Tu vas les avoir…

Il déposa un bref baiser aux coins de sa bouche et se redressa pour lui ôter son t-shirt. Aussitôt, Paolo glissa les mains sur celui de Sungjae pour l'en débarrasser à son tour. Ils se retrouvèrent à égalité, en sous-vêtements, mais cette dernière barrière de tissu s'envola bien vite.

Nus au-dessus du couvre-lit, la lueur de la lampe de chevet dévoila leurs silhouettes entrelacées, sculptées par la passion et l'impatience. Sungjae embrassait Paolo dans le cou, il lui mordillait les épaules et le masturbait d'une main. Il le sentait se tordre sous lui, sous son toucher, sous sa bouche qui se faufilait çà et là. Puis il ramena une main vers ses lèvres et lui présenta deux doigts, son majeur et son index.

— Tu les suces un peu ?

Paolo ne se fit pas prier. Il attrapa le poignet de son compagnon et se mit à lécher ses doigts pour ensuite les enfoncer dans sa bouche. Il ferma les yeux et se concentra sur sa tâche, l'esprit sens dessus dessous et le ventre totalement en vrac tant l'excitation montait. Il n'avait jamais ressenti un tel désir envers qui que ce soit. Ses relations passées semblaient toutes fades à côté de ce qu'il vivait avec Sungjae. Là, il se sentait si bien… Il sentait que c'était la bonne personne.

— Si j'avais su que t'allais les sucer comme ça, je t'aurais plutôt donné ma queue, rit-il.

Paolo lui empoigna les hanches et se redressa un peu dans l'espoir d'atteindre sa bouche, mais Sungjae le repoussa.

— On garde ça pour après. Pour le moment je voudrais que tu te retournes, j'vais te faire du bien.

Il se détacha de son petit ami pour lui permettre de s'allonger sur le ventre. Machinalement, il bougea contre la couverture, cherchant un moyen de se satisfaire. Mais Sungjae lui donna une tape sur les fesses qui résonna dans la pièce.

Paolo tourna la tête pour capter son regard, les yeux écarquillés par le bruit qui venait de retentir. Les parents de son petit ami étaient sans doute dans leur chambre, pas très loin, et ils pouvaient entendre.

— Qu'est-ce que t'as ?

Paolo jeta un coup d'œil en direction de la porte.

— On va nous entendre… murmura-t-il.

— Alors tâche de te contrôler.

Il pouffa de rire.

— Qui est le plus bruyant de nous deux ?

— Je suis bruyant, j'avoue, mais je sais aussi me retenir quand il faut. Même si avec ta très jolie queue, dit Sungjae en glissant les doigts sur son périnée, c'est assez compliqué. Mais ça tombe bien, on dirait que c'est ton tour aujourd'hui.

Paolo serra les dents quand il sentit un premier doigt s'insinuer en lui. Il ferma les yeux et se laissa retomber face contre l'oreiller, profitant de l'agréable sensation que Sungjae lui procurait. Il se focalisa sur son mouvement, lent et profond, sur la manière qu'il avait de tourner son doigt quand il allait et venait.

Il s'accrocha à la couverture à sa portée et lâcha un soupir de bonheur quand il ajouta son majeur. Il était habile, consciencieux et attentif à la moindre réaction de sa part.

Paolo ne cessait de se mordre la lèvre, tentant de retenir les gémissements qui menaçaient d'exploser tant il adorait les gestes de son petit ami. Il aimait le fait qu'il soit doux, qu'il prenne son temps, qu'il prenne soin de lui. Il était heureux qu'il ait accepté de lui faire du bien avec ses doigts, mais plus le temps passait, et plus il en voulait. Et ça, Sungjae le ressentait.

Il déposa de petits baisers sur son dos, puis descendit jusqu'à la naissance de ses fesses avant de mordre celles-ci à pleines dents. Il délaissa son orifice, mais continua de le caresser. Paolo se laissa transporter et, quand il sentit le souffle de Sungjae s'échouer sur son entrée, son ventre se contracta d'impatience. Il savait ce qu'il pouvait faire, il en était capable, et ça le rendait complètement fou.

Sa langue chaude et humide entra en contact avec lui et il fut obligé de s'enfoncer dans l'oreiller pour y étouffer un gémissement. Sungjae lui tenait les fesses tandis qu'il s'amusait à le dévorer dans des bruits humides qui résonnaient dans la chambre. Il entendait son petit ami gémir tout en le léchant, puis ses doigts se joignirent à sa langue, et cela suffit à le faire jouir une première fois. Il se retint de laisser son bien-être exploser de vive voix quand il se déversa sur le couvre-lit.

Mais Sungjae ne s'arrêta pas pour autant, jusqu'à ce que son partenaire reprenne un peu ses esprits.

Il ôta ses doigts et Paolo se tourna pour atterrir sur le dos. Il était souillé de son propre sperme, mais il s'en fichait bien à cet instant. Ils se fixèrent avant qu'il ne détourne le regard.

— Encore gêné ? s'amusa Sungjae.

— Non, c'est…

Il marqua une pause pour déglutir, sa bouche était affreusement sèche.

— T'as aimé ?

— Oui. Beaucoup.

— J'aurais pu te le bouffer encore longtemps, mais comme ça t'as fait plus d'effet que je pensais…

Un silence s'installa avant que Sungjae ne se penche pour l'embrasser. Paolo fronça les sourcils, soucieux du goût que pouvait avoir leur baiser, mais il venait de prendre sa douche et finalement, ce n'était pas désagréable. Ce qui le gênait un peu plus était la sensation de sa propre semence lui collant à la peau et qu'il avait désormais étalée partout sur le lit.

Sungjae se redressa, comprenant son mal-être, puis alla chercher un t-shirt dans sa commode pour l'essuyer du mieux qu'il put. Ils feraient avec les moyens du bord, pas le temps de faire des manières.

— C'est mieux comme ça ?

Paolo acquiesça, un sourire étirant ses lèvres. Sungjae revint se glisser contre lui et joua avec les poils de son pubis. L'atmosphère était encore gorgée d'une insoutenable tension sexuelle, et le pénis de Paolo s'éveillait à nouveau.

— Quand je disais que t'étais insatiable, s'amusa Sungjae.

— En fait j'aimerais bien qu'on… qu'on le fasse.

Sungjae fronça les sourcils.

— Ce que je viens de te faire ça te suffit pas ? demanda-t-il. Je comprends, si tu préfères me baiser…

— Non, l'interrompit Paolo. Je veux plutôt que… que ce soit toi…

Sa voix s'était affaiblie en prononçant ces paroles. Son compagnon se redressa sur un coude et eut un petit mouvement de recul. Il l'analysa de bas en haut, surpris par cette proposition. Il avait peut-être plaisanté sur le fait que c'était à lui de le pénétrer, mais il n'avait pas imaginé que Paolo fut réellement en demande pour ça.

— Wouah, d'accord, donc…

Il passa une main dans ses cheveux pour les replacer vers l'arrière.

— Tu veux que moi je te baise ?

Paolo passa la langue sur ses lèvres et hocha la tête.

— Et c'est pas une blague ?

— Non ? Pourquoi je rigolerais avec ça ? Enfin si tu veux pas c'est pas grave, oublie.

Sungjae lui saisit les poignets et bascula ses bras vers l'arrière, contre le matelas alors qu'il le surplombait.

— Je veux. Je veux voir ton visage se déformer de plaisir quand j'vais entrer en toi.

Paolo sentit ses joues s'empourprer. Il avait déjà terriblement chaud et les mots de Sungjae n'arrangeaient pas son état. Il avait envie qu'il lui fasse l'amour, peu importe s'il était sauvage ou non. Il avait envie de le sentir en lui, de s'offrir à lui. Il se fichait du reste, de ce que la société pouvait bien penser. Il voulait donner à Sungjae ce que lui lui avait offert sans aucune gêne. Il voulait lui montrer qu'ils étaient sur un même pied d'égalité, qu'il se fichait bien des idées toutes faites sur la masculinité. Comme il le lui avait si bien dit, cela ne faisait pas de lui un homme moins homme.

Ils s'embrassèrent encore et encore, sans retenue, sans pudeur, leurs corps ondulant à la recherche d'une satisfaction commune. Sungjae se plaça entre les jambes de Paolo et retourna s'occuper de lui avec ses doigts. Il se délecta de ses réactions, de son corps chaud et transpirant, de ses soupirs, du goût de sa peau sur sa langue qu'il s'amusait à laisser courir çà et là. L'excitation montait de plus en plus entre eux. Les caresses sensuelles et les mots qu'ils s'échangeaient avaient fait naître un désir ardent et inépuisable. Le corps de Paolo frémissait sous les attentions expertes de son compagnon, tandis que ce dernier prenait plaisir à explorer chaque recoin de son intimité.

Les soupirs remplissaient la pièce, faisant écho à l'intense passion qui les consumait. Ils se laissaient aller sans aucune inhibition. Leur étreinte était à la fois sauvage et empreinte d'une tendresse infinie, un mélange de désirs et de sentiments profonds. Sungjae savait exactement comment s'y prendre pour exciter Paolo. Il le titillait avec habileté afin de l'amener toujours plus proche d'une autre délivrance. Ses doigts agiles s'enfonçaient en lui pour le préparer à ce qui allait les unir de manière encore plus intime.

Paolo peinait à retenir ses gémissements, ses mains s'agrippaient aux draps alors qu'il se perdait dans un tourbillon de sensations. L'anticipation de l'instant à venir le rendait presque fébrile, mais il était déterminé à franchir cette étape avec Sungjae. Il voulait se donner entièrement à lui.

Finalement, après avoir préparé Paolo avec précaution, Sungjae se positionna au-dessus de lui. Il le fixa avec intensité et leurs corps s'alignèrent parfaitement.

— Ça va aller ? demanda-t-il dans un murmure.

— Oui, t'en fais pas.

Paolo lui caressa la joue et se redressa légèrement pour lui intimer de venir l'embrasser, ce qu'il s'empressa de faire. Quand ils mirent un terme à leur échange, Sungjae posa le front sur celui de son petit ami.

— Si c'est inconfortable, tu me le dis surtout.

— Hm, d'accord. Mais je suis sûr que ça ira.

Sans plus attendre, Sungjae commença à s'enfoncer en lui, lentement, mais fermement. De concert, ils lâchèrent un profond soupir.

— Putain… jura Sungjae. C'que t'es bon….

Paolo se cambra, il sentait chaque centimètre de lui être rempli par la présence de son compagnon.

Ce dernier attendit un peu avant de bouger ; il s'occupa de Paolo, il le toucha, il l'embrassa, il lui répéta qu'il le trouvait beau et qu'il adorait être en lui. Puis il lui donna le feu vert pour remuer, ce qu'il fit avec le plus grand soin. La douleur initiale céda rapidement sa place à une sensation de plénitude et d'extase. Les mouvements de Sungjae étaient calculés, il cherchait à offrir à Paolo un plaisir intense et inoubliable. Ils se perdirent ensemble dans un torrent d'émotions et de sensations indescriptibles. Les gémissements étranglés se mêlaient aux respirations haletantes, tandis que leurs corps s'unissaient dans une danse rythmée par l'ivresse.

— J'ai envie de te prendre autrement… déclara Sungjae en venant l'embrasser.

— Comment ?

— Par derrière.

Paolo sentit son estomac se contracter suite à cette proposition. Elle était tentante, terriblement tentante, et le seul fait d'imaginer Sungjae derrière lui suffit à lui faire perdre pied. Il ne pouvait pas refuser. À cet instant, il voulait tout simplement goûter à tous les plaisirs que son petit ami pouvait lui offrir. Mais il s'efforçait de garder à l'esprit qu'il ne pouvait pas totalement se lâcher. Même si Sungjae lui procurait beaucoup de bien, il ne pouvait pas se permettre de le lui crier sans retenue. Ses parents n'étaient pas loin, il devait tout de même rester discret.

— D'accord.

— Tu me fais confiance ? demanda Sungjae en passant une main dans ses frisures humides.

— Oui, totalement.

Il se retira de lui pour lui permettre de se positionner comme il le lui avait demandé. Il n'avait aucune crainte quant à ce qu'il allait lui faire. Et il était assez excité pour l'accueillir à nouveau.

Paolo se mit à quatre pattes, offrant ainsi à Sungjae un accès complet à son intimité. Son cœur battait rapidement, mélangeant l'impatience et une pointe de nervosité.

— T'es sûr de toi ? demanda Sungjae d'une voix douce.

— Oui, je veux te sentir comme ça.

Paolo prit une profonde inspiration et se prépara mentalement à cette nouvelle expérience. Les battements de son cœur s'accélérèrent alors qu'il se laissait guider par son compagnon.

— Vas-y, lui chuchota-t-il.

Son petit ami se plaça derrière lui et de ses mains, il caressa doucement les courbes de ses fesses. Puis il guida son érection vers son entrée et s'y insinua lentement, soucieux de lui offrir une pénétration en douceur.

Paolo sentit une légère pression avant de se laisser envahir par une vague de plaisir. La sensation d'être pris de cette manière était divine.

— T'es incroyable, murmura Sungjae.

Le rythme s'accéléra progressivement, chaque va-et-vient se fit plus intense que le précédent. Paolo plongea la tête dans l'oreiller, il gémissait à chaque coup de reins et se laissait emporter par la férocité qui semblait s'être éprise de son petit ami. Il adorait sentir ses mains fermement agrippées à ses hanches pour entreprendre des mouvements plus vigoureux et profonds. Il l'entendait soupirer, il entendait les grincements du lit ainsi que le son de leurs corps qui s'entrechoquaient. Cette mélodie le guida un peu plus vers l'orgasme.

Sungjae le saisit avec plus de conviction et ses à-coups se firent plus brutaux, Paolo ferma les yeux et s'agrippa aux draps.

Il sentait ses muscles se contracter. Chaque mouvement de son amant le poussait plus près du point culminant de son plaisir.

— Sungjae, je… je vais…

Avant même qu'il puisse finir sa phrase, l'orgasme explosa en lui pour le submerger d'une vague dévastatrice. Il dut se retenir de crier alors que son corps tout entier tremblait, traversé de puissants spasmes.

Sungjae le suivit de près, se laissant aller dans un ultime mouvement puissant. Ils s'effondrèrent sur le lit, haletants et épuisés. Leurs corps étaient en nage et leurs cœurs comblés d'une douce euphorie. Sungjae se retira doucement de Paolo et récupéra le t-shirt déjà souillé d'un peu plus tôt. Puis il se coucha à ses côtés, blotti dans ses bras protecteurs.

Chapitre 20

Paolo ouvrit les yeux et tomba nez à nez avec Sungjae. Il eut un mouvement de recul, surpris de le voir si proche de lui et déjà réveillé. Il l'observait, les yeux mi-clos, un mince sourire aux lèvres, les cheveux encore en bataille. Mais il était tellement beau dans toute cette simplicité.

Il sourit à son tour et chercha à se lover dans ses bras. Son petit ami lui offrit l'étreinte qu'il recherchait, et ça n'avait pas de prix. Se réveiller aux côtés de l'homme qu'il aimait, pouvoir se coller tout contre lui, entendre son cœur battre la chamade et sentir son souffle s'échouer dans ses cheveux, il ne pouvait pas rêver mieux. Il avait tout ce qu'il désirait, et il voulait que cela ne se termine jamais.

Ils restèrent ainsi de longues minutes, sans parler, car ils n'en avaient pas besoin. Paolo se sentit traversé d'une sensation de plénitude, d'une puissante montée d'adrénaline qui lui donnait envie de faire de nombreux projets avec Sungjae.

Les images de cette nuit d'amour et d'ivresse vinrent envahir son esprit. Leurs corps entrelacés, leurs soupirs, leurs mains aventureuses partant à la découverte des courbes de leurs corps. Sungjae lui faisant l'amour, tendrement, sauvagement. Son ventre se contracta d'envie. Il avait l'impression de le sentir encore en lui, de sentir ses va-et-vient langoureux et profonds, de sentir sa poigne ferme sur ses hanches. Il n'avait pas forcément mal, c'était plutôt une petite gêne, mais il s'en fichait. Il pouvait bien surmonter ça avec tout l'amour qu'il avait reçu et tout le bien-être que son petit ami lui avait procuré.

Sungjae déposa un baiser dans ses cheveux, puis un deuxième, et un troisième. Il bifurqua ensuite sur sa tempe et partit à la recherche de sa bouche. Le contact fut chaste et bref, mais suffisant pour les faire sourire à nouveau. Nus et enlacés sous les draps, leur peau encore chaude et humide de leurs ébats, ils se fixaient avec insistance. Ils savaient qu'ils s'aimaient, qu'ils ne voulaient pas se quitter, mais ils savaient aussi qu'ils finiraient par sortir du lit et avancer vers un futur incertain.

— Je pourrais rester là pendant des jours, murmura Sungjae.

— Des semaines même.

— J'veux pas te lâcher.

Paolo pouffa de rire et chercha à se serrer encore plus à son petit ami.

— T'es devenu accro ?

Sungjae répondit par un simple son de gorge et il se contenta de renforcer l'étreinte sur Paolo, comme s'il cherchait à le faire taire. La séparation était inévitable et même s'ils voulaient profiter de ces derniers jours ensemble, le temps filait à toute vitesse. Rien que d'y penser, Paolo en était malade, mais il ne voulait pas trop le montrer. Il voulait vivre chaque instant avec Sungjae.

— Je t'aime, lança-t-il d'une petite voix.

Sungjae soupira et un court silence s'installa avant qu'il n'ose répondre :

— Je t'aime aussi.

— Je veux que ces quelques jours soient fabuleux.

— Ils le seront, j'en ai aucun doute. Si c'est avec toi, ils le seront.

Paolo sourit et releva la tête pour embrasser le nez de son compagnon. Cela le fit rire, alors il réitéra son geste tout en lui empoignant les hanches pour que leurs corps se heurtent. Sungjae lâcha un petit gémissement quand leur entrejambe entra en contact, et il posa les mains à plat sur le torse de son petit ami.

— Tu veux quand même pas… encore ?

— Non, c'était juste un réflexe ! Désolé !

Il se recula légèrement pour prouver à Sungjae qu'il n'avait pas l'intention d'aller plus loin. À vrai dire, même s'il éprouvait énormément de désir pour lui, il en avait eu assez cette nuit. Et puis, il n'allait pas lui donner raison sur le fait qu'il était insatiable, il avait sa fierté.

— T'as été incroyable hier, lâcha Sungjae.

Paolo déglutit et ses joues lui brûlèrent instantanément. Il adorait que son partenaire le complimente, comme il l'avait fait en plein acte, mais ça le gênait également. Il ne devait pas avoir honte de ce qu'ils avaient fait, d'avoir laissé parler ses envies les plus profondes, mais il n'avait jamais été habitué à pouvoir être qui il voulait sans être jugé.

Avec ses parents, il devait être le fils exemplaire qui acquiesçait à tout. Il devait penser comme eux, agir comme ils le souhaitaient pour qu'ils soient fiers de lui, pour que ses actions ne leur fassent pas honte.

— T'as pas à être embarrassé, le rassura Sungjae en attrapant son visage en coupe. T'étais super. J'ai adoré te faire l'amour, te voir prendre du plaisir. C'est pas souvent que… qu'on me laisse gérer les choses au lit.

— Ah… ah oui ?

Il hocha la tête.

— En même temps, j'ai jamais rencontré quelqu'un comme toi. C'est spécial avec toi. Je pense qu'on est sur un pied d'égalité, que tu me vois pas juste comme un mec qui écarte les jambes facilement.

— Absolument pas, pourquoi tu dis ça ?

— Parce que c'est ce que j'ai été pendant toutes ces années. Si un gars me plaisait un peu ou était sympa avec moi, je le draguais et j'me mettais à quatre pattes dans les minutes qui suivaient. J'savais pas trop… comment m'y prendre autrement. J'avais besoin d'attention, c'est sûrement tout ce que j'ai trouvé pour qu'on s'intéresse à moi.

Les sourcils de Paolo s'affaissèrent. Sungjae avait dû être tellement malheureux… Il avait essayé de retrouver un semblant d'amour et d'affection en cumulant les conquêtes. Il avait essayé de combler un manque qui jamais ne pourrait être comblé. Il s'était enfermé dans un engrenage malsain où ces infimes instants de plaisir constituaient l'illusion d'un bonheur qui, en réalité, n'avait pour but que de le détruire. Il avait fumé sans retenue, il s'était envoyé en l'air avec tous ceux qui voulaient bien s'amuser avec lui. Il n'avait pas eu de limite. Il voulait s'annihiler tout en se laissant croire qu'il agissait ainsi pour être heureux. Mais son cœur et son corps avaient souffert.

— Même si je savais que j'allais coucher avec toi, reprit-il, je savais aussi que t'étais différent. Quand je t'ai dit que je voulais reprendre la route et que t'as insisté pour me suivre, ça n'a fait que confirmer ce que je pensais.

— J'suis pas parti avec toi juste pour le cul.

— Je sais. Je le sais très bien. C'est pour ça que t'es encore là.

Paolo acquiesça.

— J'suis bien avec toi, dit-il.

— Moi aussi j'suis bien avec toi. Mais… faudrait qu'on se lève parce que je sens une super bonne odeur de café et je suis sûre que ma mère a préparé des brioches à la fleur d'oranger. Tu verras, elles sont délicieuses.

Ils échangèrent un petit baiser avant de quitter le lit d'un commun accord.

Ils ramassèrent leurs vêtements éparpillés çà et là, puis sortirent de la chambre. Sungjae s'arrêta sur le palier et tourna la tête vers une porte entrouverte. Il resta immobile un instant, les yeux toujours fixés sur cette pièce qu'il était possible de percevoir en partie.

— C'est…

— La chambre de Sungmin, dit-il. Je sais pas si je serais capable d'y entrer pour le moment.

Paolo vint lui attraper une main pour entrelacer leurs doigts.

— T'es pas obligé. Tu peux prendre le temps qu'il te faudra. Et puis si tu veux pas y aller, t'as le droit.

— Merci. Mais je pense que ce sera nécessaire si j'veux avancer. Peut-être pas tout de suite, mais j'y arriverai.

— J'en suis sûr.

Ils sourirent et Sungjae inspira à pleins poumons, puis son ventre gronda. Ils furent obligés de rire et s'empressèrent de rejoindre la pièce à vivre. Elle était baignée d'une agréable lumière, le soleil brillait de mille feux aujourd'hui. La mère de Sungjae vint à leur rencontre, elle écarta les bras pour les enlacer à deux en même temps.

— J'ai préparé le petit déjeuner ! Vous allez pouvoir reprendre des forces, suivez-moi.

Sans broncher, ils obtempérèrent et rejoignirent la cuisine où une délicieuse odeur régnait. Une odeur de convivialité et de sécurité. C'était une ambiance agréable, rassurante. Ils saluèrent l'homme déjà attablé devant un grand bol de café, puis s'installèrent à leur tour. Il y avait à manger pour un régiment. Des brioches, des cookies aux cacahuètes, un gâteau à peine sorti du four recouvert de rondelles d'ananas, plusieurs pots de confitures, ainsi que des fruits frais.

— Servez-vous, prenez tout ce qui vous fait envie, je m'occupe de vous servir le café.

Paolo ne savait plus où donner de la tête. Il avait tant de choses sous les yeux et pas assez de place dans son estomac… Il aurait aimé goûter à tout, mais il devait faire un choix. Il attrapa une petite brioche ronde, elle sentait l'orange à plein nez. Il croqua dedans et dut se rendre à l'évidence : c'était exquis. Il prit aussi une pêche et quelques fraises qui semblaient bien juteuses et sucrées.

— C'est très bon ! s'exclama-t-il lorsque la femme les rejoignit à table.

— Les fraises viennent du jardin. On en a eu tellement cette année que j'ai dû en faire des confitures ! D'ailleurs, il faut que j'en apporte à la voisine.

— Madame Evans ? demanda Sungjae.

Sa mère hocha la tête.

— Mais elle nous avait engueulés à cause des chats qui étaient venus dans son jardin.

— Oh t'en fais pas ! Depuis que je lui prépare des biscuits et des confitures, tout est arrangé.

— Oui, ta mère achète les gens maintenant, lança Taesung en levant les yeux de son journal.

La femme rit et posa une main sur l'avant-bras de son mari.

— S'entendre avec ses voisins c'est important. Et je crois qu'il faut apprendre à cohabiter pour le bien de tous.

Paolo trouvait cette famille fascinante. Il n'avait jamais été habitué à côtoyer des personnes dans leur genre, et ça le déstabilisait autant que ça lui plaisait. À Florence, il ne connaissait même pas vraiment ses voisins. Ils n'avaient ni altercations ni interactions, à part un simple bonjour poli lorsqu'ils se croisaient. Et ça n'arrivait pas souvent. Tout le monde semblait pris dans l'engrenage tumultueux de la vie, où tout allait trop vite, où chacun devait se focaliser sur soi plutôt que sur les autres. Il fallait réussir. Réussir ses études. Réussir sa vie de famille. Réussir dans son travail. Quel temps avaient-ils à accorder à leurs prochains ?

— Ressers-toi Paolo, vas-y.

— Merci mais j'ai déjà bien mangé.

— Oh je t'en prie, il faut vraiment que tu reprennes des forces.

Le sourire qu'affichait la mère de Sungjae n'était pas anodin. Il resta figé quelques secondes, comme s'il cherchait à comprendre ce que cela signifiait.

— C'est vrai, après la nuit que vous avez passée, il faut bien manger.

Il manqua de s'étouffer. Son corps tout entier fut submergé d'une désagréable vague de chaleur. Il devait se rendre à l'évidence, elle savait parfaitement ce qui s'était passé dans la chambre de son fils. Pourtant, il avait tout fait pour être discret, mais il devait bien avouer que le lit avait beaucoup grincé, et que peut-être, les soupirs et gémissements qu'il avait cru étouffer dans l'oreiller s'étaient fait entendre, plus qu'il ne l'avait pensé. Il jeta un coup d'œil en direction de son petit ami, ce dernier continuait à manger et à siroter son café sans même réagir.

— Je pense que tu as du mal à lâcher prise, continua-t-elle.

Il eut un mouvement de recul.

— Regarde, tu cherches à contrôler ce que tu manges alors que je vois très bien que tu voudrais te laisser tenter par la gourmandise. Tu sais, il n'y a aucun mal à ça.

Il resta sonné par les mots de la femme et pendant ce temps-là, Sungjae demanda la cafetière à cette dernière afin de se resservir. Il proposa du café à Paolo et il fut obligé d'accepter, encore trop hébété par ce qui se passait.

— Tu es dans la retenue, et ça s'est beaucoup entendu cette nuit. Tu as envie de tenter de nouvelles expériences, et c'est super. Mais il y a encore quelque chose qui te bloque et t'empêche de te laisser aller. Au lieu de laisser sortir ce que tu as en toi, tu te forces à contenir tes émotions. Tu vois, tu nous as fait des *« Ah... Ah ! »*

— Hm, je veux bien une autre brioche, intervint Sungjae, faisant fi des imitations de sa mère.

— Bien sûr mon chéri !

Elle lui tendit le panier encore bien rempli, un large sourire aux lèvres qui faisait presque disparaître ses yeux.

— Mais tu pourrais te laisser complètement porter par le moment et là, tes gémissements seraient plus des *« Aaaaah... »* de soulagement.

Paolo déglutit. Il ne savait pas s'il devait répondre ou s'il devait rester silencieux. Sungjae ne disait rien, comme s'il s'agissait d'une discussion tout à fait banale. Son père continuait à lire, peu perturbé lui aussi.

— Ce n'est pas très bon d'étouffer ses désirs, ça va juste bloquer ton plexus solaire. Tu dois certainement avoir un problème avec ta mère qu'il faudrait régler. Et je suis sûre que tu as du mal à prendre des décisions aussi. Si tu veux, je connais d'excellents exercices pour t'aider.

— Oui, maman est super forte pour tout ça, lança Sungjae, la bouche pleine.

— Je vais faire mon yoga, tu pourrais te joindre à moi si tu veux, une fois que Taesung et moi aurons terminé. On pourra essayer de débloquer tout ça. En plus, ce sera bien utile dans votre relation.

Son regard jongla de Paolo à Sungjae, un petit sourire collé à ses lèvres. Il resta encore circonspect, il était on ne peut plus surpris par cette conversation totalement lunaire. Il n'aurait jamais imaginé se retrouver à table avec les parents de son petit ami, et que sa mère reproduirait ses gémissements sans aucune gêne.

— Euh, oui ? répondit-il tout simplement.

— Allez, finis-moi ce p'tit déj et après on attaquera ça !

Elle se leva d'une traite et disparut hors de la cuisine. Taesung, toujours silencieux, referma son journal et but son café avant d'imiter sa femme. Paolo resta là, avec Sungjae qui continuait à manger tranquillement. Personne ne semblait étonné par cette discussion à part lui.

— Pour l'instant ils vont faire leur yoga ensemble, donc si t'as pas envie de les voir à poils, va pas sur la terrasse.

— Ils… nus ?

— Ouais, c'est leur truc à eux.

Paolo n'arrivait même pas à aligner deux mots tant il était abasourdi. Les parents de Sungjae étaient adorables, il n'en avait aucun doute, mais leur mode de vie était pour le moins spécial. Il ne les jugeait pas, il n'avait juste pas été habitué à voir des personnes de leur âge aussi ouvertes sur la sexualité. Même les jeunes qu'il connaissait en Italie n'étaient pas aussi libres. La société qu'il connaissait était conventionnelle, portée sur la pudeur, et parler de sexe n'était pas quelque chose de courant. D'ailleurs, il n'en avait jamais discuté avec ses parents, très peu avec ses amis. Il avait découvert tout ce monde par lui-même. Mais là, avec Sungjae, il en avait appris plus en quelques jours que durant ces dernières années. Et même s'il avait déjà eu des relations, il ne s'était jamais senti aussi peu complexé qu'ici.

— Et ça te dérange pas que… qu'on nous ait entendus ? Enfin, surtout tes parents.

Sungjae haussa les épaules.

— Ils savent que j'ai une vie sexuelle.

— Oui mais…

Il marqua une pause et avala une gorgée de café.

— Enfin, pour moi ce serait inconcevable que mes parents m'entendent faire l'amour. Déjà, je ferais jamais ça à côté de leur chambre.

— Hm, pour eux tu devrais rester vierge jusqu'au mariage, c'est ça ?

— À peu près oui.

Sungjae éclata de rire.

— C'est raté ! Pour le coup, t'es plus vierge de nulle part !

Il se calma devant la mine bougonne de son petit ami et déposa délicatement une main sur la sienne.

— Dans notre famille, on est plutôt ouverts. J'veux dire, le sexe ça fait partie de la vie comme manger, boire, dormir. Les gens en font tout une histoire, y'a tous ces tabous ridicules autour, mais mes parents m'ont toujours appris que c'est pas sale ou un truc de détraqué. J'avoue qu'en repensant à tout ce que j'ai fait, j'suis pas forcément fier de moi, mais j'ai toujours pris du plaisir, et ça a toujours été fait dans un consentement mutuel. Du coup, je vois pas pourquoi on devrait avoir honte d'aimer le cul.

— Wouah… T'as totalement raison.

— Je sais, sourit Sungjae. J'ai pas peur de dire que j'aime ça, et que j'aime encore plus avec toi.

Paolo détourna le regard, encore une fois touché en plein cœur par les mots de son compagnon.

— Sois pas gêné, j'aime le sexe avec toi, c'est tout. Et j'suis content d'avoir été ton premier mec, dit-il.

— Je suis content aussi. Et si, je suis mort de gêne !

Il chercha à dissimuler le fait que ses pommettes avaient changé de couleur, mais Sungjae n'était pas dupe. Il lui attrapa le visage entre ses mains et planta le regard dans le sien avec une intensité sans pareille.

— T'es beau quand tu rougis, Paolo. Et j'ai envie qu'on passe cette journée ensemble.

— Si je meurs pas de malaise, oui.

Sungjae lui colla un baiser appuyé au coin des lèvres.

— T'as pas intérêt. On devrait aller reprendre une douche parce qu'avec ce qu'on a fait cette nuit…

Paolo acquiesça. Il allait volontiers accompagner Sungjae pour se laver, chaque instant passé ensemble était précieux et il ne voulait rater aucune occasion d'être avec son petit ami. Bientôt, il devrait repartir, reprendre l'avion et rentrer. Il n'en avait aucune envie. Mais peut-être que la mère de Sungjae l'aiderait à y voir plus clair dans tout cet épais brouillard.

Chapitre 21

Deux jours avaient passé.

Le couple était resté chez les parents de Sungjae durant ce temps-là, pour se reposer des derniers événements. La fatigue se faisait ressentir, Paolo n'avait pas beaucoup dormi depuis l'horrible nuit où la tempête s'était abattue sur Half Moon Bay, alors il commençait à faiblir. Pourtant, il mangeait bien, essayait de se reposer pendant la journée avec l'aide de la mère de Sungjae qui lui avait appris quelques techniques de méditation, mais il avait besoin de sommeil. Et puis, il devait avouer que ses nuits étaient courtes. Avec Sungjae, ils passaient du temps à s'embrasser, à prendre soin l'un de l'autre, à se caresser, sans rien de plus. Ils aimaient discuter, de tout et de rien, rêver dans les bras l'un de l'autre, avoir des conversations philosophiques jusqu'à pas d'heure.

En réalité, dormir leur donnait l'impression de rater quelque chose, de rater des moments de partage et de bonheur. Ils se devaient de profiter de chaque seconde qui leur était offerte avant de devoir se quitter.

Aujourd'hui, Sungjae avait tenu à emmener Paolo dans Los Angeles. Les endroits qu'il avait l'habitude de fréquenter avant son départ avaient bien changé, à tel point qu'il se sentait presque comme un étranger ici. Il avait toujours eu du mal à trouver ses marques, mais il aimait cette ville qui renfermait d'agréables souvenirs. Il y avait tant de choses qui lui rappelaient sa vie avant qu'il ne décide de partir. S'il posait les yeux sur le petit cinéma, il était capable d'énumérer tous les films qu'il était allé voir avec Sungmin. S'il s'arrêtait sur le parc près de chez lui, il se revoyait courir avec un ballon entre les mains. S'il tournait la tête vers l'épicerie de Madame Hwang, il retrouvait le goût du jus de raisin qu'il avait l'habitude de boire après les cours.

Après avoir crapahuté dans la ville, ils s'étaient arrêtés en fin de journée dans un *diner* qui venait d'ouvrir ses portes quelques semaines auparavant. Installés face à face sur les banquettes en cuir rouge, Paolo et Sungjae dégustaient chacun un milkshake si grand qu'ils ignoraient s'ils seraient en mesure de le finir. Heureusement, il faisait chaud et ils auraient besoin de se désaltérer au fil de leur conversation.

— J'suis trop content que tu m'aies fait visiter un peu, déclara Paolo.

— Je t'avoue que j'avais besoin de sortir. Deux jours enfermés c'était déjà trop. Et je risquais de péter les plombs.

Paolo lâcha un petit rire. Sungjae avait pris l'habitude de vivre dans son van, alors il pouvait totalement comprendre que rester là, chez ses parents, entre quatre murs, fut une dure épreuve. Il avait retrouvé sa famille, sa maison, mais cela ne signifiait pas pour autant qu'il était prêt à reprendre sa vie d'avant du jour au lendemain. Il avait goûté à la liberté, à l'adrénaline que lui procuraient la route et l'inconnu. Il était fait pour conduire de ville en ville, pour rencontrer des gens venus de tous horizons, pour dormir au clair de lune et marcher sur toutes les plages de la côte ouest. Il était fait pour une vie de nomade, même si retrouver le cocon d'un foyer aimant lui faisait le plus grand bien. Il avait besoin de trouver un équilibre sain pour pouvoir se reconstruire et appréhender l'avenir.

— Dis, tu sais ce que tu vas faire après ?

Sungjae secoua négativement la tête tout en sirotant son milkshake.

— J'sais pas… Je pense rester ici un moment, le temps de me refaire une santé. Mais faut que je bouge un peu aussi.

— Et tu veux toujours vendre des bracelets ?

— Ouais, ça me plaît. Et avec ma mère qui connaît plein de gens, y'a moyen que je puisse vendre pas mal.

Paolo sourit, rassuré de constater que, désormais, Sungjae était entre de bonnes mains et qu'il comptait avancer. Il dirigea une main vers la sienne pour la caresser du bout des doigts, l'air pensif.

Il aimait tant voir Sungjae évoluer, même si en réalité cela faisait peu de temps qu'il le connaissait, il avait vu beaucoup de ses facettes. Les pires comme les meilleures. C'était un jeune homme tellement doux, tellement calme, malgré sa façon de parler et ses nombreuses allusions sexuelles. Il était attachant. Plus attachant que Paolo l'aurait souhaité.

— Tu vas rentrer chez toi bien bronzé, lui fit remarquer Sungjae.

La première réaction de Paolo fut de baisser les yeux vers ses bras pour constater qu'en effet, sa peau avait pris une jolie couleur caramel et que des taches de rousseur étaient aussi apparues. Il n'avait que très peu l'occasion de s'exposer au soleil d'habitude, même si les étés étaient très chauds. Il préférait justement fuir les rayons en s'enfermant chez lui pour travailler ses cours jusqu'à pas d'heure. De toute façon, il n'avait pas grand-chose d'intéressant à faire.

Il déglutit alors que la remarque de Sungjae se mit à tourner en boucle dans son esprit.

Rentrer chez lui.

Il allait bientôt reprendre l'avion pour retourner à Florence, retrouver ses parents et sa vie. Et ça le terrifiait. Il s'était senti si libre et vivant ici… Il avait pu faire des choses qu'il n'avait jamais imaginées, même dans ses rêves les plus fous. Il avait vécu l'expérience la plus gratifiante de sa vie, il s'était lâché, il avait abandonné son rôle de fils modèle pour goûter à une exquise liberté. Il n'était pas certain de vouloir retourner en prison, dans une société qui voulait le façonner à l'image de tous les autres jeunes hommes. Il savait que rien ne changerait. Ses parents continueraient à le considérer comme leur petit trophée, à lui dicter son avenir, à le pousser sur un chemin qu'il ne désirait pas suivre. Avait-il le choix ? Il connaissait la réponse, mais il en avait peur.

— À quoi tu penses ?

Paolo sortit de ses réflexions, même si elles restaient dans un coin de sa tête pour le tourmenter.

— Au fait que je vais devoir repartir.

Sungjae afficha un sourire, mais ses yeux s'étaient emplis d'une infinie tristesse. Il serra légèrement la main de Paolo. Les deux jeunes hommes échangèrent un regard empreint de compréhension et de complicité. Ils savaient tous les deux que leur temps ensemble touchait à sa fin, que les adieux approchaient. Le cœur de Paolo se serra à l'idée de se séparer de Sungjae. Ils avaient vécu des moments intenses ensemble, et il ne voulait pas que cela prenne fin. La perspective de retourner à sa vie ordinaire, sans son petit ami à ses côtés, lui semblait terne et déprimante.

— J'y pense aussi, avoua Sungjae. Mais j'essaye aussi de me détacher de ça. Ça fait trop mal.

Sa voix était horriblement tremblante. Ils n'auraient pas dû s'attacher autant l'un à l'autre, ils savaient que la séparation serait douloureuse, mais comment lutter contre ce qui devait les lier ? Ils en avaient été incapables. Le destin en avait décidé ainsi, ils s'étaient rencontrés pour une bonne raison. Il avait sauvé Sungjae, alors peut-être était-ce le moment pour Sungjae de le sauver à son tour ?

— J'ai tellement peur de te perdre, déclara Paolo d'une voix à peine audible.

Sungjae reprit la main de son compagnon dans la sienne, ses doigts caressant doucement sa peau.

— C'est compliqué, hein ?

Paolo acquiesça et déglutit, cherchant à ravaler les larmes qui menaçaient de perler aux coins de ses yeux.

— J'ai pas envie que ça se termine comme ça. J'ai l'impression qu'il manque quelque chose, que c'est pas fini.

— Je sais, je ressens la même chose. Mais peut-être qu'on se reverra, que tu reviendras plus vite que tu le penses. On va trouver une solution, on restera en contact malgré la distance.

Il se voulait rassurant, mais son ton était incertain.

— Je sais que t'as raison, dit Paolo. Mais ça rend pas les adieux plus faciles.

Sungjae rapprocha son visage de celui de son petit ami, leurs regards se croisèrent avec une intensité palpable.

— On va profiter de chaque instant qu'il nous reste, d'accord ? Et on va se promettre de garder ces souvenirs très précieusement, peu importe ce que l'avenir nous réserve.

Paolo hocha la tête, mais il luttait contre les émotions qui l'envahissaient. Sungjae était bien plus fort que lui, il avait encore le courage de relativiser, de ne pas abandonner alors que leur histoire courait vers un destin incertain. Ils s'étaient rencontrés par hasard, mais leur relation s'était développée en quelque chose de spécial et de profond. Maintenant, ils devaient trouver la force d'affronter la séparation et de poursuivre leur chemin.

Ils finirent leurs milkshakes en silence, savourant chaque gorgée et chaque instant de proximité. Le temps semblait s'écouler plus lentement, ils s'accrochaient à chaque seconde.

Après avoir payé l'addition, ils se levèrent pour quitter le *diner*. Sungjae prit la main de Paolo, les doigts entrelacés en signe de soutien, mais surtout d'amour qu'il montrait au grand jour. Les gens leur jetaient des regards curieux pour la plupart, d'autres accusateurs, mais ils n'en avaient que faire. Ils marchèrent côte à côte dans les rues animées de Los Angeles, conscients que chaque pas les rapprochait un peu plus de la fin de leur escapade. Mais dans leurs cœurs, ils savaient que leur histoire était loin d'être terminée.

Sous le ciel embrasé par le soleil couchant, nuancé de rose et d'orange, ils se dirigèrent vers la plage. Ils abandonnèrent leurs chaussures et le sable encore chaud chatouilla leurs pieds nus tandis qu'ils marchaient en silence. Les vagues douces caressaient le rivage dans une mélodie apaisante.

Au bord de l'eau, Paolo se tourna vers Sungjae, et son regard plongea dans la profondeur des yeux de son compagnon. Un sourire tendre étira ses lèvres alors qu'il prenait doucement le visage de Sungjae entre ses mains.

— Je me sens tellement vivant avec toi, dit-il.

— Tu n'as pas idée d'à quel point moi aussi je me sens vivant depuis que t'es là.

Paolo ferma les yeux et se mordit la lèvre. Il sentait qu'il était sur le point de craquer, mais il ne voulait pas. Il ne pouvait pas fondre en larmes devant son petit ami, ils avaient déjà trop de peine tous les deux. Alors à la place, il se pencha vers lui et leurs souffles se mêlèrent pour n'en former qu'un seul. Leurs lèvres se rencontrèrent dans un baiser doux et passionné. Il scella leur amour et leur promesse de rester forts malgré la distance qui les attendait. Leurs émotions se bousculaient dans ce baiser, ils exprimaient tout ce qu'ils ressentaient l'un pour l'autre.

Le soleil continuait à décliner lentement à l'horizon, peignant le ciel d'une palette de couleurs chatoyantes. Ils s'étreignirent avec force et se bercèrent mutuellement dans leurs bras. Ils voulaient savourer cet instant magique qui semblait suspendu dans le temps.

Après un moment, ils se séparèrent, leurs regards emplis d'affection, mais aussi d'une tristesse presque insoutenable. Ils décidèrent de longer le rivage, de profiter de l'odeur de la mer, des bruits des mouettes et de l'agréable sensation du sable humide sur la plante de leurs pieds. Toutes ces émotions, tous ces paysages, allaient manquer à Paolo. Il tourna la tête vers Sungjae qui contemplait l'horizon plonger peu à peu dans l'obscurité.

C'était lui qui allait le plus lui manquer.

Ils finirent par retourner chez les parents de Sungjae. La mère de ce dernier les accueillit avec un sourire bienveillant, une joie de vivre débordante et une étreinte agréable. Elle prépara un délicieux dîner et, autour de la table, ils partagèrent des rires, des histoires et des moments de complicité. Paolo se sentait bien chez eux, il se sentait accepté tel qu'il était, et il s'était déjà habitué au naturel de cette famille pas comme les autres.

Une fois le repas terminé, ils se retirèrent dans la chambre de Sungjae. Les draps frais enveloppèrent leur fatigue, mais avant de sombrer dans le sommeil, ils se blottirent l'un contre l'autre dans l'espoir de trouver réconfort et sécurité.

— J'veux rester là pour toujours.

— Moi aussi, marmonna Sungjae contre le torse de son compagnon.

— Je sais même plus ce qu'était ma vie avant toi.

— Hm, moi je sais ce qu'était la mienne. Et elle était pas jolie.

Il se lova un peu plus dans les bras de Paolo et releva la tête pour venir déposer un baiser dans son cou. Il lui en donna un deuxième, puis un troisième, sans être capable de s'arrêter en si bon chemin. Ses mains glissèrent sous son t-shirt pour venir caresser sa peau brûlante d'un désir qu'il ne pouvait que partager.

— Je t'aime, murmura Sungjae, la voix remplie d'émotion.

— Je t'aime aussi.

— Tu veux qu'on fasse l'amour ?

Paolo en eut l'estomac sens dessus dessous. Une simple question et il se sentait déjà transcendé par l'envie. Il enlaça Sungjae avec force et déposa un tendre baiser sur son front.

— Et toi, tu veux ?

— J'aimerais beaucoup.

Chapitre 22

Le moment était venu pour Paolo de repartir à Santa Cruz afin de se rapprocher de l'aéroport. Debout face au miroir de la salle de bain, il scrutait son reflet avec une attention toute particulière. Le soleil avait fait son œuvre, donnant à sa peau une jolie teinte hâlée mouchetée de taches plus sombres. Ses cheveux frisaient davantage lorsqu'ils étaient en contact avec l'air salé du bord de mer, et ils avaient poussé à une vitesse folle. Ses parents lui diraient sans doute de les couper à peine aurait-il posé le pied sur le sol florentin.

Il esquissa un mince sourire dénué de bonheur. Il n'avait aucune hâte de monter dans l'avion pour faire le chemin inverse. Il avait envie de rester là, dans cette maison si rassurante.

Le départ était imminent et pourtant, il n'arrivait pas à quitter cette pièce pour affronter la réalité. Il ferma les yeux et prit une grande inspiration. Ses affaires étaient prêtes, Sungjae les avait déjà apportées dans le van et il était allé faire le plein pour pouvoir reprendre la route. Il tenait à accompagner Paolo jusqu'au bout. Enfin, presque. Il lui avait dit être incapable de l'accompagner à l'aéroport, c'était au-dessus de ses forces. Mais il comptait au moins passer encore un peu de temps avec lui. Paolo avait eu Enzo au téléphone, puis Salvatore, et ce dernier lui avait proposé de passer la soirée avec Sungjae chez eux. Tout le monde avait envie de rencontrer celui pour qui Paolo était parti durant ces quelques jours.

Des petits coups contre la porte retentirent, il sursauta.

— T'es prêt ?

La voix de Sungjae était basse et empreinte d'une certaine tristesse. Paolo rouvrit les yeux et se regarda une dernière fois dans le miroir.

— Oui, j'arrive.

Son cœur se serra à l'idée de quitter cet endroit si reposant qu'il considérait presque comme un refuge. Il s'était senti si bien ici, chez les parents de Sungjae, des gens peut-être un peu étranges parfois, mais tellement gentils et abordables. Il se mordit la lèvre inférieure pour ne pas pleurer, mais les larmes qui perlaient aux coins de ses yeux se faisaient de plus en plus menaçantes. Il les essuya d'un revers de la main et renifla. Il prit une dernière inspiration et s'efforça de dissimuler l'émotion qui l'envahissait. Il ne pouvait pas craquer maintenant.

Il sortit de la salle de bain, Sungjae l'attendait près de la porte, les clés du van à la main. Leurs regards se croisèrent et une étincelle complice passa entre eux. Ils avaient tissé des liens forts en si peu de temps, une connexion qui allait bien au-delà des mots.

— On y va ? demanda Paolo.

Sungjae acquiesça en silence, un mélange de souffrance et d'affection se lisant sur son visage. Ils descendirent ensemble les escaliers et, dans le hall, les parents de Sungjae les attendaient. Sa mère s'empressa de serrer Paolo dans ses bras. Il fut pris de court par ce geste, mais se laissa rapidement aller pour la serrer à son tour. Cette femme avait été adorable avec lui, elle lui avait longuement parlé, toujours d'une voix empreinte de douceur et de bienveillance. Elle n'était pas avare de compliments et de conseils, avait toujours un mot gentil à son égard. Et puis, elle lui avait maintes fois répété qu'elle était heureuse que Sungjae l'ait trouvé. C'était comme si elle savait que Paolo avait sauvé son fils et qu'elle lui en était reconnaissante.

— Tu vas nous manquer, dit-elle en lui caressant le dos.

— Vous allez tous me manquer aussi.

Elle finit par le lâcher, un sourire radieux étirant ses lèvres, mais les yeux embués de larmes. Elle les estompa comme elle put, mais elles ne cessaient de couler.

— J'avais promis à Sungjae de ne pas pleurer, râla-t-elle. Désolée mon grand.

Elle attrapa la main de son fils et leva le regard dans sa direction. Taesung tendit une main à Paolo, il la lui saisit pour la serrer avec entrain.

— Merci beaucoup de m'avoir accueilli chez vous. Je… je suis vraiment content d'avoir pu faire votre connaissance.

— Merci de nous avoir ramené notre fils.

Paolo afficha un petit sourire timide et s'inclina légèrement. Ils savaient, et ça lui brisait encore plus le cœur. Ils avaient dû tant souffrir de son absence. Ils avaient dû avoir peur, chaque jour qui passait, chaque mois, chaque année de plus sans voir Sungjae revenir. Il aurait aimé rester plus longtemps pour voir cette famille unie, mais il ne pouvait pas.

— On devrait vraiment prendre la route, intervint Sungjae.

Paolo hocha la tête et après d'autres au revoir larmoyants, ils sortirent de la maison et se dirigèrent vers le van garé dans l'allée. Paolo observa une dernière fois la bâtisse, puis salua les parents de Sungjae d'un signe de la main. Ils montèrent dans le véhicule, le cœur et l'esprit lourds de souvenirs heureux. Ils auraient aimé que cette aventure se prolonge indéfiniment, que le temps s'arrête et qu'il puisse rester là. Le destin leur avait permis de se rencontrer, mais il avait aussi le pouvoir de les séparer. Ce trajet était le dernier qu'ils allaient faire ensemble, l'un à côté de l'autre. Et Paolo voulait profiter de chaque seconde qui leur restait. Il pouvait contempler le paysage qui défilait s'il en avait envie, mais il préférait observer son petit ami afin de graver chacun de ses traits dans sa mémoire. Il voulait ne jamais oublier ce jeune homme qu'il aimait tant.

Le trajet sembla moins long qu'ils ne l'avaient imaginé. Le silence avait rapidement cédé sa place à des discussions animées et des rires. Sungjae et Paolo s'étaient remémoré quelques souvenirs agréables, leur rencontre, leur première nuit dans le van, leur première nuit d'amour — même s'ils ignoraient à cet instant que leur histoire prendrait cette tournure. Ils s'échangèrent des regards amoureux et des mots tendres qui les firent rougir.

La nuit tomba lorsqu'ils arrivèrent aux abords de Santa Cruz. Le cœur battant à tout rompre, Paolo indiqua quelle direction prendre pour arriver chez son oncle, Sungjae avait déjà oublié dans quelle rue sa famille vivait. Il voyageait tant qu'il lui était impossible de se souvenir de tout.

Ils arrivèrent à proximité du bâtiment, Sungjae se gara et ils se lancèrent un regard entendu avant de sortir du véhicule.

Paolo claqua la portière derrière lui et déglutit. Il était de retour après des jours de voyage, des jours intenses qu'il n'était pas près d'oublier. Il récupéra son sac à l'arrière du van et d'un pas décidé, ils se dirigèrent vers le petit restaurant au rez-de-chaussée de la maison. Par la baie vitrée, Paolo remarqua sa tante Nina s'affairer en salle pour servir les quelques clients, puis Enzo un peu plus loin. Les yeux de ce dernier s'écarquillèrent et un immense sourire fleurit sur son visage. Il se précipita entre les tables et sortit du restaurant pour se jeter dans les bras de son cousin. Paolo l'enlaça de toutes ses forces, sans pouvoir se retenir de rire tant il était heureux de le revoir.

— Putain, tu m'as trop manqué ! s'exclama Enzo.

Ils se détachèrent l'un de l'autre et Enzo porta son attention vers Sungjae. Il lui déclara un sourire solaire.

— Merci de me l'avoir ramené en un seul morceau.

— Hm, je t'avais dit que je m'en occuperais correctement.

Enzo se retourna vers son cousin et le scruta des pieds à la tête, des étoiles plein les yeux.

— T'es canon, dit-il. Ça te réussit d'être gay.

Paolo éclata de rire et poussa légèrement Enzo.

— Arrête de dire des conneries ! Puis aux dernières nouvelles tu fricotais avec ton beau petit français. C'est quoi son prénom déjà…

— Emile. Et on fricote plus.

— Oh…

Paolo grimaça, le nez retroussé et une moue déformant ses lèvres. Il n'avait pas l'intention d'étaler son bonheur face à son cousin si ce dernier avait vécu une déception sentimentale. Enzo soupira et pinça ses lèvres entre elles avant de relever la tête, la mine resplendissante et les pommettes rouges. Paolo fronça les sourcils.

— On est ensemble, avoua-t-il.

Sungjae pouffa de rire tandis que son petit ami se réjouissait pour son cousin.

— C'était sûr qu'il y avait anguille sous roche, dit-il. Je l'ai vu tout de suite.

— Et tu as vu quoi ? demanda Paolo.

— Qu'Emile voulait se le faire.

Enzo avala bruyamment sa salive et reprit un air plus sérieux, sans doute ne voulait-il pas montrer que tout ceci l'embarrassait un peu.

— Bon, on va pas rester plantés là, si on allait dans le resto ? Maman a préparé tellement d'osso buco pour ce soir, je pense qu'on va avoir besoin d'aide pour tout finir. Et vous devez avoir la dalle.

Paolo acquiesça et ils entrèrent dans la grande salle. Ils furent accueillis par sa tante et elle leur proposa de s'installer dans un coin tranquille. Enzo alla leur chercher de quoi manger et boire, et ils purent reprendre des forces après le long trajet qu'ils venaient de faire. Ils étaient affamés mais épuisés également. Cependant, ils n'avaient pas hâte d'aller se coucher. Cela signifiait que lorsqu'ils se réveilleraient, ils devraient se quitter. Et ils voulaient repousser ce moment. Paolo voulait braver cette fatigue qui venait l'assaillir pour passer le temps qu'il lui restait en Californie avec Sungjae.

Son oncle et ses cousines se joignirent finalement à eux. Les clients partirent, Enzo et sa mère vinrent eux aussi s'asseoir à leur table. Ils passèrent la soirée à rire, à se raconter des anecdotes et à savourer les délicieux plats préparés par Nina. La chaleur familiale qui régnait dans ce petit restaurant les enveloppa et leur donna un sentiment agréable de sécurité. Paolo était reconnaissant envers sa famille d'avoir ouvert leur porte à Sungjae et d'avoir accepté leur relation sans jugement.

Alors que la nuit avançait, les bâillements se firent de plus en plus fréquents et la fatigue commença à prendre le dessus. Mais personne ne voulait se séparer. Ils savaient que le moment de se dire au revoir approchait à grands pas. Paolo allait partir demain, quitter Santa Cruz, sa famille, son petit ami. Et c'était encore difficile à encaisser.

Salvatore regarda sa montre et soupira.

— Je crois qu'il est temps pour nous d'aller nous coucher, déclara-t-il. On a tous besoin de repos.

Paolo acquiesça, mais son regard se tourna vers Sungjae avec une lueur d'appréhension.

— Je peux rester avec toi ? demanda-t-il timidement. Je veux qu'on passe encore un peu de temps ensemble. Et puis, on pourrait dormir dans ton van ?

— Ton cousin est d'accord ?

Paolo se tourna vers Enzo, comme pour lui demander l'autorisation, et ce dernier acquiesça. Jamais il n'aurait refusé, il le savait, mais il voulait s'en assurer. Sungjae sourit tendrement et posa la main sur celle de Paolo.

— J'imagine qu'on peut rester un peu plus longtemps ensemble alors.

— Prenez votre temps, dit Enzo.

Ils échangèrent des salutations chaleureuses avec Enzo et sa famille, puis quittèrent le restaurant main dans la main.

La brise nocturne caressait doucement leurs visages alors qu'ils marchaient côte à côte dans les rues endormies de Santa Cruz. Ils finirent par atteindre la plage où le bruit apaisant des vagues se mêlait au clair de lune. Ils s'assirent sur le sable, leurs doigts entrelacés, et ils regardèrent les étoiles scintiller dans le ciel obscur. Paolo posa la tête sur l'épaule de Sungjae et ferma les yeux. Il voulait profiter de cette proximité tant qu'il le pouvait. Les vagues s'échouaient doucement sur le rivage.

— J'veux pas partir, murmura Paolo d'une voix empreinte de tristesse.

Sungjae resserra son étreinte autour de son compagnon pour le réconforter silencieusement. Paolo laissa échapper un soupir, sentant les larmes monter.

— Je t'aime, Sungjae. Je veux pas te perdre.

Ses paroles se perdirent dans le murmure du vent, mais Sungjae les entendit parfaitement. Il embrassa doucement le front de son petit ami.

— Je t'aime aussi. Et peu importe la distance qui nous sépare, on sait qu'on s'aimera. Et puis, je te l'ai déjà dit, on trouvera un moyen de rester en contact.

— Je pourrai jamais t'oublier.

— Évidemment que tu pourras jamais m'oublier !

Ils rirent en chœur avant de se blottir l'un contre l'autre dans l'obscurité. Ils s'accrochèrent à chaque instant de bonheur qu'ils pouvaient partager.

— Moi non plus je pourrai jamais t'oublier. On oublie pas son premier amour comme ça.

Paolo se redressa, les yeux ronds comme des billes. Il resta abasourdi quand il entendit Sungjae renifler et qu'il chercha à se lover davantage dans ses bras.

— Fais-moi un câlin au lieu de rester comme ça, dit-il. J'en ai besoin.

Paolo sentait la fatigue le gagner, ses paupières devenaient lourdes, mais il étreignit Sungjae. Il souhaitait prolonger cette soirée autant que possible. Le temps était impitoyable, et il était inévitable que la nuit finisse par laisser place au petit matin.

**

Le soleil se leva doucement, peignant le ciel d'une palette de couleurs éclatantes au-dessus de Santa Cruz. Paolo ouvrit les yeux, encore ensommeillé, et se frotta les paupières. Alors qu'il prenait peu à peu conscience de son environnement, il sentit une présence chaleureuse près de lui. Il tourna légèrement la tête et un sourire éclaira son visage lorsqu'il vit Sungjae profondément endormi à ses côtés.

La nuit précédente avait été une explosion d'émotions et de passion. Les deux jeunes hommes s'étaient laissé emporter par leur désir et ils s'étaient abandonnés l'un à l'autre dans l'intimité du van.

Maintenant, Paolo se réveillait avec son petit ami dans les bras, les souvenirs de cette nuit ne cessaient d'assaillir son esprit. Il caressa doucement les cheveux de Sungjae, émerveillé par la beauté paisible qui émanait de lui. Mais il savait que le temps leur était compté. Il devait prendre l'avion dans quelques heures pour rentrer à Florence, en Italie. L'idée de se séparer de celui qu'il aimait le plongeait dans une mer d'émotions contradictoires.

Le cœur lourd, il resserra son étreinte autour de Sungjae. Il ne voulait pas laisser la réalité l'envahir. Il voulait savourer chaque instant précieux avec lui avant que le destin ne les sépare. Ils restèrent ainsi, blottis l'un contre l'autre, profitant de ce moment d'intimité et de complicité. Finalement, Sungjae se réveilla, clignant des yeux pour s'adapter à la lumière du jour qui inondait le van. Son regard se posa sur son compagnon et un sourire timide se dessina sur ses lèvres. Il s'étira paresseusement et chercha à se blottir encore plus contre Paolo.

— C'est déjà l'heure de partir ? demanda-t-il d'une petite voix.

En silence, Paolo hocha la tête, le regard empli de tristesse et de désespoir. Il savait que ces mots marquaient le début de la fin, qu'ils devraient se séparer dans quelques minutes. Les bras de Sungjae l'entourèrent. Ils se serrèrent l'un contre l'autre, comme si cette étreinte pouvait arrêter le temps et empêcher cette séparation imminente. Les larmes commencèrent à perler aux coins des yeux de Paolo, trahissant la douleur qu'il ressentait à l'idée de quitter son petit ami.

— J'veux pas partir… marmonna-t-il.

Sungjae caressa doucement ses cheveux et lui dit d'une voix emplie d'émotion :

— Je sais, Paolo. Moi non plus, j'veux pas te laisser partir. Mais j'peux pas te retenir ici. Ta vie est en Italie, et je peux pas te priver de ça.

Paolo prit une profonde inspiration, tentant de réprimer les sanglots qui menaçaient de l'étrangler. Il n'avait pas besoin de beaucoup réfléchir pour en arriver à la conclusion que sa vie à

Florence ne valait rien à côté de celle qu'il pouvait avoir avec Sungjae.

— Je vais aller chercher mes affaires chez mon oncle, dit-il en se levant avec réticence.

— OK, je t'attends dehors.

Sungjae lui donna un doux baiser sur le front avant qu'il ne quitte le van. La fraîcheur de l'air matinal le saisit aussitôt qu'il fut à l'extérieur. Il aurait préféré rester dans les bras de son petit ami, et même la météo semblait ne pas vouloir les séparer. Il faisait si beau et chaud la veille mais là, le temps s'était assombri et présageait une averse ou un orage. La brise légère souleva ses cheveux frisés alors qu'il marchait d'un pas lourd vers la maison de son oncle. Quand il sonna, Enzo était déjà en train d'attendre sur le pas de la porte. En voyant l'expression sombre sur le visage de son cousin, il sut immédiatement que quelque chose n'allait pas.

Ils montèrent au premier étage pour y retrouver le reste de la famille. Nina lui proposa un café qu'il accepta sans hésiter, mais toujours en pensant à Sungjae qui l'attendait en bas. Ses cousines restèrent un moment pour prendre leur petit déjeuner, mais elles repartirent dans le salon en attendant le départ de Paolo.

L'ambiance était lourde et oppressante.

— Tu as l'air ailleurs, fit remarquer Salvatore en posant une main sur l'épaule de son neveu.

Paolo soupira et reposa sa tasse. Il hésita un instant, mais il savait qu'il pouvait faire confiance à son oncle et à sa tante. Ils avaient accepté sa relation avec Sungjae, alors ils pouvaient parfaitement comprendre ce qu'il ressentait. Il décida donc de se confier.

— Je suis tiraillé. Je veux pas partir mais… est-ce que j'ai le choix ?

Enzo prit place à côté de lui et fronça les sourcils, il comprenait sa peine.

— T'es vraiment tombé amoureux de lui ? demanda-t-il.

Paolo esquissa un mince sourire tout en acquiesçant. Il ne pouvait pas nier l'évidence. Il était fou amoureux de Sungjae et il ne savait pas comment ce jeune homme avait réussi à lui faire tourner la tête en si peu de temps. Il n'avait jamais ressenti une telle attirance pour une personne du même sexe, mais là c'était même au-delà d'un désir physique. Il l'aimait pour tout ce qui le composait. Il l'aimait d'un amour pur et sincère.

— Qu'est-ce que je dois faire ?

— C'est à toi et toi seul de décider, déclara Salvatore.

— Mais mes parents…

Il marqua une pause et déglutit. Il savait pertinemment que s'il restait en Californie, ses parents seraient furieux. Ils perdraient leur petit trophée, celui dont ils aimaient vanter les réussites. Et s'ils savaient qu'il restait pour un jeune homme, ils feraient sans doute une syncope. Mais en même temps, il ne pouvait pas enterrer son propre bonheur pour le leur qui s'avérait uniquement basé sur les succès de leur enfant.

— Paolo, c'est ta vie. C'est à toi d'en être maître.

— Et si je me trompe ?

— C'est pas grave de se tromper, c'est comme ça qu'on apprend, ça fait partie de la vie.

Il hocha la tête. Il ne savait même pas pourquoi il doutait d'un seul coup. Il était sûr de lui, sûr de Sungjae, il avait confiance en son petit ami. Ce n'était pas qu'une amourette de vacances, c'était bien plus que ça.

— Tu es heureux ici ?

— Oui. Je crois que j'ai jamais été aussi heureux.

Enzo sourit et lui asséna une tape dans le dos.

— Alors t'attends quoi pour continuer à l'être ?

Paolo sentit un nœud se former dans sa gorge. Ses yeux se remplirent de larmes. Il savait au plus profond de lui-même qu'il ne pourrait jamais oublier Sungjae et les moments qu'ils avaient partagés.

Il leva les yeux, fixant son cousin avec gratitude. Enzo et son oncle avaient raison. Il devait suivre son cœur, même si cela signifiait prendre un risque non négligeable. Mais au pire, sa famille était présente pour le soutenir. Cette horrible lutte qui faisait rage à l'intérieur de lui venait de prendre fin.

Résolu et déterminé, Paolo se leva et quitta la maison d'un pas pressé. Le cœur battant, il rejoignit Sungjae à l'extérieur, ce dernier se précipita vers lui.

— Mais qu'est-ce que…

Paolo ne lui laissa pas le temps de parler davantage, il l'enlaça avec force. Il le serra contre lui, s'accrochant à son t-shirt comme s'il craignait de le voir s'évaporer entre ses bras. Puis il se recula juste assez pour le fixer avant de venir l'embrasser sans retenue. Il se fichait de tout ce qui l'entourait, des passants et de leurs regards insistants. Il n'y avait plus que Sungjae et lui dans ce monde qui pouvait bien s'effondrer. Plus rien ne comptait à part leur amour.

— Paolo, murmura Sungjae en le repoussant légèrement, tu vas être en retard…

— Reste encore un peu comme ça.

Il chercha à l'enlacer de nouveau, mais Sungjae ne se laissa pas faire.

— Où est ton oncle ?

— Chez lui.

Paniqué, Sungjae leva les yeux vers le bâtiment où la famille de Paolo résidait.

— Mais tu vas pas arriver à temps ! Si tu traînes, tu risques de rater ton avion !

Il attrapa le visage de son petit ami entre ses mains afin de le calmer. Il le maintint face à lui, les yeux dans les yeux, et il afficha un petit sourire tandis que son regard se remplissait encore de larmes.

— Sungjae, je t'aime à la folie. Si je prends cet avion, je risque de rater ma vie.

Il fixa Paolo, le cœur battant à tout rompre alors qu'en lui se mêlaient un sentiment d'inquiétude et de bonheur incommensurable. Il fixa intensément son petit ami, cherchant une réponse dans ces prunelles chargées d'émotion alors que l'air s'était gorgé d'une tension insoutenable.

— Je veux pas que tu sacrifies ta vie pour moi. Je veux pas être la raison pour laquelle tu abandonnes tout en Italie.

Paolo lui sourit tendrement et vint lui caresser les joues, mais l'anxiété persistait dans ses yeux. Il esquissa un petit sourire alors qu'il sentait sa gorge se nouer de plus belle. Il avait envie de pleurer, d'évacuer tout ce qu'il avait au fond de lui. Il aimait Sungjae avec une telle intensité qu'il n'arrivait pas à exprimer tout ce qu'il ressentait réellement pour lui. Même les « Je t'aime » n'étaient pas assez forts. Il était temps de lui prouver à quel point il tenait à lui.

— Rien n'a de sens si tu n'es pas à mes côtés, dit-il d'une voix étranglée. Repartir en Italie ce serait comme nier tout ce qu'on a vécu. Ce serait comme m'oublier. Nous oublier. Et je peux pas. J'en suis incapable.

Sungjae déglutit. L'amour que Paolo lui portait était visiblement bien plus important que tout le reste. À cet instant, même s'il le savait déjà, il en prit davantage conscience. Tout ce qu'ils avaient vécu était trop intense et important pour que leur histoire ne s'arrête là.

Paolo était prêt à renoncer à son ancienne vie, à sa famille, à son pays, pour rester avec lui. L'amour qu'ils partageaient était d'une intensité rare, et cela le toucha profondément. Son cœur débordait de gratitude. Paolo était prêt à tout pour qu'ils puissent s'aimer sans limite.

— Je t'aime tellement… bredouilla-t-il. Je pourrai jamais te remercier assez pour tout ce que tu fais pour moi. J'ai même l'impression de pas mériter ce qui m'arrive et…

Pour le faire taire, Paolo posa l'index sur ses lèvres. Sungjae releva la tête et leurs regards s'ancrèrent l'un dans l'autre.

— Je t'aime. C'est pas une histoire de mérite ou quoi que ce soit. Ce sont mes sentiments et ils te sont destinés. C'est comme ça, ça se contrôle pas. Et là, j'ai envie de passer le restant de mes jours dans tes bras, à traverser le pays avec ton van, à rire, à faire l'amour, à être libre.

Sungjae acquiesça, incapable de retenir ses larmes. Elles dévalèrent ses joues sans qu'il ne puisse rien y faire. Paolo le tira contre lui et l'enlaça avec force alors que les passants continuaient leur chemin autour d'eux, presque indifférents à cette scène.

— Bon, les amoureux ! s'exclama une voix plus haut.

Paolo leva les yeux vers la maison de Salvatore, Enzo était penché à la fenêtre avec un large sourire aux lèvres.

— Vous montez ? Y'a du café et des trucs à manger !

Sungjae lâcha un rire et se détacha de son petit ami pour estomper ses joues rougies. Paolo l'aida en le considérant avec une admiration infinie. Il voulait le protéger. Il voulait rester à ses côtés, grandir encore à ses côtés.

— Alors, prêt pour notre prochaine aventure ? demanda-t-il.

Sungjae renifla et hocha la tête.

Ensemble, main dans la main, ils étaient prêts à tracer leur propre chemin, peu importe les défis qui les attendaient. La vie était une aventure, et ils étaient prêts à la vivre pleinement, avec amour et audace.

Remerciements :

Ecrire ce roman a été une aventure incroyable. Deux ans d'écriture, de réécriture, de correction, de bêta-lecture.

Il est souvent dit qu'écrire un roman est une entreprise solitaire, mais je peux affirmer sans hésitation que je n'aurais pas pu y arriver sans le soutien et l'aide de nombreuses personnes.

Lulu, qui a réalisé la couverture mais qui a aussi été présente tout au long du processus. De l'idée jusqu'à la parution de ce roman.

Camille, qui a bêta-lu *Laisse les vagues m'emporter* et m'a aidée à le rendre meilleur.

Louise, ma meilleure amie depuis vingt-six ans, mon soutien sans faille, la femme de ma vie.

Mes amies proches, Lucile, Cassy, Juliette, Marine. Je vous aime infiniment.

L'homme qui partage ma vie, qui m'épaule et me permet de réaliser mon rêve chaque jour.

Mes lecteurices, qui me soutiennent depuis peu ou des années, qui ont vu mon évolution, assisté à mes moments de découragement mais aussi à mes victoires.

À celles et ceux qui ont choisi de plonger dans mon univers. Votre soutien et votre enthousiasme sont la plus grande récompense.